夜間飛行

Kaoru Kitasako
北迫薫

新潮社

目次

装幀　新潮社装幀室

夜間飛行

夜はひとの呼びかけ、その光、その憂いを見せるのだ。闇のなかにある素朴な星。それは人里離れた一軒の家だ。星のひとつが消えた。

サン＝テグジュペリ『夜間飛行』

第一章　葬　儀

一

不機嫌な顔をした女たちは足早に車に乗り込んでからというもの、殆どの時間を手鏡の中の自分を見ることに費やした。車窓に流れる繁華な街は、彼女らにとって眺めるほどのものではなく、それよりなにより肌の具合は今朝まで続いた情事を開けっぴろげにしていないかと、ファンデーションをはたくことが先決らしかった。

つけまつげにマスカラをのせリップブラシにたっぷりと口紅を含める。そして塗りこみ、唇を合わせ忙しなくしごく。歯に紅がついていないか確認する。女たちは思い出したようにパンを口に入れる以外は、身繕いに夢中だった。

鉛筆の素描に色がのせられたように女たちの顔が浮かびあがりだした。それでも女たちは丹念に髪の膨らみやウェーブを点検し猜疑心をもって磨きをかけ続けた。

しかし、五十分ほど経ち、窓の景色に海が見え出すと、彼女たちは手をとめて同じような思いにかられ鏡を膝の上に置いた。

白く清潔な浜の向こうに広がる海は大人しく、一面は幼子がクレヨンで塗り込めたような、稚拙で迷いのない水色一色だった。水平線の向こうからやってくる波は猛々しく膨らみもせず、手を広げ握手でもするかのように小走りで親しげにやってきては、泡立つ白い波は細かくしぶいて水色に吸い込まれていく。

女たちは一様に肩透かしをくらったようだった。誰もが、光《ひかる》が育った玄界灘はこのような安穏なものだとは思ってもみなかったのだった。程度の差こそあれ、それぞれの脳裏には波猛る荒磯が浮かんでいた。光には岩に砕け散る荒れた藍色の海が似合っている。彼女らは東京を発ってはじめて居心地の悪いものを感じた。

黒塗りのハイヤー三台はいっときの間海岸線を走る電車と並走した。濃い化粧で貌をつくってはいるが、十代の瞳が「電車と競走しているみたい」と嬉しそうに口走ったのがきっかけとなって、女たちは光のことを頭から追いやった。車は、カーブの多い日向の道から、左右から松が覆いかぶさる日陰の中を真っすぐ続く道に入って行った。

飛行場から二時間はかかったろうか。車は赤い塗装が所々剝げて錆が浮き出た火の見櫓を通過し町にはいった。運転手は、切り落とされたとかげのしっぽのようにピクピク左右に動く列の最後尾を認め、速度を落とした。それは人間に例えるならば鼻高々といった具合で、参列者の行列の横をゆっくりと通過した。が、十メートルほど先で落し物に気づいたとでもいうような具合に停まった。

車中で足を組んでいた彼女らは、小料理屋ほどかと思っていた光の生家が、思いの外大きいことにたじろいでいた。

十一時にはじまる葬儀にはまだ時間があるというのに、岬の古くからの住人は真っ先に列をつくり、その列は門からあふれ国道にまで流れだし、生き物のように伸びていた。

岬の町中の本屋といっても三店舗だが、その全ての店先から私の祖父・増澤千支吉《ますざわえときち》が週刊誌が表に並ばぬうちに買い占めても、それは栓が抜かれて噴き出すラムネを手で塞ぐようなものだった。テレビのワイドショーでは司会者が「座るだけでもびっくりするような値段でしたが、実は私も光さん目当てに通ったものです。残念ながら相手にはされませんでした。ああいう女《ひと》を高嶺の花とでもいうんでしょうねえ。気風がいいということでも有名でした」と暗い貌を作った。いくら増澤千支吉に金があったとしても、岬の人々の口を塞ぐことはできなかった。噂は五時を告げるサイレンのように広がった。

空気は透明で冴え冴えとして、冬とはいえ日差しは真っすぐにおりて来た。人々は手をかざし目を細め前方のハイヤーを眺めた。車中の華やいだ様子を見逃すわけはない。裕子の同僚に違いないと誰もが感づいた。

停まった車のドアは人々をじらすように閉ざされたままで、かざす手が痺れ出し人々の好奇の目が落胆に変わったころに、門から仲居頭のタツ子が姿を見せた。

存外な人の列に一瞬ひるんだ様子だったが、思わずでた仕草は芝居がかっていた。着物の衿をあわせ直しその手で帯の中央をポンと叩き周囲を睨《ね》めまわし、見知った顔があれば場違いに金歯を見せて笑った。

なかなか車に足を向けないタツ子に業を煮やしたのか、先頭のハイヤーから運転手が出てきた。それが合図のように、タツ子は運転手に走り寄りなにやら話しかけている。

待ちくたびれた参列者の誰もが固唾を飲んで二人の様子を見守った。恭しく車のドアが開けられるに違いない。その瞬間を逃してなるものかと。だが、あては外れた。運転手はドアの前に立っただけで、タツ子はといえば槙《まき》の木が整然と剪定され、その下に茶色になりはじめた石蕗《つわぶき》の花の咲く門の中に踵をかえした。不満を払うかのようなため息がさざ波のように伝播し、あちらこちらから「裕子」

やら「光」やら「姫」などと囁く声が漏れだしてくる。

古くから岬に住む年寄りらがかたまって「茶色か小瓶とかいう飲み屋やなかったかいな」などと言えば「よお覚えとらっしゃあ」とはしゃいだ声をだし、「中洲も港近くやったですばい」と誰かが思い出せば「行かっしゃったとね?」とすぐさま訊き返される。「冗談《ぞうたん》のごつ」とのこたえに小さな笑いが起こった。

人々の視線は富貴楼の塀の大きな花輪の下に垂れさがる贈り主の名前を追いはじめた。白や水色に彩色された菊の花、その中央の白鳩は銀色のモールをくわえている。穢れを覆い尽くすような大きな花輪は、私の祖父・増澤干支吉と父・武之が営む料亭富貴楼を囲む塀をぐるりとひとまわりしてもあまりあり、正面にはひと目で何某とわかる県知事や代議士や芸能人の花輪が立てかけられて人々の好奇心を煽った。が、塀が切れたあたりからは花輪たちも無造作に重なりあいぞんざいにあしらわれていた。

葬儀があと十分ではじまろうとするころ、干支吉が門前にあらわれた。丸に重ね枡の五つ紋の黒紋付羽織袴という大層な出で立ちの偉丈夫な祖父の姿は歌舞伎役者然として、「ますや」と大向こうから掛け声がかかるところだろう。

戦争に二度出征して二度とも輸送船が撃沈されても泳ぎきって生還したという悪運の強い祖父は、背も高く胸板も厚いのだが、猪首の上に載った顔は小さく、まるで女形のような手弱女《たおやめ》ぶりだった。その来し方のせいか容貌のせいか、祖父には底知れぬ凄味があった。

干支吉は門前の大勢の人に満足し、十分に見られていることを意識してその顔つきに似合った細いがよく通る声で、「本日は娘・裕子のためにようおいでくださった。感謝しとります。裕子も喜んどりますやろ。冬っていうても陽射しが強うござすがもう少し待ってやんなっせい」と挨拶をし頭《こうべ》をたれた。「富貴っつぁん、もうそのくらいで頭をあげなっせい」と誰もが思うころあいまで、重々しく大きな身体をくの字にまげた。千支吉はただ増澤の刻印が入った十八金の分厚い指輪を左手の親指と人差し指で回しながら、足元の鰐革の草履の緒をみていただけだったのだが。

当時、町の人々に富貴っつぁんところの孫嬢と呼ばれていた私は中学生だったが、千支吉の言うところの耶蘇教の学校の寄宿舎に入っていた。父・武之、母・佳子の長女として生まれ、梢と名付けられた私は、この時訃報を受けて叔母・裕子のために一週間の忌引をとって帰省したのだった。その私は、富貴楼の玄関の時代がかったというより銭湯のような大袈裟な唐破風のそのまた上についた千鳥破風の二階の窓から、私の叔母・裕子のために集まってきた参列者を見るともなく眺めて時間をつぶしていた。と言っても漫然としていたわけではない。有象無象に見える輩のなかに一人でも裕子の死を心から悲しんでいる者はいないだろうかと探していた。

祖父が黒塗りのハイヤーへ向かってゆっくりと歩きだしていた。途端、運転手にドアを開ける猶予も与えず、奇妙な一団が二階の窓辺にまで漂う強い香りと共に転がり出て来た。それはマジシャンの黒い箱から当時流行っていたホンコンフラワーがあふれでてきたように上からは見えた。

おおよそ葬儀には似つかわしくない、まるで結婚式の披露宴にでも招かれたような出で立ちの女たち。その中から「女のなかに男がひとり」と、囃したてられそうな小男が飛びだして、しきりに千支吉に頭を下げて話しかけていた。その姿はショーウィンドーの中によく飾られていた、コップの中の水を尻を振りながら飲み続けるドリンキングバードのようだった。

対する千支吉は仁王立ちしたままだ。仙台平の袴は皺ひとつなく妖しい光沢を放っている。小男の話を遮るように、千支吉は右手を顔の前でゆっくりと振った。

声はさきほどと違って千鳥破風まであがってこないが、しゃべっていないわけではない。それは千支吉が機嫌を損ねた証拠だった。千支吉は気に染まぬことがあると唸るような調子で相手を威嚇した。それは羽音のようで、耳を傾けて集中しなければ聞き取れないほど小さく早口だった。囁くような声で罵倒されている相手は、わけがわからず途方に暮れて縮こまるのが常で、大声で怒鳴られた方がまだましだと思ったことだろう。

　干支吉自身、不謹慎にも鰐革の草履を履き、金の指輪をしているというのに、自分のことはさて置いて、この一団の出で立ちをなじっているのだろう。小男は白いハンカチを出して盛んに額の汗を拭きとり水飲み鳥を続けていた。神妙にしていた参列者たちもいつのまにか好奇心まるだしの物見に変わり、目線は干支吉と小男とホンコンフラワーの間を往復した。

　その様子を上から見下ろしていた私は、一体誰が裕子叔母の死を悼んでいるのだろうかと訝しがった。

　もうこれで最後だろうと、弔電を抱えた配達員が歌舞伎役者と小男の脇をすり抜け大急ぎで玄関の中に入って行く。配達された弔電のうち読み上げるべき名士のものは漆のお盆にのせられて会場となる大広間に届けられたが、大抵のものは受付のテーブル下の林檎の木箱に無造作に重ねられていた。が、そのうち箱が足りなくなり、板場から持ち出された魚臭いトロ箱に雑魚のように入れられ、玄関脇の仲居部屋に置き去りにされる格好になった。

　百畳敷きの大広間の舞台絵の老松は鯨幕で覆われた。正調博多節が踊られることもあれば、私の父・武之が従業員を集めてこっそりとブルーフィルムを上映することもあった檜舞台が祭壇となった。

　叔母・裕子の遺影はまるでハレの場を思わせるようなものだった。そのまとう衣装は、黒には違いなかったが襟ぐりが大きくあき、鎖骨が見える大胆なドレスだった。しかもその写真は正面を向いたものではなく斜に構え、顎をちょっとつきだして八重歯を覗かせたポーズだった。額縁が黒でなかったらとても遺影には見えなかったろう。祖父が選んだのか、父が選んだのかわからず仕舞いだけれど、私自身には叔母にもっともふさわしいものに見えた。のちに母に聞いたのだが、高名な写真家が撮影したものだという。

大広間は東西に細長く南北に廊下を従え庭に囲まれていた。廊下を挟んだ北の庭に見えるのは白砂と石と苔のみ。規則正しく刻まれた波模様は大海原をあらわすというが、中学生の私には徒《いたずら》に寂しいものにうつった。対して南の庭には池があり、十二月とはいえ暖冬ということもありまだ紅葉が残り、無造作にコナラやネズミモチ、カエデにヤマボウシの木々が縁取るように植えられていた。地面には無数のドングリが落ち、花が終わった曼珠沙華の放射状の葉が点在していた。

富貴楼は宮大工が陣頭にたって造られたといい、大広間はその証というように、天井は正方形に区画された美しい格子模様の格天井《ごうてんじょう》になっていた。「この広間の天井だけで家二軒分の手間暇がかかった」と大工は言ったという。しかし天井もさることながら廊下と座敷の境の欄間の透かし彫りは、まるでレースを編んだように精緻で美しいものだった。

その美しい座敷はあっというまに黒い衣装で埋まってしまった。参列者のほとんどはこの大広間に入ったことはなく、いや、富貴楼に入るのさえはじめてで、その凝った天井や欄間の意匠にまずは目を瞠った。が、それも読経がはじまる直前に、南に面した廊下に女たちの一団が陣取るまでだった。

東京から遺骨を持ち帰った父・武之に干支吉は「親の顔に泥ば塗るごたあみっともなか死に方ばした娘の葬式ばあげるやら、冗談こくな。人の噂も七十五日。ほっとけばそのうち忘れられる。葬式ばあげるやらつまらんことは考えるな」と、うそぶいたという。裕子の母親であるチセも、親族だけでいいからお経をあげて欲しいと泣いて頼んだが、干支吉の首を縦にふらせることはできなかった。が、一夜あけると、干支吉は上機嫌で自ら葬儀社に電話をした。

「岬中の奴らがたまげるごたあ葬式にしちゃりなっせい」と。

この日のために、岬はおろか近隣の町や村から浄土真宗五寺の僧侶がこの富貴楼に集められた。参列した岬の人々は、富貴楼の豪奢な造りに落ち着かなかったが、それよりなにより横一列に並んだ五人の僧侶に驚いた。その様子に干支吉は、これくらいのことで、そげん魂消んでもよかですばい、とほくそ笑んだ。が、それも南に面した廊下側から強い香りが漂いだすまでのことだった。

車から降りて来たあの一団と誰もが察知し、葬儀に訪れたことを忘れてコソコソと噂話に興じだした。干支吉は小さく細く唸った。

私の祖母・チセの喪服は、見るからに上等で重そうな凹凸のしぼが細かい、純黒の泥染丹後ちりめんだった。が、気の短い干支吉に急かされて大急ぎで着たためか、正面から見ると胸の左右の紋、丸に重ね枡の高さが異なっているのは誰の目にもあきらかだった。私は祖母にそのことを伝えようとしたのだが、母が目配せでとめた。それは母の意趣返しかもしれないし、今更時間がないということかもしれなかった。

銅鑼が鳴り響くと、五人の僧侶が一斉に読経をあげだした。それはまるで大伽藍を擁する寺院の堂宇の中にいるように荘厳かつ重厚なもので、一転して干支吉の矜持を満足させたようだ。聞き惚れるという言葉が十分にあてはまるような読経だった。しかし、終わると思えばまた続き、その長さ、その単調な厳かさに堪え切れなくなった南の廊下の一団が足を崩し出した。それを契機に神妙な空気がゆるみだし、参列者の気持ちはまたも南側に集中しはじめた。たとえ俯いたとしても冬の正当性を主張するような曇りのない日差しにさらされた彼女らから立ち上る強い香水は、容赦なくその存在を主張していたが、町の人々が本当に目を凝らしたかったのはその女たちではなかった。派手な彼女らは目立ってはいたが、まだしも真っ当と言ってよかった。

足をくの字にして横座りする女たちに混じって、一人だけ胡坐をかき任侠芝居の役者のように顔を心持ち上に向けて、涙を堪えている人物がいた。七三に分けポマードで固められた髪にネクタイを締めたダークスーツ姿。それは、ハイヤーから転がり出てきたあのドリンキングバードだった。身内の席に座る私でさえも、おとなしく顔を俯け膝にそろえた手を見つづけていられず、つい彼を見てしまう。異形の人は、誰が見ても女だったが、あくまで過剰なまでに男としてふるまっていた。それは誰もが見破っているのに本人だけまんまと化けおおせたと思い込んでいるかのようで滑稽だった。それだけに私にはかえって必死に見え、この異形の女《ひと》だけが本当に裕子叔母を偲んでいるように映った。

のちに私は「男装の麗人」という言葉を知るのだが、たとえこの時知っていたとしても麗人とはとても表現できなかった。長じて母から聞くことになるが、彼女は、パピヨン三太という人をくったような源氏名の持ち主だった。このふざけた名前の、当時言うところのおとこ女が裕子の死を心底嘆いているのだった。

弔いに来た者は焼香のあとすぐに富貴楼を辞する者もいたが、大抵の者はすすめられるままに別室での精進落としに舌鼓をうち、うったが最後「さすが富貴っつぁんは、さっしゃあことがすごか」と上機嫌で帰っていった。

酒がすすむに従って岬の男たちは遠巻きに眺めていたあの人々に近寄りだし、自らお酌をはじめた。奇妙な一団もこれが自分たちの仕事と心得ているようで、東京言葉で岬の人々に応対し、掌で転がしつつ盃をあけた。語尾に「たい」やら「と」やら「しゃあ」などが一切つかぬ言葉が男どもを魅了し、気持ちは知らず知らず昂ぶってやまなかったようだ。

赤銅色の顔をし、節くれだった手を持つ者も、バスに揺られ市内へ通う勤め人も、自らがさす酒を気持ちよく飲みほす彼女らにくすぐったい満足感を得た。無論、その連れ合いたちの方は冷やかな目でその様子を見つめている。

酔いがまわったのか、年若い瞳がグループサウンズのザ・スパイダースをよく知っていると言いだした。

「マチャアキば知っとうと?」

断水していた水がいきなり蛇口から噴き出すように父親に付いて来た娘が問うと、水は止まることなく流れだした。

「マチャアキもそうだけど、ムッシュの方が仲いいかな」

「ムッシュって、かまやつさんね？」

瞳は、六本木の〈キャンティ〉に集まる芸能人の話を始めた。一つまみの塩が溶けて座敷に甘さが増した。距離を置いていた女たちは興味を押さえつけることに耐えられなくなり、饗応に馴染んで笑い声をたてだした。告白するならば私でさえも叔母・裕子のお斎《とき》であることを忘れ、「アンアン」で垣間見ることしかできない〈キャンティ〉の話に、耳を澄ましてしまった。

参列者はなかなか帰らず、場はまるで祝宴の二次会の様相を呈し、彼女らのそぐわぬ出で立ちのことも、あの異形も含めて「東京の人は違わっしゃるばい」と感心されることはあっても増澤干支吉の名を落とすことはなかった。

まだ五時のサイレンも鳴っていないというのに、せっかちにも陽は暮れていく。葬儀社は参列者が途絶えると門前に横付けされたトラックに、手際よく大きな花輪を積み込んでいく。玄関まわりはあっという間に通常の料亭富貴楼にもどり、輪から抜け落ちた紙細工の白鳩も拾い集められ、ぽいとトラックに投げ入れられた。山積みされていた会葬品の段ボール箱も、すべてトラックに積み込まれ持ち去られた。さすがに母・佳子は、「葬儀に来られなかった人があとで線香をあげにいらっしゃるだろうから、段ボール一箱くらいあったほうがいいんじゃないでしょうか」と干支吉に言いはしたが「ちゃんと来んやったもんに返礼もなんもなかでっしょ」と、着替えたお対《つい》の大島の膝に、煙草の灰を平然と落としながら、一顧だにしなかった。チセは返礼品のことより、高価な紬に穴が開くことばかりを気にして干支吉の手元と膝に忙しく目を泳がせていた。

富貴楼の玄関の庭行燈に灯がともる頃には、祖父や父は料亭の奥で、名前と香典の中身を照合する作業に大わらわだった。干支吉は香典の額の多さにも気をとめたが、それよりも思った以上に少ない金額を入れた者を「つかぁしか奴ら」と頭に刻みこんだ。そういう時、干支吉の切れ長の一重の目はつり上がる。

参列者の香典が片付くと、パピヨン三太が大事そうに抱えてきた段ボール箱が開けられた。ぎっしりと詰まった香典の一番上は王貞治、長嶋茂雄、勝新太郎、田宮二郎、和田浩治と書かれたもので、私は裕子の交友の広さに驚いた。

冷たい夜気が降り、もの好きなカマドウマが流しの下から姿を見せだした頃、百合の花束を抱いた長身で細身の男性が呼び鈴を押した。応対にでたタツ子はその姿をみるやイトミミズのような目をのたくらせ「坊ちゃん」と驚いた声をあげた。スリッパを勧めながらタツ子は大きな声で帳場にいる若女将、つまり私の母にむかって「春川の坊ちゃんが来んしゃったですよ」と叫《おら》んだ。明日の予約の確認をしていた母は帳面を大急ぎで閉じてはじけるように玄関に出、私はといえば母の横で算盤をはじいていたのを御破算にし、仲居部屋に走った。そして鏡台に上り覗き窓から玄関を窺った。

母は「よく来てくれたねえ」と何度も口にし、春川聡一の来訪を、私から見れば場違いのように喜び、大広間へと案内した。母の足音だけが長い廊下に響き、他には誰もいないようだった。

大広間の夜は昼とうって変わりがらんどうで、南の庭のコナラにかろうじてしがみついていたドングリがひとつふたつと落ちる音が響く。座敷の精緻な天井や欄間は黄色い電灯に浮かびあがり妖しかった。

裕子の遺影と遺骨は、鯨幕を外された老松を控えた舞台の中央に大道具のように置かれていた。聡一は母が執拗に座布団を勧めるのを手で制し、冷えた畳の上に正座して身動き一つせず、黒いドレスを纏って微笑む裕子の遺影を見つめ続けた。

春川聡一は、干支吉夫婦が寝起きする奥座敷の裏に住む学者の長男だった。学のない祖父はこの春川を尊敬し何かあれば相談に行き、そして何くれと面倒を見、自分の土地をくれてやることまでし、口約束ではあるが同い年の子供二人の末を約束させた。それが裕子と聡一だった。

聡一は玄関で母と挨拶をかわした以外は一言も口を開かない。母は「聡ちゃんが来てくれるのが一番の供養。裕子ちゃんのお葬式がやっとこれで終わる。気がすむまでいてちょうだいね」と浮足だったもの言いをした。聡一は子供のようにコクリと無言で頷きながら膝の上の白百合を畳の上に置き、細いきれいな手で縁なしの眼鏡を外した。

ズボンには真っ黄色な白百合の花粉が付着していた。聡一は蒼白で無表情なままだった。けれども眼鏡を外したその顔は、アルバムに貼られた海を背景にした幼い二人の写真を十分に彷彿させるものだった。

案内した母と、勝手について来てしまった私はその場を離れようとした。しかし、寒々とした百畳に衣擦れのような聡一の気弱な声がした。

「ここにおって僕の話を聞いてください」

母はそれでも「聡一さんが来てくれて裕子ちゃんは喜んでいると思うから、ひとりで裕子ちゃんとお話したらいい」と遠慮した。が、聡一はひかなかった。

「佳子おばちゃん、聞いてください。僕は辛か」

聡一はそう言うといっときの間、晴れやかな顔をした裕子の写真に手を合わせた。母はまだしも、私はここにいていいものかと、考えあぐねているあいだに、聡一は静かに語りだした。

「おばちゃんも知っとるやろうけど、僕は小さい時からずっと苛められていました。その僕を裕ちゃんはいつも助けてくれました。それなのに、僕は、一度も裕ちゃんを助けたことはなかったです。いや、裕ちゃんは強かったから、僕の出る幕やらはなかったです。出たとしてもかえって足手まといになるだけやろうし」

　聡一は口をつぐむと、膝に目を落として、白百合の黄色い花粉を指で弾いた。花粉は消えてなくなるどころか、ズボンにいっそう広がった。

「でも、あの時僕が、コンテストやらに出たらつまらんって反対しとったら、裕子ちゃんはあんな男と結婚することにもならんやったろうし、たとえ僕と一緒にならなくても、こんな悲しいことにはならんやったと思います」

　この人は本当に叔母のために悲しんでいる。この場に立ち尽くす私には、母の喜びようがよく理解できた。聡一が帰る段になると、お返しが何一つないことに気づいた母は慌て、泣き笑いしながら紫色の袱紗に富貴楼の屋号が入ったマッチを入れて渡したのだった。

　聡一が帰り私はもう一度大広間へむかった。老松の絵を背にしてぼーっと浮かび上がった裕子叔母の遺影と遺骨は、まるで忘れ物のようだった。

　今なら泣ける、と私は思った。


　私は、寄宿舎の食堂で叔母の訃報を聞いた。夕食の祈りを捧げ終ったところで舎監がやってきて耳打ちした。私は何食わぬ顔をし頷いた。叔母がたとえ銀座のナンバーワンといえど女給であることを、シオン寮に住む娘たちに知られるのを極度に懼れ、悲しみより困惑の方が大きかったのだ。私は、叔母・裕子を二度裏切ったことになる。しかし、富貴楼に戻れば思い切り泣けるではないかと自らに落とし前をつけた。

　ところがその夜のうちに富貴楼に戻り、親戚らがいる前で裕子の遺骨に対面すると出るはずの涙は一滴も出なかった。私は居合わせた親戚の目を気にして、なんとか涙を流そうと努めた。そんな私に気がついた母は、皆に聞こえる声で「梢ちゃんは裕子ちゃんの思い出に耽っているから」と言った。

なんとお節介なことか。私は益々泣くことが出来ず、むやみに腹だたしい思いだけが募った。

今なら泣ける。老松の絵をひかえた大広間にいるのは私と裕子叔母だけだ。重い鉄の門扉を閉める音。遠く口笛が聞こえる。だが、涙が頬を伝うことはなかった。

二

巡査まで出て交通整理がおこなわれた葬儀の翌日、岬の町の往来は鎮まり返り富貴楼にいたっては、トロ箱が置かれた仲居部屋の魚臭さぐらいが、昨日を偲ばせる唯一のものだった。夥しい弔電は、名前だけ確かめられて、読まれることもなく水色のごみ袋にあっけなく捨てられた。

さて、裕子の遺骨は葬儀が終わった直後は舞台の上にちょこんと置かれていたが、大広間に置いておくわけにもいかず、かといって客間をひとつつぶして祭壇をつくることなど、商売一筋の女将のチセの頭には端からなかった。

悲しんでばかりだと裕子が浮かばれないとか、自分が元気でいることが裕子への供養になるなどという世間並の考えがあるはずはなく、また人の手前を取り繕うということもなく、いっそ「さあ、もう終わった」と廻り舞台が一転する感じだろうか。それは勿論、せいせいした、などというものでもなく、単なる祖母の洗練されていない性格からくるものだった。辛辣な言い方をすれば田舎者であり、何にでも「お」をつければ丁寧語になると思い込んでいるような教養のなさから来ていると言っていいだろう。

結局遺骨は離れの居間のテレビの上に置かれ、遺影は神棚に対面する形で欄間に掲げられた。

骨壺の下では香典をよこした田宮二郎司会のクイズ番組〈タイムショック〉が映し出されていた。

全問正解が出るだろうかとハラハラしながら画面に食い入るものの、時折遺骨も喧しかろうと思わずにはいられなかった。しかし、重厚な赤味がかった濃い茶色のテレビには、深紅の別珍のカバーがかかり、金襴の骨壺覆いとよく似合っていた。

　クイズの出題の声に交じって祖父の甲高い電話をかける声が聞こえてくる。

「あんたんところにある一番高か仏壇たい。……値段、あんた誰に言ようとですな。あたしあ富貴の大将ですばい……ああ、しぇからしか。つべこべ言わんで一番よかとば持ってきなっせい……」

　私は、朝から祖父母の部屋の納戸が壊されて二畳、いや三畳はある板の間が現れた理由はこれかと合点がいった。テレビの画面から目を離したすきに全問正解が出たようだ。解答者の座った椅子の周りは旭日旗の光条のように電光が点滅しだした。母・佳子の顔は誰がみても沈んでいた。

　それはそうだろう。

　増澤干支吉は町民に「大将」あるいは「富貴っつぁん」と呼ばれ、町会議員を何期も続けた今は議長であり九州全域の議長会の会長もつとめる名士だった。県選出の国会議員からも「親父《おや》っさん」とさえ言われていた。まだまだある。富貴と屋号の入った料亭、運送会社、映画館を起こした人物でもあった。しかし実はそれらは過去形でしかない。

　何故ならば、御大層な肩書のある大将はこの時すでに準禁治産者扱いだったのである。干支吉は選挙に湯水のように金を使うこともだが、一夜にして家作がなくなるほどの放埒——博奕だが——のため全ての資産の名義は武之とチセに書き替えられていた。この事は声をひそめずとも古くから富貴楼に関係のある人々には承知のことだった。よって、佳子の顔が暗くなるのは当然だし、仏具屋は代金の回収が出来るのだろうかと訝しがったのも当たり前のことだった。

　明くる朝、その名も大層な「厨子《ず し》正面《しょうめん》唐破風《からはふ》造《づくり》御宮殿《ごくうでん》金仏壇《きんぶつだん》」なるものが衆目の集まるところで運ばれてきた。それはあまりに大きく重く、トラックの荷台から下ろすのに往生するほどで、そのことが却って干支吉を満足させた。

板の間に置かれた仏壇は、これ以上ないというほど仰々しく、ガラス張りの観音開きの扉の向こうにおさめられた。照明を点けると、いや点けなくとも金色《こんじき》に輝いていた。金色の燈籠に金色の瓔珞《じゃらじゃら》や、輪っかに金色の鶴やら亀。それら全てが燦然と輝き、まるでシンドバッドが宝の洞窟に入り込んだようで、私と妹の美登利はいっときの間、呆けたような顔をして見入ったものだった。美登利は唐破風からぶら下がる瓔珞やつり輪のように揺れる輪燈を触りたくて仕方ない様子だった。高価そうだが決して趣味のいいものには見えなかった。しかし、これは誤解であって浄土真宗お西さんの仏壇とはこういうものだということを母に教えられたが、母はため息つきで一言付け加えた。

「お父ちゃんがお金を出してくれればいいんだけど、これは車一台分はあるわね」

常日頃から干支吉に反目する武之であったが、面と向かって異を唱えることができず、チセや佳子に刀の切っ先を向けた。佳子は我が子の手前「お金」と言ったが、本当は殴られることを恐れていた。が、結局は干支吉と武之は本来同じ穴のムジナ。揃って派手好きで目立ちたがり屋だったところから、武之は金ピカの仏壇を見ると「俺もここに入るとやねえ」とまんざらではない顔をした。

お伽の国から来たような仏壇はすんなりと増澤家に入り込み、裕子は大層な厨子正面唐破風造御宮殿金仏壇に祀られた。

三

ぽつりぽつりと香典が書留によってもたらされた。東京からは茶封筒の速達が二通届いた。大きな封筒には色紙。もう一通には香典と悔やみの言葉が書かれた手紙だった。中学生の私には色紙の贈り主の名が一風変わって思え、頭の中にすっと入りこんだ。ゴミ、五味康祐。もう片方の手紙は、とりたてて珍しい名ではないために却って頭に残らず、高という字と介だったろうか、そのような文字が曖昧さをともなって脳裏に残った。これらは数ヶ月後に、祖母に見せて欲しいと願うと「もうとうに捨てた」とあっさりと言われてしまい、色紙の内容も偲ぶ言葉もわからない。「ちょうだい」と言えばすんなりくれたであろう。祖母の性格を十分理解していたのに、と高何某が誰か判明《わか》って以来、私はいまだに後悔している。

その封書が届いた日のことだった。

「四十九日までは置いとっちゃりましょうって言うたとばってん」と、チセは金壺眼を一層すぼめながら武之に語りかけ、ため息をついて「納骨ば、もうするって言わっしゃあとよ」と結んだ。なんと慌ただしいことかと思うも、富貴楼らしいというか、増澤干支吉とはそういう男だと私は妙に納得したものだった。

富貴楼から大袈裟にしずしずと歩いても十分もかからない町中に、六道池という汚いどぶ池があった。その水面は猫の死体に混じって夏ならばふやけた西瓜の皮、冬ならばくたくたになった蜜柑を浮かべて、いつも饐えた臭いを放っていた。その畔には、水面に張り出した赤い破れ提灯のホルモン料理屋や、食中毒をだして以来閉ざされた食堂や長屋が立ち並んでいた。うらぶれた緩やかな坂道を、僧侶を先頭に、干支吉、武之、チセと列を作って辿る。急な話で住職は余所の葬儀にでも出ているのだろう、若い息子が代わりにやってきた。草履を履き慣れていないらしく、歩くたびに土埃が舞う。チセは後ろを振り返り、母に話しかける。

「歩き方の下手かねえ。雨でも降る日には、跳ねが飛んできて着物が汚れてしまうが」

そう言ってついと前を向く。大雨が降ると六道池はいとも簡単に氾濫し、根元まで浸かる貧相な柳が見えてくる。その柳が合図のように東に折れると、池は突然姿を消して急な上り坂となった。

私は短い行列の一番後ろをゆっくりと坂を上りながら、なぜかしら禍々しい気分に覆われていた。鬱蒼とした木々に怖れをなしたわけではなかった。寄る辺のないような気持ち——とでも言おうか。突然、木々が途切れ行く手が開け、夥しい墓石が目に飛び込んできた。

あっ。私は小さな声をあげた。前を歩く祖父、祖母、父や母も知らない、誰とも共有しない思い出が弾けるように脳裏に浮んだ。それは私でさえ思い出すこともなかったものだった。


叔母・裕子がチンピラと婚約した頃のことだった。カムフラージュだったのだろう、二人は幼い私を連れて散歩にでかけた。スキップが似合うような日和で、空は青く晴れ渡り、ぽつんぽつんと綿菓子を思わせるような雲が浮かんでいた。私は嬉しくて、つっかけの音を響かせて二人を急かせて玄関を出た。が、連れて行かれた先はこの墓場だった。紫色の花が、それは薊《あざみ》だったのだが、墓石を割るように咲いていた。

二人は腕を絡め、私は裕子の余った手にひかれていたが、いつもの裕子と違ってその手の握り方はあいまいで、幼心にとても心細く、また場所が墓地ということもあり、二人に連れられて出てきてしまったことを早々と後悔した。

裕子は卒塔婆のうしろから真横に葉を突き出し、まるで意志があるかのように屹立する薄紫の花を指して「この花、好いとう」と甘い声を出した。棘のある猛々しいこの花のどこがいいのか私にはわからず、墓地の先のそのまた向こうにゆったりと姿をみせる、岬の丘公園に連れていってもらえないだろうかと願っていた。

「なら、とっちゃろうたい」と男は裕子に負けず蜜を吸ったような声でこたえた。「やめり、棘のさるが」と裕子は言ったが、その言葉は男の悲鳴にかき消された。

「痛か。棘が刺さったばい」

裕子の私を握る手にはもう殆ど力がなかった。

「梢ちゃん、ここで待っとき。絶対にどっこも行ったらいかんよ」そう言うと裕子はたっぷりとした裾の広がるフレアスカートを翻して、墓地の隅の楠の大木の向こうに男と共に消えて行った。それは子供心にもとても淫靡な、誰にも言ってはいけないことに思えた。

私は周囲を見まわした。倒れかけた卒塔婆、首が折れ朽ちたまま花立てに挿されたキンセンカやキンギョソウ。どこからか現れて、払っても払っても目の縁や鼻の孔にとまる銀蠅。どの墓石も古く、鈍い緑がかった苔で覆われ、ところどころが剝落して無様な色の石が姿を現していた。薄暗いわけではない。太陽は真上から陽を落とし、影はどこにも見あたらなかった。破れ傘があるわけではなく、提灯があるわけでも、まして火の玉が浮いているわけでもない。辺りは静かで明るかった。それなのになぜかそこだけは暗く、じっとりとした風が吹く場所のようで、ひとり捨て置かれた不安にかられた。辺りを恐る恐る見回して真新しく光る大理石の墓石を見つけて座った。太陽を反射して黒く光るその石は、座ると温かく、恐れていた気持ちが薄らいだ。が、目を閉じると、たとえ瞬いただけでも、一つ目小僧やろくろ首がぬっと出てきそうで、必死になって目を見開いていた。

裕子が「好いとう」といった、薄紫の花、棘がたくさんついたその花を私は凝っと眺めていたが、そんなことで時間を潰すことができるはずもなく、ほどなく立ちあがった。その拍子に黒い墓石の陰から長い虹色の尻尾をもつトカゲがひょいっと出てきて、くの字のように体を撓らせて私の足元で止まった。それは随分と長い時間に思えた。私は、どうすることも出来ず恐怖のあまり泣き出して「裕子ちゃん」と何度も何度も叫んだ。

裕子が木陰から飛び出してきた。追うように男が現れて、そのトカゲを、先の尖った黒い革靴で踏みつけた。グエという音と共にとかげの内臓が男の靴の下からはみ出てきた。私は泣くのをやめた。

代わりに裕子が小さな悲鳴をあげた。その悲鳴が男の気持ちをそそったのか、チンピラは虹色の尻尾を持つトカゲを執拗に踏んだ……。

墓守が干支吉に挨拶をする声が聞こえてきた。

辺りを見回すと、裕子が好きだと言った薊は一輪も咲いていない。だが不思議なことに、棘が刺さった時のチンピラの甲高い声、裕子叔母よりも女々しい声が、風に乗って私には聞こえてきた。

四

裕子叔母の嫁入りの日は、私が墓場に連れられて行った日からそう遠い日ではなかった。

梅雨入り直前の空は青々としていたが、空気は抗うようにぬめりとしていた。長じて知ることになるのだが、叔母のお腹には赤ん坊がいたという。そういえば裕子が嫁ぐ前あたり、富貴楼の奥座敷は諍いが絶えず、祖母の悲鳴がママゴト遊びをする私の耳によく聞こえたものだった。

富貴楼の門の前には町内からわらわらと人がでてきた。国道は、好奇心を剝きだしにした町民や、お祝いの言葉をかけたいと駆けつけた人々で、ざわついていた。その先には富貴陸運の幌付きの大型トラックが停まっていた。「富貴っつぁんとこの嫁入り道具」を見たさにトラックの後部にも沢山の人が群がっていた。

いきなり拍手が起こった。丸に重ね枡の白抜きの家紋がはいった紫色の幕が垂れた玄関に、黒引きの振袖に角隠の裕子叔母の姿があった。

叔母は、そろりそろりと歩きだした。「やっぱあ、きれいかねえ」と言う声が聞こえてくる。拍手は、鳴りやむかと思うと、またうねるように続いた。その拍手に釣られてまたも人が集まってくる。「サンゴクイチ」という声が発せられたが、私には意味がわからず日本語とは思えなかった。いつもは顎をちょっと上向きにして動作もしゃきりとしている裕子叔母が、この時は最後まで俯き加減でゆっくりとしており、私は身体の具合でも悪いのだろうか、と心配になり叔母のそばに近付いて顔を覗くと、角隠の裕子ちゃんの睫毛が長いことに今更ながら驚いた。裕子叔母がペロリと舌を出した。いつもの裕子ちゃんに安堵した私はアカンベーを返した。

裕子叔母は富貴楼の門を出ると小さくお辞儀をして黒塗りの車に乗り込んだ。板前のシローがいきなり万歳をしたものだから、みんなも慌てて手を上げた。

スミちゃんが、「出征のごたあ」と呟いた。耳ざといタツ子が「バカタレ、縁起でもなか」とスミちゃんの細い身体をつつくと、スミちゃんは柳のように揺れた。その横で私も万歳と声をだした。二回三回と大きな声を出しているうちに気持ちが昂ぶって、収拾がつかなくなってぴょんぴょんと跳ねながらインディアン踊りのように手を上げた。頭も身体ものぼせてしまった私は大袈裟によろめいてみせたのだが、いつだって私をかまうスミちゃんは私を無視した。そして割烹着のポケットから富貴楼と印刷されたマッチを出して、擦ると「坊ちゃん」と男に声をかけた。私はその男の名前は知らなかったが「回覧板のおじちゃん」としてよく見知っていた。男は煙草を吸いながらずっと立っていた。スミちゃんはこの日一日、不機嫌だった。

まさか、裕子叔母にずっと会えなくなるとは思ってもみなかった私は、興奮はしていたがそれほどの感慨もなくあっさりと引き上げた。

五

私は、忌引で戻ってきたもののすることもなく美しかった叔母の思い出に浸りながら富貴楼の表玄関を掃いていた。郵便配達の自転車が停まったと思うと郵便局員が小包を持って通用門へと消えて行った。日頃「表玄関やのうて通用門からはいんしゃい」と、口を酸っぱく言っても聞かなかった配達員がなぜこの日に限って板場の方に行くのだろう。

ある予感がよぎり私は庭箒を投げ出して駆けだした。

「東京から大将に荷物の届いとうですよ」わざとらしい大声だった。

やっぱり。

配達員は差出人を見て中身が気になったのだろう。表玄関ならば出てきた仲居に手渡してすぐにことが終わってしまう。なんとか中身を見てやろうという魂胆でわざわざこちらにやってきたに違いない。

東京からの荷物。スミちゃん以外は、客室にいた仲居頭のタツ子をはじめ料理を運んでいた仲居も、何食わぬ顔で板場に集まってきた。しかし、残念なことに大将とよばれる祖父はおらず、といっても祖父がいないのは毎度のことだったが、女将のチセもそして若奥さんと呼ばれる母も板場にはたまたまいなかった。妹の美登利が五つ珠算盤をひっくり返して片足を載せて滑って遊んでいる。ゴロゴロと音が響く。

板前のシローはほんの少しの間、まな板の上の手を止めたが、気を取り直したようにハマチをひきだした。既に、使い走りのてごを使う身分になっていたが、子供といっても差し支えのない頃から富貴楼に住み込んでいたせいか、それとも声を荒げない性格のためか、右足の親指の先が欠けたこの男は身分の差が激しい板前の世界というのに周りの者たちから軽ろんじられていた。

配達員は親しさを装って、のちに〈黒い霧事件〉として世を騒がせた野球賭博の話などをシローに振る。彼の目論見など気がつかずシローは包丁をひく手をとめて話に乗りだした。シローには大将に届いた荷物より西鉄ライオンズの話の方が大切だった。

仲居たちは荷物見たさに、板場にとどまる。普段から彼女らは、増澤家の面々に荷物や贈り物が届くと、「なんが、入っとうとやろうか」と中身を見ようといつも覗きに現れる。それを叶えるためには障子に穴を開けることも厭わなかった。そして仲居部屋でこいこいでもやるように、荷物の中身の品定めを延々とはじめ、雇い主を貶めるのだった。ひとりスミちゃんだけは、悪口がはじまると、目を瞬かせてだまり込んでしまった。

カウンターに置かれた茶色の油紙に包まれた小荷物は、見るからに軽そうだった。皆を蔑んだものの、私だって中身を早く見たかったが、宛名が干支吉と書かれたものを、いくら干支吉が孫に寛容でも、勝手に開けることはできない。

美登利が出す算盤珠と板の擦れる煩い音にまじって裏玄関から細く高く〈アリラン〉が聞こえてきた。

アリラン　アリラン　アラリヨ
アリラン峠を越えて行く

小豆色の鼻緒の下駄に赤味がかった臙脂色の足袋。灰皿でも洗っているのだろう、腰巻を大きく割ってしゃがむスミちゃんの姿が浮かぶ。

私を捨てて行かれる方は
十里も行けずに足が痛む

私は大声でスミちゃんを呼び、母屋から祖母を呼んでくるように頼んだ。チセはなかなか奥からやって来ない。仲居らが鮫のように集まったものの、餌にはありつけないと観念した頃、配達員も自転車に積んだ余所の荷物のことが気になりだし野球を語る口調が早口になってきた。

私が、包みを人差し指でつつくとそれは簡単に動いた。

その様子を見ていたタツ子は金歯をむき出しにして「えろう軽かごたあばってん、まさか雷おこしやなかろうもん」と、差出人が誰であるかわかっているだけに怪訝そうに言う。イトミミズのような目がヒルのように膨らむ。「なんやろ？　ほんと軽かやねえ」とつい私も口を滑らせた。

チセが忙しない足音をたてたてやってきた。その音を聞きつけた美登利は算盤からおりて帳場にもどし、何食わぬ顔をしてチセの後ろについた。

チセは差出人の名を見て「あらら」と素っ頓狂な声を出すと、躊躇《ためら》いのない手つきで茶色の油紙を破った。一体何が出てくるのだろうと、誰もの目が集まった。

果たして出てきた物は、この岬でも手に入るチョコレートのギフトセットだった。仲居たちは目の前の手品が失敗でもしたかのように薄笑いを浮かべながら「おいしかろうごたあねえ」と口々に言い、つまらない様子を隠しもせずにあっさりと持ち場に帰って行った。中身を知った配達員もシローとの立ち話は終わってもいないのに「荷物荷物」と、そそくさと勝手口から出て行った。

チセはこの菓子に意味を持たせるわけではなく私と美登利にむかって「仲ようもやいにしんしゃい」と言い置くと、仏壇に供えもせず早々と母屋に引き上げて行った。菓子だったからか、大したものではなかったからか。その両方か。チセらしい態度だが、私はこれが洋子の片腕といわれた叔母への最後の捧げ物かと思うと、もっとそれらしいものがあったのではと、単なる知り合いが手土産に持参したならば喜んで食べたであろうそのチョコレートを、つかの間無言で眺めた。色とりどりの銀紙にくるまれたチョコレートに、裕子と贈り主の銀座〈姫〉のママ・山口洋子の顔が重なった。

これが銀座のナンバーワンの証やろうか……。

涙が思いがけず、湧くように溢れ出てきた。箱にはいった赤青緑の銀紙が涙に滲み、妖しく小さく輝きだした。それは見たこともない銀座の酒場の明かりのように見えた。

私は決心したようにひとつ摘まんだ。青色の包みを開けて口にいれると、甘いチョコレートが溶けるにしたがってハッカの香りが口中にひろがった。好物だというのに涙のせいなのか嫌な味がした。私が包みをじっと見つめている脇から、美登利は無邪気に手を伸ばして次々にチョコレートを頬張り満足げな顔をする。屈託した気持ちが噴き出した私は思わず伸びて来た美登利の手を叩いた。美登利はわざとらしく派手に泣き喚きだした。

美登利の泣き声に気がついた母がやってきた。

「〈姫〉のママ、洋子さんからよ」と私は口を尖らせた。母はあっさりと「そう」と言うと美登利の頭を撫でだした。

「お母さん、これ、岬センターにも売りようよ」

私はまたも口を尖らせた。佳子の整った顔が一瞬崩れたが「美味しそうじゃないの」と言うだけだった。

「安すぎんね」

「そんなこと言うもんじゃないでしょ。洋子さんもお忙しいのよ」

ほんとうね、とでも返ってくると思い込んでいた私は、なにクソとカウンターの上の箱に手を伸ばして、美登利に負けじとチョコレートを食べだした。乾いていた涙がまたも溢れでてきた。

母は、半紙にチョコを数個包んでスミちゃんに渡した。

六

その翌日、東京の裕子のマンションから大型トラック一台分の荷物、家財道具や衣類が届いた。差配を振るったのは父だった。母が言うには、遺骨を抱えて戻って来た父は、辺りかまわずオイオイと泣き尽くすとあとは淡々としていたという。

ケロリとしたわけではないが裕子のことを悔やむより、首を傾げて何度も口にしたのは「おかしかやねえ」であった。それは裕子の部屋にあるはずの高価なものが一切消え失せていたということだった。

六本木のマンションの家具は、そういうことに無頓着な父にもひと目でわかる高級なものだった。深い褐色のライティングビューローの抽斗を開けると中には平たい革張りの小箱が入っていた。白い箱の蓋の縁には金色でアラベスクの文様が描かれている。

キャッツアイや、エメラルドにダイヤモンド。それらの指環が入っているに違いない箱を、武之は不謹慎にも胸をときめかせながら開けたが、深紅のビロードの中敷きには無数の指環の跡がついていただけで、中は空っぽだった。同様にクローゼットにはチンチラもシルバーフォックスもぶら下がっていなかった。

「裕ちゃんから電話があって、えろう高かキャッツアイば買《こ》うてもろうたげな」

武之の耳の奥でチセのはしゃいだ声が線香花火のように散った。

それでもトラックから運び出された洋箪笥、三面鏡、ベッドに衣類は、三十畳敷きの広間をいっぱいにした。やがて裕子の形見分けが始まった。チセは畳の上に広げられた衣類の中から、あちこちと毛の抜け落ちたミンクのショールを見つけると「こりゃあ、着物によかね」と、取り上げて着物のうえに羽織った。衿を抜いた着物姿にみすぼらしくともそのショールはとても似合っていた。

段ボールの箱には、ちまちまとした生活用品や小物が入っていた。私と美登利は、半ば面白がってその中身を検めた。緑色の大理石の灰皿やライターは重く、揃いの大理石の台をもつ電気スタンドは、よいしょと掛け声をあげなければ持ちあがらなかった。

底の深い箱から物を出す度に、一同の目がそこに集中するのを私は見逃さなかった。丸い手鏡が出てきた。裏返すと光沢のある柔らかな布地には、西洋の貴婦人の肖像画が転写されていた。一緒に出てきたヘアブラシにもその絵柄があった。こんな豪華なもので裕子ちゃんは身を繕うのだという驚きは「すごかぁ」と口からぽろりとでてしまった。一方で、ボロボロに擦り切れたジャケットのレコードなどには誰も見向きもしなかった。

段ボールの底から写真立てが出てきた。写真には緋色に金ボタン、白のモールがついたジャケットに、白いミニスカート、白いブーツを履いて足を組み嫣然と笑う裕子の姿があった。それはあきらかに鼓笛隊の衣装だった。

私は、ミンクを肩にした祖母の元に走り、その写真を、ほらほらと掲げた。祖母は「変な格好やねえ」と目を窄め興味なさそうに呟くと「あなたらちも、自分が欲しかもんば選んで持っていきんしゃい」と言い残して広間を去っていった。

形見分けと聞いて馳せ参じた親戚一同は、同じ貰うなら高価なものが欲しかったに違いなく、チセがいなくなった広間には、お互いを牽制しあうような重苦しい空気がたちこめた。まだチセが居て、せかせかと畳の上を歩きまわっていたほうが厚ぼったい空気が掻きまわされるようで、気が紛れた。

「変な格好やねえ」と取り付く島もなかった鼓笛隊の写真は、後々、ある作家と一緒に写ったものが週刊誌に掲載されて、私はあの〈捨てられた偲ぶ手紙〉がその有名作家からのものであることに気がついた。

仏壇のお鈴にはスミちゃんが折ったに違いない赤や緑の銀紙の小さな折り鶴が数羽入っていた。私は、屑籠に捨てたチョコレートの包み紙を取り出すと、真似て鶴を折ろうとした。しかし包み紙は小さく何度やり直しても折ることができなかったが、かろうじて一羽だけ形になった。夜になるとチセが気づき「誰がしたとね。お鈴が響かんやろが」といってそれらは私が拾い出した屑籠にまた捨てられてしまった。

私の忌引休暇はこのようにして終わった。

第二章　茶色の小瓶

一

一九六三年一月。東京銀座で一番美しいといわれる夜景は、和光の時計塔を抜いて、丸いガラス張りの三愛ドリームセンター、通称三愛ビルに取って代わられた。

その開業の式典には真夜中にもかかわらず皇族の姿もあった。フランキー堺がドラムを打ち鳴らし気分を盛り上げる。その高揚したドラムロールの中、一階からゴンドラが上へ上へと厳かに昇り、各階に電気が灯されていった。その模様は夜空を駆け昇る龍のようだった。ビルをとりまいて見上げる銀座っ子から地鳴りのようなどよめきと拍手が起こった。銀座の夜を彩っていた酒場のママや女給たちもその中にまじっていたのは当然だった。

山口洋子が東映のニューフェイスとして銀幕にデビューしてはみたものの、一生大部屋女優であろうと自覚し、銀座七丁目の木造二階の小さな酒場から身を起こして七年が経っていた。洋子も、この三愛ビルの点灯式をコートの襟を立てて見ていたに違いないし、それどころか、一流中の一流といわれた〈おそめ〉や〈エスポワール〉のママである上羽秀や川辺るみ子も、名士や文士を引き連れてその場に居合わせただろう。

洋子は銀座に君臨するこの女たち、秀やるみ子の上に立ちたかった。それが叶わなければせめて同等に渡り合いたかった。それにはなんとしても飛び切りいい女が欲しかった。

この写真の女、「光《ひかる》が欲しい」と一枚の写真を翳す。

スカウトマンが動き出す。

「強欲な女には金をちらつかせりゃあイチコロだし」

「悩みがある女は顔をじっと見つめながらフンフンって相槌うって親身なふりすりゃあいいのさ」

「自分が一番きれいだって思っている白雪姫の継母《ままはは》みたいな女には、鏡よ鏡、世界で一番きれいなのはだあれ。そりゃあ、あなたでございます。あなたが世界で一番美しいって耳元で言い続ける」

「高慢ちきな女には、お嬢様ってなもんよ」

「ま、このどれかを組み合わせて落ちない女はいないね。だいたいね……」

ところが、スカウトマンは語尾を濁した。その女、光は他の女たちとは違った。押そうが引こうが、目の前に札束を山積みしても表情一つ変えず、煙草の煙を髪をポマードで七三に分けた男に吹きかける。

光は殆ど過去を語ることがなかった。執拗に訊かれれば「思い出なんてなんの役にもたちやしない」と木で鼻を括るように言ってのけた。

金持ちの娘らしいと聞くこともあれば、親戚中をたらい回しにされた挙句に、血の繋がった叔父に暴行されたと耳に入ることもあったし、ミスコンテストで一位になったらしいなどとも噂された。殆どが作り話の夜の世界でなにが本当の事やら。

腕利きのスカウトマンほどやっきになった。光を落とせば俺は引抜屋として誰もが認めるトップだ。

「望みはなんだ。なんでも叶えてやる」

光はゆっくりと目を閉じる。長い睫毛が薄い涙袋に影を作った。光は長い首を傾げる。

そう言われても望むものなんてありはしない。金品で私を縛ろうとでも。それは無理。私は毎日が楽しければそれでいい。

洋子は六丁目に〈姫〉を新装オープンするにあたっていい女が欲しかった。内装を自分の思うままに設えて、あとはどれだけ一級のホステスを集められるかだった。その一級の中でも銀座ナンバーワンと誰もが認める女給、それが光だった。

スカウトマンに任せておいては埒があかないと悟った洋子は、自ら光の説得にまわった。〈キャンティ〉の入口に立った光を見た時、洋子は〈ちた和〉で誂えた着物を着て来たことに安堵した。

光の出で立ちは、Aラインのシンプルな黒いワンピースだった。丈は膝上で光沢のあるシルク。そのプレーンなワンピースの上にカシミアらしき黒のカーディガンを肩に羽織っていた。六本木にはファッションモデルや芸能人が沢山いる。この〈キャンティ〉の中にもそれらしい女性がいた。背が高く手足の長い光を、モデルらでさえ嫉妬の籠った視線で、見詰めた。目の前に立った女は、綺麗なお人形なら百も二百も知っている洋子でさえドギマギするような、妖しげな光を放っていた。それは月の光を思わせた。

これなら誰も落とせないはずだと洋子は納得した。〈ちた和〉の総しぼりは誰の目にも豪華なものだった。が、おろしたてのそれには所々に仕付け糸が残っていた。用意周到な洋子にしては、珍しく慌てたせいだった。

洋子はしくじったと思ったが、甘く見られまいと、知らぬふりを決めこみ背筋を伸ばしにこやかに笑いながら「まあ、座って」と手足の長い光に声をかけ足元を見た。

おや、靴まで舶来物ときてるよ。これは札束をいくら積んでも無駄だわ。

洋子は瞬時に見てとった。

「ママの噂はよく聞いてるわ。若いのにやり手だって」

鼻にかかった声はかすれてはいるが甘く、声まで人を唸らせるとはと洋子はまたも感心した。光はそんな洋子を厚い唇をキュッと上げて、射るような瞳でじっと見た。

洋子は、ついつい、〈ちた和〉の付け下げの仕付け糸を親指と人差し指で弄ぶようにひっぱる。着物の袂がすっと窄む。その様子を見ていた光が口を開いた。

「ママ」

洋子は先手を取られたような気持ちになった。

「喉渇いちゃった。なにか頼んでいいかしら」

おや、そんなことかいと、洋子は拍子抜けした。

「朝まで飲んでいたから、これでも二日酔い」と、光は笑い、ウェイターに「昨日、ああ今朝だ。さっきまで飲んでたヤツを持ってきて」と声をかけた。

「迎え酒ってわけ」と、光は洋子の顔を見てまた笑った。

八重歯じゃないか。

光の澄ました顔が一転して人懐こい顔になる。洋子は俄然戦意が湧いてきた。

「十九のときから銀座に酒場《みせ》をだしてきてるけど、最後の博奕《かけ》かな。女主人《マダム》って呼ばれるのに相応しい酒場《さかば》を出したいんだよ」

洋子は、腫れぼったい瞼を一瞬見開いて、ざっくばらんに話しだした。光は喉を鳴らしてグラスに入った赤いワインを飲み干した。赤いシェードのせいか、ワインのせいか、薄っすらと赤く染まった長い首が小さく波打つ。まるで宝塚の男役のようだった。するりと肩からカーディガンが落ちた。上質の黒のそれは赤と白の市松模様の床に、黒い花びらのように散った。ウェイターがすぐさまやってきて丁寧に拾いあげて光の肩に掛けた。光は肩に置かれたウェイターの白い手に、躊躇《ためら》いもなく自らの長いしなやかな手を載せて「サンキュー」と笑った。

　その洗練された様にまごついていたら機を逸する。洋子は、唐突に用件を切り出した。

「どうだい、アタシの片腕になってくれないかい？」

　洋子は爛熟一歩手前の腫れぼったい目で光を見つめた。二人の視線が絡まりあった。

「片腕？　片腕じゃあつまらないな。両腕なら考えてあげる」

「おや、あんたなにかい。アタシにはなにもさせない気かい」

　洋子は、白い抜けるような肌の首からコロコロと鳴る猫のような声で笑った。

　光はクロコダイルのクラッチバッグから煙草を取り出して咥えた。笑いながらも洋子は目敏く光の脇に置かれたバッグに目をやった。アタシが欲しかった〈サンモトヤマ〉にあったヤツじゃないか。この女《こ》は日給幾らもらってるんだろう。七千か八千か。いや一万かもしれない。

　光は顎をつっと上げて、紫煙を薄い音を立てて吐いた。

「ママ、どうしてお金の話をしないの。みんな、話どころか先ずは目の前に札束を積んだわよ」

　洋子はよくぞ訊いてくれたとばかりに、着物の衿が崩れてもいないのについと合わせると、一気に喋った。

「女手ひとつでここまできてパトロンもいないアタシには、残念ながら金であんたをなびかせることは端からできないことは承知のうえさ。こんな青っちろいこと口にしたくないけどさ、夢なら誰にも負けないよ」

「ママの夢？」

「そ、夢さ」

光は鼻でフンと笑った。クソ、言うんじゃなかったよ。洋子は袂から汕頭《スワトウ》のハンケチを出して鼻の頭をちょいと拭いた。

「笑ったね」

えい、ままよ。洋子はおどけて切り出した。

「しらざあ言って聞かせやしょう。アタシぁね、東映のニューフェイスで佐久間良子や花園ひろみと同期だったんだよ、でもさあ、この面じゃあ」

と、洋子は腫れぼったい一重の瞼を指して続けた。

「あいつらを押しのけてトップに出ようなんてまず無理なことだわ。役はいつも顔に泥を塗りたくった百姓娘。ずっと大部屋。かたやあちらさんはお姫さま」

光は噴きだした。

「え、だから〈姫〉にしたの？」

重い瞼の奥が笑った。

「あ、さすがにそれはないさ。でもそうだなあ。そうだったかもしれないな。夢にみたお姫さまか。考えつきもしなかったなあ。あんた面白いこと言うわね」

洋子はハンケチを胸元に入れた。

「それがさ、この世界にはいったら、また姫がいたんだよ。〈おそめ〉に〈エスポワール〉」

苛立ちを含んだ手つきで洋子は煙草を口に咥えた。光がまるで水が上から下に軽やかに流れるような手つきでダンヒルのライターを差し出した。

「ありがとう」

洋子は煙を深く肺に入れた。

「ちょっと前、いや随分前の話だけどさ」身体の奥からゆっくりと煙を吐いて続けた。「雨上がりでさ、虹がかかってたんだよ。そこに、おそめさんがいたんだよ。まるで浮世絵の世界さ。あんたも〈おそめ〉のママは知ってるだろ？　アップにした衿足がふるいつきたくなるくらい艶っぽくてね。まるでほら、博多、博多人形のようだったね」

「ハカタ?」

洋子は気にもとめなかった。

「ああ、そうさ。あの艶っぽさは京人形じゃないね。アタシにはあの濡れそぼったような色っぽさはだせないなあ」

計算高いリスのような小さな目に道化の色が滲んだ。

「こっちは借金返すのに必死になってるガキだもの。雲の上の人だと、ただただ憧れたんだけどさ、それからほどなくだよ。るみ子ママにあったのは。大きなパーティだったね」

洋子の声音が意地の悪そうな黄色味を帯びた声色に変った。

「あんたみたいな駆け出しがなんでここにいるの」

洋子は親指で煙草の吸い口をポンと弾いて灰を落とし首を竦めた。

「そんな顔されちゃってね、挨拶したのにまったく無視。その自信のほどにやっぱりアタシはしびれたね。銀座ってとこはやりがいがあるってその時思ったんだよ。今は見上げて感心してるけどいつか見おろしてやるってさ」

煙草をもみけす間、〈キャンティ〉の喧噪だけが聞こえてきた。

「どうだい、アタシの酒場《みせ》にきてくれないかい。銀座一のホステスっていわれるあんたがいてこそ、うちも銀座一ってことだろ」

光は黒目がちの大きな瞳で瞬きもせずに洋子の顔を見つめてはっきりとした口調で言った。

「ホステスって言わないで。私は、女給よ」

二

「ハカタか」

久し振りに、口にだしてみたが、思い出なんて足を引っ張るだけじゃないか。いや、博多なんて碌なもんじゃない、と身震いし、光は手を翳した。親指と人差し指の間に穿たれた孔はもうどこにもなかった。

光は、四隅がボロボロになったレコードジャケットを取り出した。

「私が持ち出したのはこれだけ」と歌うように軽く呟きながら針を落とし、耳を傾けながら「今日は何を着て行こうか」と桐箪笥を覗き畳紙《たとうがみ》をあれこれと床に広げた。

夫となる園井昭夫は愚連隊に入れもしなかった中洲のチンピラだった。でもそれは私と一緒になる前のこと。父・干支吉《えときち》に随分と殴られたけれど、幸せになれると信じて一緒になった。というのに……確かに幸せはあったが、ほんの一刻にすぎなかった。

二人の店、〈喫茶・茶色の小瓶〉の出だしは好調だった。

裕子の突拍子もない行動に怒りを露わにした干支吉だが、博奕の形《かた》に取られた二束三文の格好の物件を博多にみつけるとすぐさま手に入れて、盟友の材木商丸源に「誰がみても恥ずかしゅうなか喫茶店にしちゃんなっせい」と内装を委ねた。丸源はあっという間に洒落た意匠の喫茶店に仕立て上げた。それは、惜しげもなく裕子に与えられた。

どぶ川沿いの殺風景な鼠色の連なりの中、臙脂色の張り出しテントは、さながら薔薇の花がぽっと咲いたようだった。気性の荒い人々が住む港湾近くといっても、中洲の繁華街に近いうえにママが美人だという噂が丸源によって広められた。

午前十一時に店を開けるが、昼までの一時間はそれほど客は入らない。窓ガラス越しに人が見えると客にちがいないと二人は身構える。と、素通りして行く。お互いに顔を見合わせ肩を落とす。その様子は、幼さを残していて微笑ましかった。十二時の知らせを聞くと港湾の事務員らがやって来た。

メニューは少ないが、喫茶店というよりも洋食屋と称したほうが相応しかった。富貴楼直伝のカレーは「美味しか」と好評だった。夕方には鍋の底が見えた。

感情を露わにすることのすくない裕子だが、客が入る度に、端正な鼻の頭に皺を寄せて笑う表情は、誰もが親しみを感じた。厚ぼったい口から「いらっしゃいませ」と発する声が、鼻にかかったハスキーボイスだというのも魅力だった。昭夫は影が薄かったが、店を始めたばかりのふたりは好印象の夫婦に違いなかった。

室内は、濃い茶色と臙脂色を主体として、それが彫の深い顔立ちの裕子にはぴったりで、カウンターで頬杖をついている様は、喫茶店のママというより、着物でも着込めば、高級クラブのママのようでさえあった。

干支吉や武之の反対を押し切り幸せになってみせると言い切った裕子は、たとえ辛い事があったとしても一人ではない、昭夫と二人なのだと心に刻んだ。その決心は間違いではなかったと、カウンターの中と客席を行き来しながら確信した。

カウンターには五つ椅子が置かれ、入口の脇の出窓の部分には六人掛けの大きなテーブル、あとは四人掛けが三つという小さな店だったが、昼時には二人でやりくりするのに大わらわだった。開業して十日ほどで、手伝いを雇わなければと二人は見詰めあいつつ相談しあった。

「噂どおりのベッピンさんやねえ」

客がそう声をかけると、昭夫も裕子も顔を見合わせた。昭夫は嬉しさを隠しきれない様子で、白い糊の効いた前掛けで盛んに手を拭きながらこたえた。

「あんまり言わんどいちゃんしゃい。こいつが調子にのるけん」

そのあと必ず「それがくさ、こいつは岬の美人コンテストで優勝したとやが」と、付け加えたが、何故だかわからぬが、そこで知り合ったことは咽元でいつも止った。

立ち仕事に慣れない昭夫の足は夕方になるとパンパンに腫れた。店の灯りを落とすと、裕子に「足の痛かやねえ」と甘えるように言う。裕子はベッドに大の字になった昭夫の足をゆっくりと揉みほぐしていく。

裕子の噂は人の口を継いで客を生んだ。面白いように日に日に客数が伸びていく。客一人が置いていく金は富貴楼に比べれば知れたものだったが、二人にとっては思わぬ売り上げだった。お腹は大きくせり出してきたが、大柄な裕子がエプロンをするとそれはまったく目立たなかった。馴染みになった客が、昭夫に気づかれないように「ママは顔の小さかとい、大きか尻ばしとうねえ」と声をかける。さすがに身体に触ることはないが、昭夫は皿を洗っていようが、珈琲をたてていようがすぐに勘づき狭い額に青筋を浮きあがらせた。手にしている物があれば流しに音をたてて打ち捨てて、カウンターから客席へ出ると険しい顔をした。

「金はいらんけん出て行き」

客がなにか言おうとすると、昭夫はそれを遮って「言うこときいたほうが、身のためやが」とやくざな口調で言った。客が退《ひ》けると裕子は言う。

「あそこまで言わんでいいよ。客商売やし、うちはどげんも思うとらんもん」

「つまらん。甘《あま》うしとったら調子にのるたい。裕子のためやし、俺がすかんたい」

裕子をじっと見つめながら言った。そういう日の夜は、昭夫は裕子を激しく抱いた。

グレン・ミラーの〈茶色の小瓶〉が日に何度も軽快に流れる。昼時の喧噪に区切りがつくと、中洲の映画館から客が流れてきたし、若い文学青年や芽の出ない絵描らが出窓の席を占めるようになった。その中にはルパシカなどを着こんだ者もいた。

昭夫は、仕事に慣れて足も腫れなくなると、却って真面目に働くことに嫌気がさしてきた。皿洗いなど男がすることではないだろうし「いらっしゃいませ」と頭をさげるのも馬鹿らしくなってきた。几帳面な裕子を「お嬢さん育ちやねえ」と愛でていた気持ちはとうに失せ、なにかにつけて鬱陶しがった。ともに自堕落であれば、むしろ昭夫はずっと裕子に現《うつつ》を抜かしたかもしれない。

仕込みの時間になっても昭夫は布団から出て来ず、顔だけ出して「きつかけん、もうちょっとだけ寝せちゃれ」と言うようになり、起こしに来る裕子に舌打ちをするようになるのに時間はかからなかった。来る客来る客が裕子を褒める。そんな上物《じょうもん》をもらったのが誇らしく、こそばゆかったのも、仕事が不慣れな間だけだった。〈茶色の小瓶〉のマスターとして余裕ができると、自分がないがしろにされているという思いが日一日と募った。

常連客たちは裕子の顔だけではなく、裕子のさっぱりとした喋り口や、言葉少なめだが的を射た受け答えを気にいった。立ちづめで珈琲をたてているというのに、気がつけば誰も昭夫の顔をまともに見てはいない。たとえ「おいしか」という声が上がっても、それは裕子に投げかけられた。なんとか話題に入り込もうとしても、小説や絵画のことなどわかるはずはなかった。

二階の居室で不貞腐れて寝転び、午前中いっぱい降りてこない昭夫に、裕子は仕方なく足元が見えなくなるほど大きくなったお腹を抱えてカウンターの中に立った。そうなると、昭夫はますます、階下へ行くのを億劫がった。だからと言って階上で安穏としているわけではなかった。天井を眺めながら大の字になっても下の様子が気になってならなかった。寛ぐどころか却って気持ちは荒む。男の賑やかな笑い声が階下から洩れ聞こえてくると、貧乏ゆすりが始まる。やがて、微風に細かに震えていた小枝がいきなり音をたてて折れるように、昭夫は足を床に打ちつけだす。その音を聞きつけて裕子が姿を見せるまで昭夫は駄々っ子のように床を鳴らした。が、そのうち、少しでも上がってくるのが遅いと、大きな足音をたてて階下に降りるようになった。驚いた客が顔をあげて昭夫を見ると、昭夫は客が視線を外すまで悪意を剝きだしにしてその顔を睨んだ。そうやって自分の存在を誇示すると、店の売り上げを鷲摑みにして中洲の繁華街へと出て行くようになった。

中洲を歩けば、馴染みの花売り娘もサンドイッチマンも気安く「アキちゃん」と声をかけてくる。結婚前のオケラの昭夫ではなかった。喫茶店のマスター・昭夫は、愚連隊の正一兄貴《あにい》が気前よくサンドイッチマンの燕尾服の胸元に紙幣を突っ込んだように、サンドイッチマンの薔薇の造花が刺さったポケットに、店の金をねじ込んだ。花売りが抱えていた花束も全て買い取り、「俺と遊ぼうぜ」と裕次郎ばりの台詞を吐いて娘の手をひいてナイトクラブに繰り出した。

派手に遊ぶ昭夫を正一が指を咥えてみているはずはなかった。

「弱か男やが《しゃばか》」と昭夫を罵っては小突きまわしていた正一が「昭夫ちゃん、俺も仲間にいれちゃらんね」と気持ち悪くなるほど下手に出て擦り寄ってくる。だが目の奥には野良犬が獲物を見定めているような不穏なものを宿していた。二人はなにかとクラブ、キャバレーと連れ立つようになった。

「兄貴、金ならあるけん、どんどん飲みんしゃい」

「昭夫ちゃんなあ、景気のよかねえ。これぞ男たい。パーッといこうかねえ、パーッと」

酒が飲めぬのに、正一に無理に飲まされては、なにやら右の拇指を摑まれることが数度あった。その度に指先がひやりとした。

昭夫はどんなに酔っても明け方には戻ってきた。フラフラしながらも寝ている裕子を起こしては、毎回似たような台詞を執拗にはく。

「俺がどげんおまえば好いとうか、わかっとうとや。わかっとうとなら言うてみれ」

裕子がどうこたえようとも、昭夫は納得せず、自分の言葉に興奮した。

「富貴の奴らは俺ばバカにしやがって」と恨み辛みを並べたて、また振り出しに戻って「どげん好いとうとや」と絡みつき、その果てに荒々しく裕子を抱いた。

昭夫は口汚く裕子を罵ったというのに、交わりだすと猫撫で声で「気持ちよかろうが」と盛んに言い「どげんや」と裕子の反応を気にし、酒臭い息を吐きながらいつまでも犬のように腰を振り続けた。

「私は犬やなか」と裕子は身を硬くする。

窓を開け放してもまだ午前中だというのに、博多湾からの熱い潮風が吹き込んでくる。じっと横たわっていても汗が身体から湧いてくる。昭夫は腹ばいになって煙草を吸おうとマッチを擦った。しかし、大粒の汗が滴り落ちて箱の側面を濡らし、マッチは何度擦っても発火しなかった。階下から笑い声が聞こえてくる。昭夫はマッチ箱を畳に投げつけて起き上がり、階下に降りると音をたててカウンターに入って水を飲む。喉仏が大きく上下する。

若い客と談笑していた裕子が咄嗟に「カレーが焦げてないか見て」と声をかける。火が消えているのに焦げるはずもなかろうと、小賢しい女めと昭夫は不機嫌に「ああ」と一言こたえた。客のひとりは、暑くなる前までルパシカを着こんでいた男だった。裕子が「あんな格好の男はすかん」と言った画学生だった。どこまでいけすかない奴なのだろうと昭夫は思った。男は暑さも厭わずフェルトのベレー帽を頭に載せていた。

出窓に陣取った常連の若者達――といっても裕子の方が若かったが――は機嫌の悪い昭夫に慣れてしまったのか、それとも小馬鹿にしているのか、ちらりと昭夫の顔をみると視線を外して、裕子に向かって言った。

「聖母マリアのお姿以外　あこがれ知らぬつつましい」

するとベレー帽が「かくも哀れな魂の　やもめぐらしの憂さつらさ　童貞女マリアに　願をかけ

ようか？」とのうのうと続けた。それは、無教養な昭夫に対しての青年らしい虚勢だったのかもしれない。

　カウンターの昭夫にはいったいなんのことかわかりはしなかったが「アルチュール・ランボーは情熱的やね」などと言う青年に裕子は相槌を打つ。その所作は昭夫を気にして小さなものだったが、昭夫がそれを見逃すはずはない。むしゃくしゃした気持ちと、中に割り込みたいという幼い願望がない交ぜになり、昭夫は思わず口を滑らした。

「アル中の乱暴もんたい」

　出窓に陣取る若い芸術家たちは顔を見合わせ俯いた。気まずい空気が流れた。昭夫の気持ちを察するというより、黙りこんだ若い客たちに気を使って裕子が仕方なく「アキちゃん、じょうず」と言った途端、昭夫は裕子めがけて束子《たわし》を投げつけた。それは、咄嗟の行為というか、盛り場を歩く昭夫の肩に道行く人がふれた時と同じような発作的な反応だった。

　束子は、出窓に飾られた茶色の小瓶をひっくり返して床に転がった。「ママ、大丈夫やったね？」とベレー帽を被った男が声をかけた。

　その夜、いや明け方まで昭夫はまるで赤狩りの憲兵のように裕子に尋問をし続けた。

「あいつときさまは出来とうっちゃろ」

「沼田さんと、そんなわけないよ」

「あいつはヌマタっていうとや。なんで名前ば知っとうとや」

「常連さんの名前ぐらい覚えるよ」

「どこで乳くりあいよったとや」

　果てしなく続くいたぶりに裕子は消耗していく。

「ごめんくらい言わんか」

裕子が萎れるほどに昭夫の薄い目が濡れたように光り、唇は赤味を増すようだった。

「私は、あやまるようなことはしとらん」

きれぎれに裕子はこたえた。頭も身体も棒杭のように成り果てたというのに、昭夫はまるで仕留めた獲物を扱うように裕子の身体を開いた。毎夜続く獣のような交わりに、裕子は、それが過ぎ去るのを身を硬くして待つ気力をとうに失っていた。その最中についに眠りに落ちてしまったのだ。失神したと勘違いした昭夫は自分の性技に自惚れたが、裕子の口から寝息が漏れだした途端、平手打ちを食わせて裕子を起こした。

途端、裕子の身体がぎゅっと締まった。昭夫は、打擲するとびくついた裕子の身体が大きく窄むことに気がついた。味をしめた昭夫との一方的な交わりはまるで見世物小屋の出し物のように加虐的になり、果てしなく続いた。

この日を境に昭夫は性交に暴力を加えるようになった。


正一が店に現れると、昭夫は「兄貴」を連呼し、擦り寄っていった。正一は出窓のテーブルを好んだ。先客がいれば――といっても常に誰かしらいた――手で追い払うような仕種をして、どっかりと座った。大きな身体に派手なアロハシャツを纏い、袖からは丸太棒のような腕が出ている。四角い顔の上にカンカン帽を被った正一は、誰が見てもただ者ではなかった。客たちは俯いて小声になった。出窓で声高に文化人を気取っていた若者達は、いつのまにか顔を出さなくなった。

わずかな間に、客は通りすがりの一見か、裕子の噂を聞いて探し当てて来た者が、ちらほらといるだけの寂れた店になってしまった。その客たちもテーブルの上に足を置いてふんぞり返る正一と、顔が浮腫《むく》んで気だるそうに歩く裕子にがっかりして二度と入ってはこなかった。売り上げは日増しに少なくなっていく。

正一は、昭夫が居なければなにをするでもなく、肩を小さく回しながら一重のじっとりとした目で裕子を見詰めて、珈琲一杯で居座ることもあった。裕子には正一を追い払う気力も体力もなくなっていた。昭夫がいれば連れだってでかけた。そういう時、昭夫は店の少ない売り上げをポケットにねじ込んで、小判鮫のように正一にはりついた。

スミ子がたまにやってくる。

「精をつけるように」と佳子に持たされたと言って、鰻の蒲焼を胸に抱えていた。二階に上がって、キョロキョロと部屋を見回して、眉間に皺を寄せて「なんかスカスカしとうごたあ気がする」と裕子に訊ねた。

裕子は、ほんの少し、鰻に箸をつけて言った。

「そんなことはないよ。スミちゃんの気のせいよ」と、気怠そうに言いながら重箱をスミ子に差し出し「食べとうない。スミちゃん食べりいよ」と虚ろな顔をした。

壁に掛けていた富貴楼から持ってきた東郷青児の絵が消えていたし、テレビも持ち出されていた。昭夫がそれらで幾ら手にしたのかなど、裕子にはどうでもよかった。スミ子が和簞笥を開けたら、衣装盆が空になっていることに驚くに違いなかった。

スミ子は裕子に勧められるままに鰻を口に運びながら言う。

「ちょっとの間に、えらい痩せてしもうてから、暑かけんって食べとうないかもしれんばってん、赤ちゃんの分まで食べらなあつまらん」

偉そうなスミ子の言い回しに裕子の口元は緩んだ。

「わかっとおけど、すぐお腹いっぱいになってしまう」

「そえんかことじゃあ、よかお母さんなあつとまらんたい。若奥さんも電話で言よんしゃったごと、富貴で子供ば産みんしゃい。白蛇坂《はくじゃんざか》の産婆《ばあ》ちゃんやったら上手に取り上げちゃんしゃあ。こずちゃんも白蛇坂の産婆ちゃんがとってやんしゃったとよ」

裕子は声も出さず、頷くといっときお腹を擦り「佳子義姉さんにも何回も言ったんだけど、近くの千鳥橋のお医者さんで産むから心配いらんよ」と言うと、畳に手をついて肩で息をしながら立ち上がり、洋箪笥の小抽斗の奥から靴下を取り出した。

中洲中央通りに路面電車が通る度に、距離があるというのに窓ガラスが小さな音をたてて揺れる。

「食べ終わったら、郵便局に行ってお金をおろしてきて」と最後の方は聞き取れないほど小さな声で言った。スミ子は箸を咥えたまま裕子の手元を見詰めた。その甲には無数の血管がのたくっていた。

靴下の中からは貯金通帳と判子が出て来た。

「十万、おろしてきて」

スミ子は箸を置いて「十万。そえんか大金ば下ろしてくるとね」と裕子に念を押した。

「出産費用よ」とこたえるとスミ子は何度も頷いた。

あれは嫁ぐ三日前だった。武之が珍しく裕子の部屋に入ってきたのだ。最後の最後まで「穀潰し」と言うに違いないと仏頂面をすると「その顔はなんかあ」と武之にしては珍しく笑いながら「開けてみてんれ」と紫色の薄っぺらな風呂敷包みを渡した。

包みを解くと裕子名義の権利書と郵便貯金の通帳が出て来た。

「お兄ちゃん」

判子が畳に転げ落ちた。まごついていると武之は「店はお前のもんぞ。通帳ばはよ、ひらかんか」とじれったそうにした。

裕子は畳に座り直して通帳を開いた。零が多く一瞬それが幾らか判断がつかず、裕子は「いち、じゅう、ひゃく、せん……」と位取りした。その様子を満足げに眺めた武之は弾んだ声で「百万たい」と言うと、煙草を取り出して吸いだした。煙草の灰が畳に落ちる。武之はかまわない。

「店はお前の名義に親父がしとうたい。少しはあいつもよかところのある。金は兄ちゃんからたい」

「お兄ちゃんから？」

「なんか、その疑りぶかか目は。ばかたれやねえ」

武之は人差し指の先を舐めると、畳の上に転がる煙草の灰に軽く押しつけた。灰は指先につき、武之は窓の外のイチジクの葉の上にそれを落とした。

「もう一回言うぞ。両方ともお前のもんたい。昭夫に見つからんごと隠しとかなあぞ」と打って変わった重々しい声で言った。

思いがけない優しさに裕子は、ありがとうと言うのが精いっぱいだった。戸惑いを露わにした裕子に武之は満足して部屋から出ようとして、照れ隠しにいかにも思い出したように振りむいて言った。

「なんかあったらいつでも戻って来い。親父のことやら気にせんでよか。お前たちの面倒は兄ちゃんがみちゃる」

裕子は幼子のようにこくりと頷いた。

「お前たち」と裕子は声にだし、お腹を擦った。畳に目を落とすと、小さな焦げ跡があった。

裕子は富貴楼に帰るスミ子を戸口で見送ると、這うように一段一段、手を掛けてノロノロと階段をあがった。上りきった時には酷い目眩がした。いっときの間、額がなくなった白い壁に寄りかかった。

和箪笥の扉を開けると、衣装盆にまるで忘れ物のように一枚のレコードがあった。裕子は取り落としてもしたら大変とばかりにそれを手に取ると、せっかく上がってきたばかりの傾斜の急な階段を降りて行く。

レコードに針をおろすと、ラシャ紙を裂くような雑音が流れだした。この音でさえ、懐かしかった。目を閉じれば、聡一と一緒にいるようだった。最後に二人で聴いて一年も経っていなかった。

朝日の木漏れ日の中、鳥がさえずるようなリコーダーに、澄んだアリアがきこえてきた。裕子は静かに嗚咽した。

「帰りたい」

尖ったお腹に足をとじることもままならず、椅子に浅く座り、背もたれに身体を預けた。目から溢れる涙は転がり落ちることもなく、かさついて粉をふいたような頬の無数の皺に、吸い込まれて消えていった。痒さだけが頬に残った。

富貴楼に戻って赤ん坊を産みたいとどんなに思ったことか。佳子から電話が掛かってくると昭夫は血の臭いを嗅ぎつけたハイエナのように現れた。昭夫はまるで受話器と一体になるように耳をつけては内容を逐一聴いた。

「富貴に帰ったら承知せんぞ。きさんがもし言うことききかんやったら、富貴のごたあとは、火ばつけて跡形ものう燃やしてしもうちゃる。俺はやるって言うたことは絶対やるぞ。わかっとろ。俺のことは」

口で脅すだけではなかった。裕子の左手の親指と人差し指の間の薄い被膜には小さな黒い傷があった。昭夫が「逃がさんぞ」と言いながらまるで捕獲した蝶々をピンでとめるように、アイスピックで裕子を床に打ちつけた痕だった。裕子は板張りに留められたまま、後ろから蹂躙された。

ヂーヂー。階段を一段上がるたびに頭の中に無数の虫がひしめきあって鳴くようだった。目の前が暗くなる。ふーっと息を吐いて、階段をまた上がりだす。裕子は洋箪笥から通帳の入った靴下を取り出すと十万円を確認した。

今夜も昭夫は正一と出掛けた。このまま戻ってこなければ助かる。裕子はそう思わずにはいられないが、嫉妬深いうえに逃げ出されるのを恐れる昭夫は、どんなに正一に呑まされようが戻ってきては裕子の身体を点検した。まだ臨月には早いが、生まれてもおかしくないほど赤子が下がってきている。

それなのに、東の空が白むまで延々といたぶられる。ひとまず睡眠を取ろうとベッドに横たわった。深い井戸に落ちるように眠りはやってきた。

茱萸《ぐみ》の木だ。池もあるし。富貴の中庭やが。楽しかったねえ。

幼い裕子と聡一が水遊びをしている。二人は蟻を摑んでは池に放り投げ、水面でじたばたする様子を笑っている。次々と蟻を放る。が、そのあげく、裕子と聡一は、続け様に頭から池に落ちてしまった。

池の深さは幼子の膝あたりだというのに、二人は大仰に泣き騒ぎ、スミ子が現れるまで池に浸かったままだった。スミ子は池に入ると薄い身体で右に裕子、左に聡一を抱え込んだ。スミ子の脇で手足をブラブラさせた二人は、先ほどと打って変わって、楽しそうに顔を見合わせ声をたてて笑った。けれども、広縁に立たされた聡一は濡れた衣服を脱がされ、裕子の木綿のパンツを穿かされる段になるとシクシクと泣きだして、ついには地団太を踏んで泣き叫び、広縁から転がり落ちて顔面を打ちつけた。

「聡ちゃん」

大きな自分の声で目が覚めたのか、それともシクシクと痛むお腹に気がついたのか。もっと聡ちゃんといたかった。汗を拭いながら裕子は呟いた。予定日には間があるが、陣痛を悟った。用意していた風呂敷包みを抱えてそろりそろりと階段をおりた。

三

女の子が生まれた。我が子を思う気持ちは当然として、裕子はやっと身軽になれたことに安堵して、このベッドに居る限り昭夫と交わることもないのだと、赤ん坊が乳を求めて泣いても気がつかず貪欲に眠りに落ちた。

「こえんよう寝るお母さんは初めてやが。赤ちゃんがどえん泣いても起きらっしゃれん」

助産婦が呆れた。裕子は、隣に寝かされた赤子が腹を空かせて真っ赤になって泣き出しても、昏々と眠りつづけた。

裕子はその子の名を、心の中にしまっておいた名前――神が天より降らし給うたウェハースのように甘い――真奈《まな》と名付けた。

裕子は、極度の貧血と低血圧から身を起こすには人の支えが必要なほどだったが、真奈は月足らずだというのに手足をばたつかせて元気よく泣いた。裕子は小さな握り拳の真奈を横目に自分の罪を恥じた。お腹が目立つようになってからというもの、お腹の我が子のことを愛おしいと思う余裕などあろうはずもなく、自分の身のことばかりを思ってきた。産んだというのに、抱こうにも、身体が弱り果てそれも出来ない有り様だった。あやそうと起き上がりかけるのだが、そのたびにギーギーと頭の中の虫が鳴きだす。目の前が暗くなり身体中から冷や汗が出て来る。そして意識が遠のくのだった。

下卑た獣ほど勘が働く。昭夫はチセや佳子が見舞にくる日は千里眼のようにやって来て、ベッド脇の椅子に座り善き夫を演じる。起き上がれない裕子に、吸い呑みから水を飲ませたと思うと、口元を塵紙で拭く。その手を払いのけようとしても、笑いながら「親の前やけんって、照れんでよか」と上手いことを言う。

　チセや佳子が退院したらひとまず富貴楼に帰るように促しても、「なんかあった時に病院が近かほうがよかけん、心配さっしゃれんでも俺が面倒みますけん、よかです」と優しげな声をだして、何度押してもゴム毬が元に戻るように同じ言葉を繰り返した。


　正一は昭夫と散々遊んだそのあげくに、昭夫の目の前に証文を広げた。

「昭夫ちゃん、貸した金がこえんいっぱいになっとうばってん、いつ返してもらえるとやろうか」

「兄貴、冗談《ぞうたん》のごつ。俺《おら》あそえんか金やら借りとらんが」

「アキちゃん、よお見てみんね。昭夫ちゃんのお印《しるし》が押さっとろうが」

　昭夫は我が目を疑ったが、記憶の端々に拇指にひんやりとした感覚が蘇る。「ばってん、俺あ兄貴から金やら借りとらん」と思いはしたが、「借りた覚えがない」と肯んじなかった者がどんな目にあったか、いや、昭夫自身が正一の命令でどんな目にあわせたことか。

「兄貴、もう俺はスカンピンやが。金ば返しとうてもなあもなか。家の中のもんも兄貴が全部持っていったろうが」

「おりゃ、アキちゃんそえんか言いようはなかろ？　昭夫ちゃんが、お金のなかけん持っていっちゃりって頼むけん、二束三文ばってん仕方なしに持っていったとやが」

　昭夫は、洋簞笥の小抽斗の靴下の中に、貯金通帳が隠されていたことも知らなかったし、抽斗の底に、〈茶色の小瓶〉の土地建物の権利書が忍ばされていたのも知らないままだった。

　正一は証文を昭夫の目の前でヒラヒラさせたと思うと、低い声を出した。

「証文は二枚あるとぜ。どえんするや。一枚で指一本たい。ばってん指二本もろうても、俺はなあも得せんし、きさんも片端になるだけやねえ」

どこからともなく蚊がやってきて耳障りな羽音をたてた。音は昭夫の頬の上でとまった。いきなり正一が昭夫の頬を叩き、掌を広げて昭夫の前に差しだした。

「ほれ、きさんの血ばえろう吸うとる」と言うと笑いだした。

「兄貴、ゆるしちゃんしゃい。ほんとい俺はもうなあもなか」

正一は掌のペシャンコになった蚊を摘まみ、擦り潰した。

「なあもなかことはなかろ。よかもんば持っとうやなかか。独り占めはなかろ。アキちゃん」

「なんのことね」

「知らばっくれてからくさ」

正一は昭夫の頭を小突いた。

「俺に全部言わせるとや」と、肩を回しながら笑う。

「まさか、裕子ね」

「そえんか顔せんでよかたい。証文一枚で一回たい。二回でお前は自由たい。よか話やろうが」

「兄貴、最初からそのつもりやったっちゃね」

「昭夫、その顔はなんか。いちゃもんつけるとや。きさんが金ば貸しちゃれってしちこかけん、こえんかことになったっちゃろうもん。俺ばなめたらいかんばい」

昭夫は、那珂川に掛かる橋の石の欄干に肘を預けて、川面に揺れるネオンをぼんやりと追っていた。昼は饐えた臭いを漂わせプクプクとあぶくを出すただのどぶ川だが、日が暮れた途端にネオンが映えて赤や青の熱帯魚が泳ぎまわっているように水面は賑やかになる。昭夫は知らず知らず親指の爪を噛んでいた。

「狙いは裕子やったとか……」と、尖った革靴のつま先で欄干の地覆《じふく》を何度も蹴飛ばした。蹴る度にぱらりぱらりと足元から砂粒ほどの小石が川面に落ちて小さな波紋が生まれた。水面を眺めているというのに昭夫の目には何も映らなかった。一時間も二時間も高欄にもたれていたような気がするが、たかだか二十分ほどだったろう。後ろから肩を叩かれてびくりとして振り返った。だぼだぼの燕尾服を着たサンドイッチマンが立っていた。

「アキちゃん、正一兄さんがあんたば探しよんしゃったばい」

親切心で言ったのか、興味本位で言ったのか、白塗りのせいで貌からはなにも窺いしれなかった。サンドイッチマンはプラカードを持ち直すと、足を引きずりながら立ち去った。


医者が「もうちょっと入院させとったほうがよか」と言うのを「金のなかけん」の一点張りで、昭夫は裕子を強引に退院させた。

〈茶色の小瓶〉のドアを開けると、長いこと閉めきられていた証のように、行き場のなかった淀んだ空気が、いかがわしい臭いを伴って流れてきた。裕子は息をつめて真奈を掻き抱き階段をあがった。後ろから追いたてるように荷物——といっても小さな風呂敷包みだけだった——を持った昭夫がついてきた。それはまるで逃すまいとしているようだった。

裕子は上がり切ると茫然とした。あるはずのものがベッド以外なにもない。和箪笥の着物は端から売り飛ばされてしまっていたが、洋箪笥には衣類が入っていたはずだし、なにより貯金通帳と権利書が入ったままだった。

床には真奈のおしめや産着が散らかり、聡一から贈られたレコードが、持ち出さなかったことを、ありがたく思えと言わんばかりにベッドの上に置かれていた。

「どえんかこと」

裕子は思わず呟いた。

「すぐ取り返すけん、そえんしょげかえるな」

昭夫は、佳子やチセがいるかのような優しい声を作った。

「疲れとろ。ベッドで休んどき。ちょっと出かけて来るけん。真奈も一緒に寝かせとけばよか」

裕子は虚ろな目を昭夫に向けて言った。

「そんな優しか声を作って、あんたは何を企んでるの。もう、私ば逃がして」

「なんば言ようか。すぐ戻って来るけん」

裕子は激しく顔を横に振りながら「戻って来んでよか。帰って来んどいて、帰って来んどいて」と最後は囁くように繰り返した。まるで気がふれた女のようだった。

昭夫の口調ががらりと変わった。

「ああ、面倒くさか。ちょっと優しゅうすれば調子に乗って、わかっとろねえ。逃げたら富貴ば燃やしちゃあぞ」

裕子の髪の毛を鷲掴みにし壁に叩きつけた。裕子に抱かれた真奈が泣きだした。「真奈ちゃん、ごめんごめん、泣かんとよ」と、昭夫は猫なで声を出し「べロベロバー」と、お道化た。が、すぐに血走った目に戻り、ジッポーのライターを取り出すと、壁に寄りかかった裕子の髪の毛先に火を近づけた。ジッポーのオイルの臭いと髪の焼ける不穏な臭いが立ち込めた。

「正一兄貴ば連れてくる。化粧ばしてきれいにしとけ。言うことききよ……たった二回のことやけん……」

さすがの昭夫も最後は自分に言い聞かせるように呟くと階段を降り出して、ついと振り返ると言った。

「真奈が泣かんごと乳ばいっぱい飲ませとけ」

十九歳の裕子は静かにベッドに腰をおろして、ブラウスのボタンを外し真奈に乳房を与えた。夫・昭夫の折檻によって焼かれた髪の毛の毛先が胸元に落ちていた。裕子は真奈の口に入りでもしたらと一つ一つ拾う。

真奈が乳を飲み終わる前に昭夫らが現れればそれで私はお終いだ。もし来なければ私は逃げよう、とひとつの賭けに出た。目を閉じた。真奈は小さな唇で乳首を探しあてると、真っ赤な顔をして音をたてて吸い始めた。裕子は目を閉じたままこの感触、この音を忘れまいと身体中の神経を尖らせた。

吸い疲れたのか真奈が乳首から唇を離した。裕子は真奈を肩に抱き上げて背中を叩いた。小さなげっぷが真奈の口から出て酸っぱい香りが漂った。急がなければと思うも、裕子は最後の時間を慈しむようにゆっくりと真奈のおむつを替えた。真奈はすやすやと眠ったままだ。嘆いている時間はない。裕子は真奈に頬ずりし何度も「ごめんね」と声をかけると〈茶色の小瓶〉をあとにした。

第三章　逃　亡

一

駈け出して少しでも遠くへと思うも、産院を退院《で》たばかりの足は萎えて縺れる。が、昭夫らに鉢合わせしないように川沿いの道を避けて裕子は遠回りした。何度も目の前が暗くなり電信柱に凭れては息をつき、背後に人の気配がするたびに竦みあがった。

ステップでよろけながらもどうにか市電に乗車した。路面電車はゆっくりと停車場を離れチンチンと悠長に博多駅へと向かった。少し進めば電車は停まる。裕子は市電に乗ったことを後悔した。車内は混んでおらず、もし追手が乗りこんできたらすぐに見つかってしまう。人が乗り降りするその度に、唾を飲むことさえ叶わぬほどに身体が縮みあがった。

博多駅の前にはダットサンやシボレーなどの無数の車と、夥しい数の自転車が停車していた。車の陰からひょっこりと昭夫らが姿を現し、手を広げて通せんぼでもするのではないかと裕子は身を屈めて歩く。駅に近付くほどにわらわらと人が増える。ぶつかりそうになって右に身体をかわせば相手も同じ方向に身を翻す。左にそれれば磁石のようについてくる。いったい何人の歩行者とぶつかっただろうか。

駅舎に入る瞬間、背後から「おい」と言葉が被さってきた。ここまで来たのにと、身体が凍りついた。

向かいからフレアスカート姿の若い女性が手を振って走って来た。

切符売り場に急いだ。天井からぶら下がる掲示板を見ると、京都行き「玄海」とその一時間半後の大阪行きの「ひのくに」の案内が目に入った。裕子はガマ口から折り畳んだお札を出すと、震える声で京都行きの切符を購入した。

長崎が始発の玄海号を待つホームは混雑していた。が、列車からは吐き出されるように多くの乗客が降りて、裕子は押されながらも風呂敷包みを胸に抱いて窓際の席に座った。発車までは七分間もあった。顔を伏せるように俯き膝に置いた風呂敷包みに目を落とした。裕子は窓際に座ったことを後悔した。窓の向こうで弁当売りが頻りにこちらを覗くのがわかる。席を替わろうにもすぐさま満席となり、通路に新聞紙を敷いて座る乗客がいるほどだった。

向い合わせに座った男がいきなり立ち上がった。裕子の口から発作のように小さな悲鳴が洩れる。男の視線がすっと裕子に落ちて通過した。男は窓を押し上げて弁当を買った。茶色の素焼の茶瓶が窓の桟に置かれた。こんな時でも「店の名前は〈茶色の小瓶〉にする」と見つめ合いながら話した日のことが浮かび、裕子は狼狽《うろた》えた。

やっと発車のベルが鳴った。それでも人が乗り込んで来る。裕子は俯いてレコードが入った風呂敷包みの結び目を無意識にひっぱった。もし、裕子のその両腕に手拭でも置かれていたら、護送される犯罪者にみえたろう。

列車が地響きのような音をたてて動きだした。青い背もたれに身体をあずけた。もう博多には戻れない。

車窓には賑やかな街並みがひっきりなしに現れては消えたが、そのうち踏切さえもなくなり、寂寞たる黒一色の風景が流れていく。捉えどころのないこの光景に飽きた子供が頻りに「ポッポーポッポー」と声を出している。

ぽつんと人家の灯りが見えては闇に吸いこまれていく。頼りなげに見える黄色い灯りが、幸せに満ちて見えた。あそこには団欒があるのだろう。私もそこにいたはずなのにと、裕子は縋るように窓ガラスに頭を預ける。車窓に裕子の顔が映る。裕子は慌てて視線を外した。

一時間ほど経っただろうか。折尾と告げるアナウンスが車内に響く。動悸はおさまらず、真奈を置き去りにした事実がまるで石責めのようにのしかかり身体中に痛みが走りだした。列車が停まりドアが開く。乗客は増えるばかりで下車する者はいなかった。歯を食いしばるが、油断をすると歯は大きな音をたてた。

「えらい震えようらっしゃあばってん具合でも悪かとね？」

隣に座る男が新聞から目を離して訊いてきた。首を振るのが精いっぱいだった。車内に異臭が漂い出した。

「八幡製鉄所の煙突やね」という声がして窓を下す音があちらこちらからする。まるで鬼火のように闇の中に火が浮かんでいる。先ほど機関車の口真似をしていた子供が「花火のごたる」と囃したてた。「しゃあらしかねえ、少しだまっときんしゃい」と母親の声が子供より大きく車内に響き渡る。もうすぐ関門トンネルに入るのがわかった。これで九州ともお別れだ。再び、後戻りできないと裕子は観念した。

ざわついていた車内は、いつのまにか静かになった。といって乗客が寝たわけではなかった。硬い座席、垂直の背もたれ。誰もがまんじりともできず、諦めにも似た気持ちで目を閉じていただけだった。

裕子は自分がどこに行きつこうとしているのかわからなかった。何が待ちうけているかもわからない。ここまで来たら思いは「逃げ切る」だけだ。

静かだった車内に、ぼそぼそと囁き声が聞こえだした。胸が張ってブラウスに乳が滲む。真奈の真っ赤な顔が目の前に現れる。真奈への思いを断つように、閉じるように両手で顔を覆う。

窓に目をやると天と地の際がオレンジ色に輝きはじめ、群青の空をおしだしてゆく。

乗客が網棚の荷物を下しだすと、岡山という車内アナウンスが流れはじめた。空が白み淡い水色一色となった。金色の立ち藁がどこまでも続く。それは岬でいつも目にしていた光景だったが、初めて見るような穏やかなものだった。

二

裕子を乗せた列車が岡山駅のホームに入ったころ、富貴楼の丸に重ね枡の家紋の入った鉄の門扉を手荒に叩く音が仲居部屋に響いた。

タツ子もスミ子も目を覚まし、布団から顔を出して目を見合わせる。タツ子が顎をしゃくって、スミ子に見て来いと命令した。寝巻の胸元を合わせながら、大玄関に向かう間も鉄の門扉の方からは大《おお》事《ごと》を想像させるような不穏な音が鳴りやまず、スミ子は大急ぎで御影石の上に降り立ちガラス戸の向こうを見やった。

「ひっ」

スミ子は慌てて踵を返してシローが寝る二階へと走った。門扉から響き渡る音は、火の見櫓の半鐘が鳴るようだった。さすがのシローも半身を起こしていた。

「シロ、一緒に来ちゃり。バケモンのごたあばって、ありゃあ裕子ちゃんとこの昭夫さんやが」

どこから持ち出してきたのか、昭夫は鉄パイプで門扉を叩いていた。自らの借金――といっても仕組まれたものだが――の形《かた》に裕子を差し出す手筈だった昭夫は約束の相手、正一兄貴《あにい》に制裁を受け、顔は青黒く腫れあがり歪んでいた。

「裕子が来とろうが、裕子ば出すまで俺はここから帰らんぞ」と口を開けるのも容易ではない状態でそう言うと、鉄の門の柵にすがり、そのましゃがみ込んだ。

武之と佳子が知らせを受けて自宅から駆けつけた。仲居部屋には無様な昭夫が寝かされていた。母におぶわれた私は大きく伸びをして、横たわっている男の顔を覗いた。しかし、青黒く腫れあがった顔の持ち主が、あのトカゲをめった打ちにした男と同一人物とは気がつかなかった。

「見ちゃだめ」と佳子の鋭い声がした。

奥座敷では干支吉《えときち》が寝巻に半纏を肩に羽織って寝床の上で胡坐をかいていた。チセは着物を着換えながら、「どういうことやろか。昭夫さんが裕子ば隠しとろうがって言うて気絶してしまいんしゃったけん、なんが起こったとかわからんとれすよ」と訴えた。

「どうせ碌なことやなかろ」と、干支吉は舌打ちした。「目ば覚ましたら叩き出してしまえ」

チセは帯枕を結びつけて肩にかけた帯をだらりと下し「そえんかことしたらみっともなかでしょうもん」と鏡の中の干支吉を見ながら言った。

「みっともなかもなんも、ずっと恥ばかかされ続けとう。我儘ば押し通して穀潰しと所帯ば持って今度はなんや」

帯締めを締めながらチセは「アタシもそれば訊きたかれすよ」と言うと、座敷に入って来た武之が「あんたたちは、えらいゆっくり構えとらっしゃあですな」と声を荒げた。干支吉は身じろぎもせず

「ひどか目にあいたかったっちゃろうもん。こっちは恥やらかきとうなかとぞ」と細い声で言い返した。

チセが武之に向かって首を振りながらそれ以上は言うなと制した。

武之は仲居部屋に行くと寝ている昭夫を蹴りあげた。

「ぬけしゃあしゃあと、起きんか」

傍らについて来た佳子が小さな悲鳴を上げた。

「なんね」と、もごもごと口を動かしながら昭夫が起きあがる。佳子は武之を制するように、ズボンのベルトをしっかりと握った。

「昭夫、きさんは裕子ば隠しとろってどういうことや。裕子がおらんとや？」

「そうたい。昨日の晩がたから赤ん坊ば置いておらんごとなった。あんたの妹は人でなしやが。生まれたばかりの子供ばほったらかしてどっかい行ってしもうた」

佳子が驚いてベルトを握った手を緩めた。

「そんな人でなしみたいなこと裕子ちゃんがするわけないでしょ」

「それがしたとたい」

「赤ちゃん、真奈ちゃんはどこにいるんですか？」

「知り合いの花売りに預けてきたたい」

「花売り？　なんてことを。ここに連れてきてくれればいいのに」

「よお冗談《ぞうたん》ばこくばい。裕子も赤ん坊も俺から巻き上げるつもりね。そえんかこと絶対にさせん」

武之のベルトを握っていた佳子の身体が傾いだ。武之が昭夫の身体に飛びかかった。昭夫は呆気なく化粧台の大鏡に倒れかかった。武之は容赦なく鏡に昭夫の頭を打ちつけた。情けないことに昭夫は「誰か警察、警察ばよんじゃんしゃい」と叫び声をあげた。

「なんが警察か。きさんは裕子になんばしたとや。裕子は産んだばかりの子ば置いて出ていくような女じゃなかぞ。なんばしたかはよ言わんか」

武之は打ちつける手を緩めない。

「俺はなあもしとらんたい」と切れ切れに昭夫は武之に言う。

「つかぁしかこと」

武之は言うなり、昭夫の鳩尾を打ち据えた。昭夫は呻きながら口から鼠色の液体を吐き、前のめりに潰れた。仲居部屋の入口にはシローが張り詰めた顔をして身じろぎもせず立っていた。武之は振り向くと「捨ててこい」と一言、言い放った。

武之は佳子とスミ子を伴って〈茶色の小瓶〉に急いだ。

二階は引っ越しでもしたようにベッド以外何もなかった。三人は四角い箱の中で立ちつくした。

三

裕子が乗った列車は終点の京都駅に滑り込んだ。裕子はここで降りなければいけないことに途方に暮れた。出来るならば永遠にこのまま車中の人でいられたらどんなに楽だろうと思った。

構内に降り立つと、その賑わい、行き交う人々の出で立ちが、まるで博多駅のようだった。裕子は錯覚に陥った。

博多駅に舞い戻ったにちがいない……。

わけがわからず裕子はよろぼいながらも駈け出し、改札を振り切り、目の前に現れた列車に飛び乗った。それがどこに行くかなど意に介さなかった。

飛び乗った列車から黒々とした五重塔が見える。と、低く垂れ込める暗雲のような黒瓦の連なりが現れた。そのうち段々と人家が途絶えだし、列車が大きな川を渡ると、辺りの様相が一変した。緑の濃い低木が延々と続く畑が青空の下に途切れることなく続いた。時折こんもりとした杜が現れ、なだらかな丘陵地帯を進んだと思うと小さな集落が姿を見せた。行けども行けども穏やかな風景だった。この先、幸せが待っているのではと思わせる景色に、裕子は却って気色ばみ、左手の親指と人差し指の間の薄い皮膚に穿たれた黒ずんだ孔を見つめた。

低木の連なりは青海波のようにどこまでも続き、やがて切り取られた稲の株が、すり減ったブラシの根元のように続く田園風景へと変わっていった。その光景に裕子は、もうここまで来たら誰も追ってはこないだろうとほんの少し気を緩めた途端、あと四駅で終点だというのに深い眠りに落ちた。否、気を失った。

肩を揺すられた。裕子は「やめて」と叫び声をあげた。車掌は驚きながらも「お客さん、終点ですよ。このまま眠っていたら京都にもどりますよ」と声をかけた。

鬼ごっこはもう終わりですよ、と突然告げられた子供のように、裕子は拍子抜けして木造の大屋根がついた駅舎の外に立ち尽くした。当てなどなにひとつなかった。

正面になだらかな坂が続いていた。列車を降りた人々がぞろぞろと、その坂をゆっくりと歩いて行く。右手に視線を向けると、岬と瓜二つの商店街の入口が見えた。裕子は吸い込まれるように立ち並ぶ商店へと進んでいった。足元は未だ覚束ず、砂の上を歩くようだった。

香ばしいパンの匂いがしてきた。逃げ出して以来、何も食べていないことに思い至った途端、急激に腹が空いた。真奈が腹を空かせて泣いているに違いないというのに、なんという母親なのだろう。涙のかわりに乾いた笑いがこみ上げてきた。

茶色の袋に入った揚げパンはあたたかかった。裕子は幼子が使いにでも出たように、その包みを手に包《くる》んだ。袋から香ばしい油と小麦粉の香りが漂って、腹が勝手に鳴り出す。袋から滲み出た油がかさついた掌を少しずつ滑らかにしていく。路地にでも入って腰をおろそうと思っていると、商店の連なりが途絶え、日本家屋の破風の頂に十字架を戴いた建物が目に入った。

どっしりとした石の門柱には「聖ヨハネ基督教會」と表札が掛かっていた。教会の背後には仏教寺院の宝珠が頭をのぞかせている。

裕子は重い門扉を押し開けて、吸いこまれるように石段をのぼった。上り切ると、植込みの中に幼子を抱くマリアの白い像が見えた。そのマリアはたわいもない造作の上に、その顔はまるで幼い子供のようだった。裕子の眼には義姉と通った岬の教会の泣き虫マリアに映った。辺りを見回したが人の気配はない。裕子は教会の木の扉を静かに押し広げた。

裕子は息を呑んだ。小さな家屋と思えたのに内部は広く、中央の身廊の小組格天井《こぐみごうてんじょう》は流れるように連なった何とも優美なものだった。両脇の側廊には柱が建ち並び、欄間は下は格子、上は菱という凝りようだった。最奥には大きな十字架が掛かっている。十字架がなければまるで富貴楼の大広間のようだった。

裕子は身廊の長椅子に座った。礼拝堂の天井は高く、高窓から差し込む光は脆く両手を差し出せば掬えそうだった。一条の光を身じろぎもせず見つめるその顔はデスマスクのように白く、表情がない。鉦《かね》の音《ね》がどこからともなく、とぎれとぎれに聞こえてくる。裕子の瞳から突然大粒の涙がポロポロとこぼれ落ちた。静かな堂内に裕子の嗚咽が響いた。

裕子は泣きながら紙袋から揚げパンを出して頬張った。中から分厚く切られたハムが出て来た。ラードで揚げたパンはサクサクとしていた。裕子は狂ったようにパンを口に詰め込み飲み下した。胸が張りだしてきた。考えまいとしても真奈の顔が浮かんだ。その途端、胃の中に落としたはずのものが、汚物となって溢れだしてきた。紙袋に吐き戻しながら、何もかも捨てたのだと自分に言い聞かせる。

胃に溜まった全てのものを出し切っても、まるで脱皮でも始まるかのように身体がいつまでもくねった。喉が切れて血が滲んでも脱皮は完了しなかった。裕子は不覚にも長椅子の上で、精根尽き果てて倒れ伏した。

「もしもし、姉妹よ。どうされましたか」

裕子は張りのある男の声で目が覚めた。三つの顔が裕子を覗いていた。

「具合でも悪いのですか」と、髪の毛を七三に分けた男は続けざまに訊いた。

裕子はブラウスの胸元がはだけているのを急いで直しながら身を起こした。

「勝手に上がりこんで……」

あとは言葉が続かなかった。

「ああ、なにも仰らないでかまいません」と手で制しながら男は言うと、心配そうに「お顔の色が真っ青です」と語りかけた。

傍らに立っていた年配の女性が言葉を継いだ。

「こんなところで寝ていたら風邪をひきますよ」

その視線は母乳で濡れたブラウスの胸元に落ちていた。気がついた裕子はカーディガンのボタンを留めだした。が、慌てているせいかボタンは思うように嵌らず、乳房からは飲みてを失った乳が溢れでてきた。

男性はこの教会の牧師だった。目の前の事態に為すすべもなくまごついていたが、子供を産んだ経験のある女性二人は直感した。年若い女性が口火を切った。

「あなたは身体がまだ元に戻ってないのではないですか。牧師会館で少し休まれたらいい。牧師先生、よろしいでしょ?」

「もちろんです。ご病気なのですね」

裕子は俯いたきりだったが二人の女性らは顔を見合わせ頷いた。

鉦の音がひっきりなしに聞こえてきた。裕子は虚ろな顔をして音のなる方向に顔を傾けた。口元に深い法令線の刻まれた牧師が穏やかな顔で言う。

「あの鉦の音は裏手の一言観音さんに願をかけている人たちが鳴らしているのですよ。一言だけだとお願いをきいてくださると言われているので、羨ましいことにとても流行っています」

「牧師先生」年配の女性が咎めるような声をだした。

牧師はばつが悪そうに法令線を浮かべて笑うと「お具合の悪いあなたには煩く聞こえるかもしれませんね。美那子さん、涼子さん、この姉妹を会館にお連れしてください」と指図した。

裕子は二人の女性信徒に手助けされて寝床に臥した。それは温かい布団だった。

四

武之は佳子に語りながら自分に言い聞かせた。

「俺は裕子に、いつでも戻って来いって言うとう。裕子はみっともなかけん姿ばくらましとうとやろうや。二、三日したら顔ばだすくさ。それまではいらんことせんで待っとこう。騒ぎの大きゅうなってしまう」

佳子に異存はなかったが、武之にしてはなんと気遣いのあることかと内心驚いた。電話が鳴ると、チセも武之も佳子も気が気ではなかった。それはシローもスミ子もタツ子とて同じ気持ちだった。幸せ一杯の顔をしてこの富貴楼の玄関を後にして一年も経っていない。

しかし一週間経っても裕子からは何ひとつ音沙汰がなかった。

「岬の署長さんに相談しまっしょう。場合によっちゃあ捜索願とかいうのば出したほうがよか」と、武之は干支吉に持ちかけた。こたえは取り付く島もないものだった。

「そえんかことはゆるさんぞ。署長やらに言うたら町議会にもひろまってしまう。みたみなか」

そう言うや、チセに向かって「きさんの育て方が悪かけん、こえんかことになったろうが」と、長火鉢の灰に突き刺さっていた火箸を投げつけた。火箸は見事にチセの着物の衿から覗いた首の根元に命中した。チセの口からヒュウという音が漏れた途端、チセは首を押さえながらしゃがみこんだ。

武之はチセに近寄りもせず、二人を嘲るように「どっちもどっちやが。お父さん、もう町中のうわさやが。この期は、富貴は探しもさっしゃれんって言われるとですか」

「偉そうなことば言うな」

チセが首から血を流しながら騒々しい声をあげて泣き出した。武之は忌々しげな顔をして、身を屈めて泣く母親を見下ろした。

干支吉の姿が富貴楼に在るときは、奥から不穏な空気が流れ出る。客間はいつも賑わったが、板場は静まり返り奥の様子を窺がっていた。

昭夫が富貴楼の周りをうろついている。最初のうちこそ電信柱の陰に隠れるなどして、探偵気取りでいたが、三日もすると堂々と姿を現しては、富貴楼の動きを見張った。

武之は裏玄関に横付けした目立たない三輪トラックに乗り込むと、町はずれのバスの営業所に赴いた。急な階段を駆けあがり二階の乗務員休憩室に入ると、誰ともなしに一週間前に裕子を乗せた運転手がいないかと訊ねた。

部屋の中は蒸れた靴下と煙草の臭いが籠っていた。座布団を重ねて横になっていた運転手が身体を起こすと、眩しげに目を細めた。

「そえんか話は誰からも聞いとらんですよ」

欠伸をこらえているようだったが伸びをするかわりに「誰か知っとうや」と見回して声をかけた。カーテンの隙間から差す光の帯に埃が浮かぶ。居合わせた者同士、顔を見合わせ首を振った。武之は「よおっと思い出しちゃれよ。夕方から十時頃のあいだのことたい」と、今度は一人一人の顔を覗きながら訊いた。将棋を指していた古参の運転手が指をとめた。

「武ちゃん、裕子ちゃんがおらんごとなったとはもう町中に広まっとうたい。もし裕子ちゃんがバスに乗っとんしゃったら、どこで降りんしゃったかやら、俺たちぁ富貴っつぁんに言いに行くくさ」

「町中に広まっとう」という言葉が口ごもる枷を外した。

「この辺りに隠れとんしゃったら、すぐ見つかるはずやが。お嬢さんはうったちの顔やら知りんしゃれんめえけど、有名人やけんね。おんしゃったらすぐわかるくさ」と、バスガールは言い終わるや喋りすぎたとバツの悪い顔をした。

「その時間に博多から岬行きのバスなあ、八時過ぎたら一時間に一本しかなかですもん」

「特急バスも、もう終わっとおとい」

「おらんごとなるとい岬バスはまずかでっしょうもん。さっちゃんが言うたごと知っとう者《もん》だらけやけんね」

お茶を運んできた事務員が、「富貴さん、裕子さんはバスやのうて汽車やなかですかね。中洲に住んどんしゃったとでしょ。それやったら博多駅はすぐやないですか。アタシやったら行方をくらますとなら汽車に乗って東京ばめざすやろうね」と、後半はややもするとうっとりとした調子で言った。

武之は出されたお茶に手もつけず慌てて営業所を出た。

誰もいない自宅に戻った武之は押し入れからアルバムを取り出すと、裕子の写真を剝がした。勝手のわからぬ押し入れや洋箪笥を開けてダスターコートを探し出すと袖を通し、急いでいるにもかかわらず、鼈甲縁の度の入っていない眼鏡を和箪笥の小抽斗から持ち出すのを忘れなかった。

武之はみくびられまいという思いから、余所行きとなると、ダスターコートに伊達眼鏡のこの格好で武装するのが常だった。当然玄関を出る時には、中折れ帽を被った。武之はその姿のまま赤と白のツートンのフォードに乗り込み、アクセルを踏み続けて海岸線を上った。

夕方の博多駅は人の渦だった。改札からはひっきりなしに切符に鋏をいれる音がした。その流れをとめて裕子の写真を見せることなど出来はしない。ならば切符売り場はというと、横一列に並んだ窓には次から次へと人が立つ。岬の駅長に話しを通してもらうことも思いつかず、車に飛び乗ったことを後悔した。

武之は混雑する構内を闇雲に歩きまわった。一人の客の顔も洩らすまいと舐めるように見まわす。まるで川底から砂金を見つけ出すような作業だった。人の流れに乗ったつもりがいつのまにか外れ、行き交う人々の肩や荷物に身体が当たる。激流が石にぶつかり飛沫《しぶき》をあげて散るように、武之は何度もよろけては足掻いた。こんなことをしても意味がないことはわかっていても、どうしてよいかわからず駅舎の中を歩きまわる。

切符売り場のどん詰まりの脇のドアから、若い駅員が出て来た。武之がこれを見逃すはずはなかった。鼠色のコート、ソフト帽に眼鏡をかけた武之は、足早に歩く駅員を呼びとめてポケットから写真を取り出した。若い駅員はその出で立ちとその仕種に咄嗟に警察と勘違いしたのか、起立の姿勢をとり耳を傾けた。が、写真を見て首をふり、ドアの向こう側の駅事務室に案内した。

事務室に入ると、一斉に職員の注視を浴びた。が、怯んではいられない。警察と勝手に思ったのはそちらのほうだとばかりに、武之は帽子を被ったまま、堂々と助役と書かれた席へ向かった。助役は怪訝な顔をしながらも武之の話に耳を傾け、天眼鏡を取り出して写真をいっとき眺めたうえで、三人の男を呼び寄せた。

男たちは写真を見せられても武之が喜ぶような反応を見せなかったが、そのうちの一人が「ちょっと待っといてください」と言って切符の窓口に座っている職員の一人を連れてきた。

男は鹿爪らしい顔をしてやってきたが、写真を手に取った途端、好奇に満ちた顔に変わり饒舌にしゃべり出した。

「あ、この女《ひと》、よお覚えとります。あのですね、きれいかったし、えらい慌てとんしゃったですもんね。遠くへ行く汽車の切符ばくださいって言わっしゃってからですね、財布からお札ば出しんしゃった時に、小銭ばばらまきんしゃったけん、それもあってよお覚え……」

「そえんかことはよかれす。どこまで切符ば買《こ》うたか覚えとらっしゃあれすか」

「えーっとですね、確か……急行やったっけん」と首を傾げながら間を置いた。

「夜でしたもんね……京都？　いやあ、大阪行きの『ひのくに』に乗んしゃったとやなかろうか。……そうやねえ大阪やねえ」

「東京行きやなかとですか」

「間違いなかろうや……大阪やったやねえ多分」と、手元に時刻表を寄せて断言した。

駅員が、裕子のことをよく覚えていたことに武之は幸先の良さを感じ上機嫌で駅舎を後にした。

裕子は大阪のどこかにいる。捜索願をだせば警察が動いてくれる。武之は安堵した。

武之は干支吉を通さずに岬警察の署長を饗応した。胡坐こそかいたが署長は口数が少なかった。しかし、酒が進むうちに脇息に凭れ饒舌になっていく。

単なる家出人を警察は捜すことはないと署長は断言した。「事件の可能性があると察知したら動きだすとやけどね」と箸を忙しなく動かしながら武之の顔をじろりと見た。盃で呑んでいたのがコップ酒になりだす頃には、赤い顔をして「あれだけきれいかったら男と行方をくらましたってこともあるやろう」と言い放ち、挙句、「武ちゃん、届の出とったら変死体が出た時に照合が早かけん、出しといたほうがよかかもしれんですな。……うーん、こっちも事件になったら動きやすかけん、出しとかなあいかんですたい」などと武之の気持ちを逆なでするようなことまで言いだした。署長じゃなかったら殴りつけるとこたいと、神妙な顔の下で歯嚙みし、「お前やらに頼まん。裕子は俺が探す」と決心した。

「梢はどこや？　また女中部屋に行っとうっちゃなかや。連れて来い」

武之が不機嫌な声で佳子に言った。仲居部屋に居る私は新しく雇われたアヤメの膝の上に、ちょこんと座っていた。アヤメは私の肩ほどに伸びた髪を柘植の櫛で梳きながら「アタシにもこずちゃんくらいの女の子がおるとよ」と小さな肩越しに話しかけた。白粉の匂いが漂うこの部屋は出入り禁止だった。それでも、感情をこめて紡がれる話は面白いし、愛らしいお下げ髪にしてもらえるのは、叱られるのを凌駕《こえ》て嬉しいものだった。

アヤメに限らず新人の仲居は、残してきた子供と私を重ね合わせては涙ぐんだ。

佳子が戸口に立っていた。「こずちゃん、お父ちゃんが朝鮮飴を一緒に食べようって言よんしゃあから、おいで」と私の好物を口にして奥座敷に誘いだした。武之は朝鮮飴にまぶされた片栗粉の白い粉を口の周りにつけた私に、ぼんやりと視線を投げた。

「仲居さんのお部屋には行っちゃだめよ。お下げだったらお母ちゃんが編んであげるから」

武之の目が大きく見開いた。

「そうたい！　女中部屋たい」大きな声だった。

「どうしんしゃったですか」

「裕子はここで育ったとぞ。どこが隠れやすかかようわかっとうはずたい……急におらんごとなった

ってい うけん着のみ着のままで逃げ出しとろう。だけん住み込みで大阪の料亭におるぜ。間違いなかやねえ」一気にしゃべると、武之は湯呑のお茶をぐいと飲み干し、したり顔で語った。

「うちの女中ばみてんや。みんな事情《わけ》ありやろうが。裕子も逃げ込んどうに違いなか。俺は大阪に行ってみるぞ」

「大阪に行くって……どうやって探しんしゃあとですか」

「バカたれ。気がつかんか。料理屋組合があろうが。写真ばばら撒いてくるたい」

武之は手にもった湯呑の高台を漆の座卓にコツコツと打ち鳴らし神棚を睨んだ。


武之は、裕子が切符を買ったという「ひのくに」に乗って大阪に向かった。この列車に裕子が乗ったと思うだけで武之の気持ちは上ずった。身体を右に左にと何度もずらす。どう身体を預けても心地良い場所が見つからない。垂直の背もたれは頑固に人を寄せ付けなかった。

規則正しく過ぎ去っていく窓の外の電柱を横眼で見やりながら、裕子は、なぜ富貴楼に戻ってこなかったのだろうと考えあぐねる。

「親父にあわせる顔がなかったたっちゃろうか。そげんかことはなかろう。気の強かアイツやけん親父のことやらなあも思わんめえ。……ばってん生まれたばかりの子供ばなして置いていくとやろうか」

生まれたばかりの子を置いて――考えはスイッチバックの電車のように行きつ戻りつしてはここで立ち往生する。高揚していた気持ちは袋小路に入り込んで萎む。レールの継ぎ目のガタンゴトンという音を十回ほど聞いているうちに、再び武之の気持ちは「大阪に行ったらなんとかなる」と昂ぶっていく。

隣に座った男が、関門トンネルも抜けていないというのに鼾をかきだした。そのうち男の頭が武之の肩に寄りかかってきた。ポマードの油が頰につく。武之は舌打ちをしながら肘で男の身体を押しやる。くたびれた背広を着込んだ男は身体を戻したものの、十分もせぬうちに武之の肩に頭を預ける。誰かが放屁でもしたのか、どこからともなく不快な臭いが漂いだした。武之は大袈裟に顔を顰めて周囲を見回す。通路を隔てた席に竹皮の包みから大きな握り飯を頬張る親子がいた。包みから黄色い沢庵が見え隠れしていた。「犯人はアレか」と武之は独りごちた。

武之は赤い目をして大阪に降り立った。駅のごった返し方は博多駅の比ではないうえに、複雑に絡みあう線路網は何度鉄道員に訊いても要領を得なかった。「アホンダラ」こそ言われなかったが、これ見よがしに邪険にされて田舎者と蔑んだ表情を露わにされた。

大阪は初めてではなかった。料理屋組合の慰安旅行で、この大阪の地も二年前に踏んだことがある。御堂筋をいかにも慣れたふうに歩くが、鼈甲眼鏡にコートを着て、四角張った革のトランクなどを持ち歩くものなど一人も見当たらなかった。地下鉄の駅からは、堰を切った泥流のように勤め人が現れては、わざとのように武之のトランクにぶつかってくる。溢れる勤め人らの向こうに物乞いの姿が見え隠れした。武之ははっとしてダスターコートのポケットの膨らみを確かめ、安堵する。端からこんなことでは料理屋組合を何軒訪ねることが出来るのかと、内心は心細かった。

時間はまだ早く、腹が空いてなにか食い物にありつきたいと思っても、どこもまだ開店前だった。小一時間ほど歩いただろうか。戎橋が現れてグリコの大きな看板が目に入った。武之は目的地に着いたわけでもないのに安堵して、欄干にもたれて一服した。川は澱み饐えた臭いが漂ってくる。前に来た時は夜やったけん、きれいかと思うたばってんが昼日中はみたみなかねえ。中洲と一緒たい。

武之は煙草の吸殻を捨て橋を渡った。やがてどこを歩いているのかわからなくなった。路面電車が目の前を横切ると、ビルの間《はざま》に小さな洋食屋が見えた。武之はほっとして大通りを渡った。

武之は、カレーライスに海老フライを頼んだ。頬張るうちに萎れてクタクタになっていた増澤《ますざわ》武之がむくむくと起き上がってきた。「腹が減っては戦も出来んとは本当やねえ」と、腹がくちた武之は鷹揚な心持を取り戻した。

　市電が行きかう通りからタクシーに乗り込んだ。ずり下がった鼈甲縁の眼鏡を押し上げ空咳をしながら武之は「天満まで」といかにも慣れた口調で告げた。

　運転手は振り返ると奇妙な笑い声をたてて「まだ時間早いよって開いてへんよ」と気をまわす。

「あのれすね。何を君は言いようとですか。僕は君が思うとうようなことれ天満に行くとやなか。あのれすね、僕は料理屋組合に行くとれすよ」

「お客はん、あのれすねってよう言わはるけど九州は福岡から来はったんちゃいますか？　当たりでっしゃろ」

　白いカバーの掛かった帽子をえらく斜めに被った男は人懐こく話しかけてきた。

「わてはこうみえても博多におったとです」

　武之の言葉に福岡を感じた途端、運転手は抑揚のある博多なまりで喋りだした。同郷人に出会ったという思いより、自分が岬から来たことを知られてしまうことのほうが、武之には我慢がならなかった。

「お客はんは福岡のどこでっか」

　武之は口を閉じたまま何もこたえなかった。それでもタクシーの運転手は気にもせずしゃべり続けた。

「わては祇園におったとですよ。博多のど真ん中ですたい」

　それでは自分が福岡のはずれから出て来たとは言えないではないか。

「お客さんなあ、東京やらに行きなすったことはありますやろか。東京なあ食べ物のまずかもん。ばってん、大阪なあ、博多の味に似とりますもんね」

よくしゃべる男だと思いながら車窓を眺めているうちに、市内を流すタクシーの運転手に裕子の写真を預けるのもひとつの手であることに気がついた。

男の運転は荒っぽく、狭い道でもアクセルを踏み続け走る。後ろに座っていると、前につんのめるような急ブレーキを踏む。信号を待つ間に武之はトランクから裕子の写真を一枚抜いて運転手の肩越しに渡した。運転手はチラリとその一枚を見ると、助手席に置いて急発進した。話をしながら武之は、こりゃあ、神風タクシーやねえと、自分の運転を棚にあげて思ったものだ。

「その妹さんが大阪におるっていうのは確かかね」

「そえん言われたら正直いうてあやしか。ばってん駅員が大阪まで切符ば売ったって言うし、料理屋に住み込むとが一番金のかからんってことはあいつはこまか時から見て知っとうけんねえ」

「そうね、おらっしゃあならよかばってん……」

「おる！　おるくさ。見つけてやらっしゃったら十万円やるが」

「ホー」

「前むかんね、危なか」

「十万円」運転手はハンドルを大きく切った。「そりゃあなんとしても大阪におってもらわんといかん」

運転手はブレーキを踏み込んだ。用心に越したことはないと足を踏ん張っていたが、武之は大きく前につんのめった。

「着きましたよ」

「言わんでもわかるたい。運ちゃん、よかったら金ばはずむけん待っといちゃらんね。土地勘のなかけんこのあとも頼むたい」

武之は、タクシーから降り立つと随分冷や汗をかいているのに気が付いた。

粋なしもた屋を想像していた武之の目の前の建物は、薄汚れてはいるけれど、淡い黄土色の表面に浅く細い溝の入ったスクラッチタイルが貼られたビルヂングだった。中央の入口は三階まで届く石組のアーチが組まれ二階の出窓にはレース編みのような複雑な柵が設えてあった。一階には、〈純喫茶檸檬〉と彫られた重厚な看板がかかっていた。武之はビルの端の狭い階段を三階まで一気に駆け上がった。最奥のドア脇に天満料理屋組合の看板が掛かっている。

ドアを開けると室内は紫色の煙でひどくもやっていた。出迎えた組合長は、事務員のように黒い腕カバーをしていた。ちょび髭がわずかながらに組合長の趣を漂わせていた。天満・北新地という大所帯を取りまとめるせいか、ひっきりなしに電話が鳴っている。紺色の事務員服を着た女が歯切れのいい大阪弁で応対して受話器を置くと、すぐにまたベルが鳴る。時折、屋号なのか「菊水さん」と手招きをして組合長に受話器を渡す。この組合も料理屋が持ち回りで組合長をしているのだろうと、武之は勝手に推測した。なんとも頼りなげに見えたこの男だが、咥え煙草で受話器を持つさまは何かしら不敵なものを漂わせている。

事情のあらましは電話で伝えてはいた。当初この男は興味なさげに武之の話を聞いていたが、懸賞金を付けることを話しはじめると、身を乗り出して、マホガニーに似せた小豆色のテーブルに放って置かれた裕子の写真に手を伸ばした。

「えらい別嬪さんやおまへんか。みっちゃん、見てみい」と事務員を手招きする。「ほんまや」と同意を得ると組合長は武之の顔をまじまじと見て「外人さんの血が混じってはらへん？」と不躾なことを訊いた。武之は思わず「ちゃうちゃう」とむきになって返答した。

「こないな器量よしやったらすぐうわさになるよってわかりますやろ。ほんまに住み込みで大阪にいはるんならでっせ」

タクシーの運転手からも組合長からも「本当に大阪にいるのなら」と言われると武之は気持ちが揺

れるが、ここで怯むわけにはいかなかった。武之は組合長に三万円を握らすと、後日裕子の写真を焼き増しして郵送するから料亭に配るようにと言い置いて出てきた。武之は待たせてあったタクシーに乗り込むと三軒の組合に寄った。どこも懸賞金の話になると、態度がころりと変わった。

陽がすっかり暮れるころ、大阪の歓楽街はそこいらじゅうで花火を打ち上げているように、彩り鮮やかで騒がしくなった。昼間はのたりとした川面も、日が暮れた途端に、底に沈んでいた水中花が一斉に浮き上がり、花開いたように鮮やかだった。

疲れ果てた武之は宿泊施設に連れて行って欲しいと運転手に伝えると、うっかりうたた寝してしまった。後ろから突き飛ばされるように首が前に落ちて目が覚めた。相変わらず運転の荒い男だ。随分と走ったようだがどの辺りだろうか。武之は薄らと目を開けた。真っ直ぐに続く通りはぼんぼりが連なり、怪しげな狐火のように輝いていた。

「ここはどこね」と問うと、運転手はこともなげに「飛田たい」とえらく親しげな間柄のような口をきいた。「飛田？」驚いてキョロキョロと眺めると、大きな石柱が道の左右に立っていた。柱の脇には二階の屋根にも届くほどの灰色の壁が立ち、この地域の歴史を物語っていた。

「運ちゃん、俺《おら》あ、泊るところって言うたとぜ、こえんかところに連れて行っちゃれやら言うとらんたい」

「かまへんでっしゃろ」

運転手はいきなり大阪弁になった。

「ここの組合にも写真を置いたほうがええん違いまっか」

「きさん、本気で言いようとや。バカこくな。裕子がこえんかところに身ば落とすわけなかろうが。どえんかつもりで言ようとや」

武之は運転手が座る背もたれに蹴りをいれた。

「そえん、興奮せんどいてください。気ばきかせたつもりやったとい」

「気ばきかせたってや。俺の妹が飛田で身体ば売りようってや。お前はそういうことば言いようとぞ」

武之は頭の隅で時折点滅していた不吉なもの——それは芥子の実ほどの小さなものだった——が穿《ほじく》り出されて露わにされた思いだった。そえんか馬鹿なことがあるか。身体が震えだした。裕子はあんなチンピラにひっかかってしまったが、小さい時から頭のよか賢い子やった。こえんして家出ばしたっていうて探しようけん、誰もが裕子ば身持ちの悪かすれっからしと思いやがって。武之は背もたれを蹴るだけでは気が済まず、背後から運転手の頭を殴りつけた。交番が窓の向こうに見えたが容赦しなかった。

武之は料理屋組合の慰安旅行の折に、数人で飛田で遊んでいるが、それとこれとは全くの別の話だった。頭を殴る度に車が揺れた。運転手の帽子が飛んで窓にぶつかり助手席に落ちた。男は両手で頭を庇いながら言った。「もうやめてんか。交番の前やで、あんさんかてしょっぴかれたら困りまっしゃろ」

さすがに武之もまずいと判断して握り締めた拳で運転手の座席の背もたれを何度も殴りつけた。が、殴るほどに虚しさだけが増した。

「大阪駅へ行っちゃれ。まだ夜行に間に合うや」

五

裕子は年若い信徒の涼子に名前を訊かれて戸惑った。「増澤」ではなく、一年にも満たなかったというのに思わず「園井」と言いそうになったことに身震いした。昭夫との生活の中で「園井裕子」と初々しく名乗ったことなど何回あったろうか。昭夫が正体を露わにしていない甘やかな時でさえ、ソノイユウコと名乗りたくとも、麗々しく名乗るべき友人など昭夫にはいなかった。

「園田、園田ゆき子です」

「ソノダユキコさん」涼子は鉛筆でなぞるように言った。

「きれいなお名前。あなたにぴったりですね」

涼子の優しい眼差しが裕子には却って咎められているようだった。

裕子は甘い天日の香りを含んだ布団に包まっていた。身体は疲弊していたが生んだばかりの我が子を置き去りにした身にはなんともそぐわぬ温かな寝具だった。裕子は眠ってはいけないと抗った。が、やがて闇に引きずり込まれていった。しかし、安穏と寝ることは許されてはいなかった。

怖ろしい夢を繰り返し見た。富貴楼が炎に包まれている。干支吉もチセも武之夫婦も、そして裕子も炎から逃げ出せず火の中で踊り狂っていた。燃え盛る火の中、昭夫の高笑いが聞こえてくる。富貴楼の破風屋根が崩れ落ちていく。

目を覚ますたびに「富貴に火ぃつけちゃあ」という昭夫のぬめりを帯びた声が蘇る。両耳を塞ぎ身体を丸めて、残してきた全てから裕子は逃れようとした。ライターで焼かれた髪の毛先が、頬にあたりチクチクと痛痒い。

朝日が差し込み木綿の日焼けしたカーテンに柊の影が模様のように映しだされている。さわやかな陽射しだというのに、裕子は目が覚めても夢の続きのように身体が熱かった。身体中がまるで火傷をしたように痛む。息をしようにも胸が押さえつけられて吸うことも吐くことも出来ない。上半身に責め石でも置かれているようだった。肩も腕も押さえ込まれたように動かなかった。

美那子と涼子の会話が切れ切れに耳に入る。

──サンジョクネツ──

──ニュウセンエン──

それらの言葉が裕子の耳に微かに届くと、「赤ん坊ば産んだらよおっと休んどかなあ、悪露《おろ》が止まらんごとなる」と白蛇坂《はくじゃんざか》の産婆が義姉の佳子に向かって説いた不気味な言葉が、部屋の隅から湧き上がり襲ってくるような思いにかられた。

「すぐに往診を」

女性の声の中に明瞭な男の声が割ってはいった。

裕子の脇に挟まれた体温計の水銀があっという間に上がってゆく。診察されている間に、我が胸を見て声こそださなかったが、自分の身体だと思えなかった。胸は石のように硬く、ガシガシに腫れあがり臍にまで達していた。表面には青紫色の筋が何本も蛇のようにもつれ、ある部分は黄土色に変色していた。

「ひどい乳腺炎やなあ。赤ん坊に含ませるのが一番やけど……ここまでいくとそうもいかへんな」と、自問自答すると「あと一日遅れたらこりゃあ、あかんやったね。……どうにか薬で間に合うやろ」と洗面器にはられた水に手を潜らせながら呟いた。患部の胸を見ることに気後れしたのか、顔は始終俯いていた。猫背気味なのが聖職者らしく見えた。医者の背後に隠れるようにして牧師が立っていた。

「腫れが少しひいたら乳揉みさんに来てもらうと治りがはやいよって」

医者は、裕子本人に言っているのか、牧師や美那子らに言っているのか、まるで独りごとのように言うと裕子の顔を横目で窺った。

裕子の顔は目や鼻や口もはっきりとしているのに、熱のせいか、輪郭が頼りなげで、大きな瞳は空洞のように表情がなくなっていた。裕子自身が表情を消したのかもしれない。

胸は氷嚢で冷やされた。薬が効いて少し熱が引いたようだが、それでも氷はすぐにとけてゴムの袋はクラゲのように硬い胸の上をプカプカと浮いた。

裕子は手当てを受けながらも当惑した。牧師らの親切が鬱陶しかった。にもかかわらず、彼等はどこまでも親切で、端々まで聖らかだった。

薬の作用か裕子はエレベーターのワイヤーが切れでもしたかのように、深い眠りに落ちていった。エレベーターは暗闇の中をどこまでも落下していった。ヒュンヒュンと風が吹き荒ぶような音がした。その音はいつの間にか赤子の泣き声に変わった。

「真奈」

裕子は大きな叫び声をあげて目を覚ました。

聞こえてきたのはカンカンという一言観音堂の鉦の音だった。首から下は大きな石の塊のようだったが、責め石は取り除かれ、腫れも少し引いたようだった。まだ霞のなかにいるようだが、熱も随分と下がったかに思えた。

「どうかなさいましたか?」年の若い涼子が怪訝な顔をして入って来た。返答を待つでもなく「洗濯しておきました」と裕子の顔を覗きながら包みを枕元に置いた。紺色のタイトスカートに白いブラウス、水色の機械編みのカーディガン。足元は三つ折りの白い靴下の涼子は、どこにでもいそうな女なのに裕子には眩しくて仕方がなかった。

裕子は半身を起こそうとしたが、胸が重く手早く動くことができない。教会からは讃美歌が聞こえてくる。涼子が持ってきた着替えからは糊の香りが強く漂った。

「元気になられるまでここにいらっしゃってかまいませんよ。牧師さまも美那子先生も、そのおつもりですから。私たちは、あなたのお役にたちたいと思っています」

涼子は、窓の向こうの柊の葉陰から見え隠れする白いマリア像を見ながら、「本当はマリア像はご法度なんですよ」と振り向いて顔を顰めると「でも信徒さんがご自分の手で作られて持ってこられたのです。牧師さまは人がよくって断り切れずに。でも今ではずっと前からあるみたいになっちゃって」と小さく笑った。

重怠い脳裏に岬の教会のマリア像が浮かんだ。日傘をさす義姉の姿もそこにはあった。

裕子は岬の高校を卒業し、福岡市内の進学校を出た春川聡一は望む国立大学に落ち浪人となることが決まっていた。つまらない学校生活が終わり、裕子は新しい生活に思いを馳せた。が、庇が張り出して陽の当たらない富貴楼の暮らしにはなにも起こるはずもなく、岬の町にも心躍るような場所もなかった。あるといえば、父親の干支吉が経営する映画館であり、武之が時折催すロカビリーショーやダンスパーティだった。が、それさえも富貴楼の大広間でおこなわれ、陸運の運転手やシローらが相手だった。老松を背景にミッキー・カーチスや山下敬二郎の真似をするシローを見て何が面白いだろうか。はしゃいでいるのはタツ子や下働きの仲居だけだった。

退屈な日々をおくる裕子を、キリスト教徒でもない佳子が「日曜学校に行こう」と誘う。別にイエスにふれさせようなどという大層な考えではない。ハイカラな医者の娘の佳子は、讃美歌を歌い聖書を読み、そして主の祈りを捧げる空間を年甲斐もなく好んだし、裕子自身が、中学は女学院《ミッション》に進みたいと干支吉に願ったにもかかわらず「耶蘇教の学校やら冗談」とあっさりと否定されてどれほど泣いただろうか。そのような経緯もあって佳子は裕子に声をかけた。

というのに、連れて行かれる裕子はといえば、前列から聞こえてくる生真面目なソプラノや、牧師の「兄弟よ」、「姉妹よ」というバリトンの曇りもない呼びかけに戸惑いを覚えていた。信徒らの真っすぐな篤い精神《きもち》に居心地の悪さを感じるが、それでも裕子は耶蘇の学校に進んでいたら、きっとましな生活――口にするのは恥かしいが、ましな青春があったのではと、ゆるさなかった干支吉を恨めしく思いながら、聖書に目を落とした。

教会の入口には二メートル以上に成長した聖木の柊が植えられ、白いマリア像はその陰になって忘れられたようにその姿を見え隠れさせていた。緑の葉から滴る雨垂れのせいか、その像には薄緑の染みが浮きでていて、マリアの哀しみを際立たせた。

裕子は、緑子イエスを抱くマリアが気になって仕方がなかった。「どうしてここにマリア像があるんやろ」と佳子にむかって呟くと、佳子は口を窄めて笑いながら「プロテスタントは、こういう偶像《もの》を崇めちゃいけないんだけど、このほうが見場がいいでしょ。田舎の人はこういうのが好きなのよ。だからそれでいいの」と教義など気にもとめていなかった。裕子は義姉の神経が細やかなようで大らかなところが大好きだった。羨ましいといってもよかった。日傘を差し掛けた佳子に続けて訊いた。

「旧約聖書に出てくる白く鱗みたいで甘くて溶けてしまうマナって、どんなもんやろ？」

開きかけた日傘を窄めると佳子は小首を傾げて、ほんの少し考えて言った。

「森永のキャンデーストアで食べるアイスクリームについてくるじゃない。ほら、ウェハース。ああいうようなものじゃないかしら、マナって」

言い終わると佳子は口元に手を遣って「食べてみたいわね」と裕子の目を覗き込んだ。ウェハースのようなマナが天から降ってくる。陽だまりの中、裕子は幸せな気持ちになった。歩きながらマナと何度も呟いているうちに、口の中が甘くなりだして、薄くて甘いウェハースが溶けていく。いつになるかわからないけど聡一と結婚して子供ができたらマナと名付けよう。神様がいつもウェハースを降らしてくださる。そうに違いない……と佳子と肩を並べて歩きだした。

裕子は、窓の向こうの信徒が作ったというマリアの背中を見ながら静かに首を振った。なにもかも終わった。

涼子はベッドの下に置かれた裕子のスリッパを揃えたと思うと、小机の聖書の位置を直しながら時折裕子に目を遣る。深い事情《わけ》を背負っているらしい同じ年頃のゆき子を扱いかねているのだろう。

「お食事の用意は一時間ほどかかりますが、食堂までおいでになれますか。それともここまで運びましょうか」なにもこたえずただ頷く裕子に、やはり戸惑い「出来たら運んできましょう」と微笑みながら去って行った。

　陽だまりにいるようだった。

　ここにいてはいけない。裕子は糊のきいた服に着替える。置手紙もせず、小さな風呂敷包みを携えてこの温かい場所を後にした。教会脇の路地の細い坂を上ると見晴らしの良い広い寺の境内に出た。三重塔があれば五重塔、小さな堂宇、大きなお堂が不規則に並んでいる。

　裕子は八角の堂宇の隣の〈一言観音堂〉と書かれた板が下がった小さなお堂の前に立ち、鉦を鳴らし願をかけた。

「うちが幸せやらになりませんように」

　小さな堂宇の内陣には背中を丸めた老婆が木魚を打ちながらなにやら小声で唱え続けている。尻をペチャリと畳につけて座る後ろ姿は、幼子のようだった。が、ひと際声が大きくなると不穏な執念のような空気を漂わせた。

　幸せにならんように——とまた呟いて裕子は立ち去った。すぐに鉦の突き手が現れた。

　境内の石段に座り裕子は池を眺めていた。緑色の水面から覗く岩に無数の亀が暢気に甲羅干しをしている。背後から人影がさすと裕子は反射的に息を呑む。甲羅干しに飽いた亀が音も立てずに水の中へと岩から飛び込むが、泡《あぶく》ひとつ立たない。

　苦しまないといけないと思う反面、うちもあえんか風に身ば隠せんやろうかと、裕子は思う。手水《ちょうず》の水を飲んだせいか、胸がはってきた。老夫婦がゆっくりと石段をあがって来た。半ばほどで立ち止まると振り返り「ばあさん、有名な猿沢池といっても狭いもんだ」と言いながら、ハンカチで首筋を拭いた。ばあさんと言われた銀髪の老婦人はよく通る声で「本当ですわね。こんな狭い池から龍が出てくるもんでしょうか」とこたえた。

こんな静かな池に龍が棲んでいる？

裕子は泡ひとつ立たない平穏な水面を眺めながら、底なしのように深い池を思い浮かべた。陽射しの届かない暗闇のような底に龍が潜んでいるのだろうか。龍は太平楽に水面で泳ぐ亀を眺めているのだろうか。乳が鳩尾を伝っているのがわかる。

薬を飲まなければ。

柔らかな陽射しを受けて気持ちがいっときでも和むと、裕子は紙を引き裂くようにそこから抜け出した。親指と人差し指の間に穿たれた小さな孔を見詰め、やおら薄い皮膚を引っ張った。小さな孔が楕円に広がった。裕子はその手を宙に翳した。光が透けて薄い皮膚が赤味をおびた。小さな孔の向こうに緑の池が見えた。

裕子は立ちあがり五十二段を下りた。池の畔の柳は細く貧相で風もないのに僅かに揺れてみえた。顔を隠すように風呂敷包みを口元まで持ち上げて抱え込み、俯きながら狭い路地の一つに入っていった。

猫背の女がひとり立っていた。和菓子屋の硝子戸に映った裕子の姿だった。そのみすぼらしさに、裕子は満足して、これでいい、と独りごちた。

園田ゆき子は連子窓が続く花街へと歩を進める。

第四章　ゆき子

一

裕子の前を犬が歩いている。

片耳が潰れている。毛が処々ごっそりと抜け落ちて、赤くテラテラとした皮膚が見えていた。滲み出た黄色い膿に赤い毛が強張りついていた。尻尾が垂れてその先は腹の方に隠れている。

裕子はそのうしろをついて行った。といっても、道は細い一本道だった。道の左右からは重そうな黒い瓦が載った軒が深く張り出していて、裕子が立ち止り見上げた青い空を、狭く細長く切りとっていた。

連子窓の町家のどこからともなく三味《しゃみ》の音が聞こえてくる。日がまだ高いせいか、なんとなく調子はずれに響いていた。裕子は犬矢来が整然と張り巡らされ水打ちされた格子戸の前で立ち止まった。軒先に吊るされて揺れる板には〈求ム住込女中〉と大書《たいしょ》されていた。

金盥の底を引っ掻くような鋭い犬の哭き声がした。犬同様に昭夫に扱われていたことが蘇った。裕子は硬直して洟を啜るように息を吸った。途端、手に穿たれた孔に鋭い痛みを感じた。悲鳴といってよい犬の哭き声の残響があるわけでもなく辺りは鎮まり、三味線のつま弾きだけが聞こえた。裕子はネジをゆっくりとまわすように振り返った。赤犬の姿はなく、その代わり、高下駄を拾って履く若い男の姿が目に入った。

裕子は二度三度と大きく呼吸すると、そっと料亭旅館南都荘の格子戸に手をかけた。

「今日から使って欲しい」

応対にでた女に言うと、素性を簡単に訊かれた。適当にこたえると、身元の信憑性などどうでもいいとばかりに、あっさりと玄関脇の仲居部屋に案内された。すぐさま差し出された着物を着てみると、背の高い裕子には裄《ゆき》が足りない代物だった。大きく垂れた胸が邪魔をして帯がうまく締められない。世話をした女――古参の女中・安江――が目敏く裕子の胸をみた。安物の絣の着物姿がなんとも滑稽だったが園田ゆき子には似合いだと、裕子は大鏡に映った姿を見て満足した。

南都荘の規模は富貴楼に比べて小さなものだったが、造りは殆ど同じだった。玄関脇の仲居部屋は八畳ほどで、入口は富貴楼同様に玄関脇と板場に通じる二個所だった。横長の鏡台の抽斗の上には、白粉に混じって輪ゴムでまとめられている花札があった。ふと、目を瞬かせるスミ子の顔が浮かんだ。

「つまらんよ。うちはなにもかも捨てたとやが。裕子は目の前のスミ子を手で払いのけた。安江が、薄い眉毛を寄せてその様子を眺めていた。

照明が間引かれた板場は昼でもうす暗かった。表の路地で高下駄を拾って履いていた男、吉雄が刺身をひいていた。食べるようにと言われた昼飯は冷飯に味噌汁と沢庵だけだった。板張りの床には座布団もない。なにからなにまで富貴楼の使用人と同じで、追い払っても追い払っても富貴楼が顔を出す。夜は客の食べ残しがおかずだった。お茶などあるはずもなく、大薬缶から白湯を茶碗に注いだ。風呂にはいったのは午前一時を過ぎていた。入浴とは名ばかりで、湯を落としながらタイルを磨き身体を洗った。

袖からは腕がにゅっと出ていたが、殆どがたすき掛けで過ごす新入りの仲居には袖などどうでもよいことだった。便所の掃除に廊下の雑巾掛け、布団の上げ下ろし。玄関の掃き掃除、下足番。まるでスミ子そのもので、忘れようとするのに、頭に自然と浮かぶのは、置いてきた真奈のことよりもスミ子だった。だからこそ真奈にすまないと思う。そう思うと萎み始めた胸が張りだして乳が滲み出て来る。

富貴楼と違うのは旅館も兼ねているということもあり朝早くから夜遅くまで働きづめということだった。が、裕子にはそれが幸いだった。幸せになってはいけないという気持ちと、全てを忘れ去りたいという思いがない交ぜになって裕子を責め立てる。言いつけられる仕事が多いほど、裕子は園田ゆき子に成りきれた。

仲居部屋で寝起きをするのは安江と裕子、そして道子という三十に近い女だった。道子は五歳の女の子を置いて嫁ぎ先から出てきたという。道子は姑の嫁いびりが酷かったと言えば、いつのまにか小姑が二人いた、舅が床に夜這したただの、亭主の暴力がたまらなかっただの、日によって身の上話がくるくると変わった。無論、すべて本当ということもあり得る。が、五歳の女の子の話だけは変わらなかった。残して来た五歳の娘の話をする時は、常に涙ぐみ、愛おしそうにした。髪をいつもお下げに編んでやったのだが、朝起きると髪がグチャグチャに縺れて櫛がなかなか通らず往生したという。そのうちその子が痛がって怒り出す。それを宥めながら毎日編んだのだと手を翳して編みこむ手つきをしながら話し続けた。来年は小学校にあがるという。赤いランドセルを買って送ってやろうと思う……。話はいつもそこで終わった。裕子は話を聞きながら富貴楼の仲居部屋にいるような錯覚に陥った。

裕子の脳裏には生後二週間にも満たない真奈の姿しか浮かばない。五歳になった真奈を想像することさえ出来ない。赤い顔をして泣くか眠るかしかない真奈の顔。罪の意識は湧いても愛おしさは逃げ出すことに精いっぱいで、どこで落としてきたものか湧いてこなかった。そのことが辛い。

裕子はゆき子となって淡々と働いた。覚えがいい、というより富貴楼で育った人間だ。なにもかも毎日目にして来たものだ。配膳の位置など聞かずとも頭に入っていることだったし、魚の身を崩さずに骨を取り出すのも難なくやってのけ客にありがたがられた。そのうえに裏表なく働くゆき子はすぐさまに信望を得た。わざわざゆき子の寸法を測って着物が誂えられたのがその証だろう。客からの心づけも古参の安江をすぐに抜いた。しかし裕子にしてみたらそれらは迷惑な話だった。人の評価も金も欲しくはなかった。ただ黙々と働いていたいだけだった。

その夜も、裕子は燃え盛る炎の中で、灰になることさえ許されず乱舞し続けていた。

「ゆき、ゆき」と、呼ぶ声がする。手を摑まれ、手繰り寄せられた。吐息とも喘ぎともつかない声が耳元からしたと思うと、その同じ出処が裕子の唇を塞いだ。

裕子は飛び起きて押しのけた。安江が、「ちょっとふざけただけやんか、まったく大きな乳してオボコぶってどないすんのん」といけしゃあしゃあと言うと布団に包《くる》まった。道子は押入れの方を向いてコトリとも音をたてなかった。狸寝入りなのか、安江の寝息だけが聞こえてきた。

朝飯は立ち働きながら口にする。安江や他の仲居たちは冷や飯に味噌汁をかけて忙しげに口に流し込む。裕子はご飯に味噌汁をかけて食べることが出来ない。

「女中が上品ぶってどないすんの。早うしいや」

安江が底意地の悪い口調で言う。夜中のことなどおくびにも出さない。

「すみません」と裕子は素直に謝る。

「えらい愛らしゅうあやまるなあ」

安江は沢庵を口にいれ、泊り客の朝食の配膳をしていたが、裕子の耳元まで近づくと「あんた、きれいやけど人でも殺めたんちゃう？　毎晩毎晩あんたのうなされる声が煩うてかなわん」と囁くと仕事に戻った。沢庵の臭いが耳辺りに纏わりついた。

以来、裕子は板場の隅で寝るようになった。どこからともなく吹く隙間風。どぶ鼠が行き交う音。足を齧られてはたまらぬと、時折、大きな音をたてて寝返りをうった。


安江はなにかと裕子につっかかってくる。

「ゆき子……何度よんだらええのん？」

はっとして竹箒の手をとめる。

「すみません」

安江の眉山のような眉が右片方だけヒクヒクと小さく動いている。

「あんた、ほんまはゆき子って名前やあらへんやろ？　気いつかへんやろうけど、あんたよう返事せんよって。ま、道子もどうかわからへんけどな……あんたなあ」

安江は口ごもった。薄い眉毛が大きく上下した。

「あんた、〈アリラン〉この前歌いよったけど、もしかして朝鮮《チョン》かあ？」

鹿威《ししおど》しの石を打つ音が響いた。裕子の尖った顎がつんと上を向いた。

「そうやったら、それがどないしたん」

「どないしたんって……あんた夜中によう板場を抜け出てどこにいっとんの？　まさか吉雄とちちくりおうとんちゃうやろね」

板前の吉雄の名前がでて裕子は噴き出すのを堪えた。が、安江は見逃さなかった。

「なにおかしいんや、この朝鮮が」

裕子は手にしていた竹箒を槙の木に静かに立てかけて姉さんかぶりを外し袂に入れた。

「朝鮮人やったらどないしました？　人ば好きになったらいかんとね」

「やっぱり、あんたは吉雄を寝取ったんやね」

裕子は「なんであんな男と寝るね。姉さん、どっちもやるとね。そりゃあ忙しいこって」と、笑った。

「畜生」安江は大きな声を出しながらカナブンが飛んでくるように裕子に向かったが、簡単にかわされて槇の木にぶつかった。竹箒が転がった。すぐに翻った安江だが足元の竹箒に躓いて裕子に向かって倒れ込んで行った。頭突きをまともに食らった裕子は尻餅をついた。安江は目の前に投げ出された裕子の足を、咄嗟に摑んでひっぱった。裕子はそのまま後ろに倒れて玄関の敷居に後頭部を強く打ち付けた。弾かれたゴムのように裕子は起き上がると、安江に容赦しなかった。二人の着物の袖が千切れ胸元が大きくはだけた。

かまうものか！

裕子は開いた衿を両手で摑むとグイグイ締め付けた。安江の口から喉が潰れるような音が漏れた。

それでも裕子は手を緩めなかった。

「うちが朝鮮人やったら人ば好きになったらいかんとね。どうね。言うてみ」

安江は苦しげに顔を左右に振った。

「それじゃあわからん」と、裕子はさらに安江を追い詰めた。

「わ、悪かった」

「悪かったやなか。朝鮮人やったらいかんとね、って訊きようったい。どうね」

「そ、そないなことは……ない……ありません」

裕子が手を緩めた。安江は地面に尻餅をついた。裕子の身体中から爽快なものが湧き上がってきた。

その夜、裕子は冷や飯に味噌汁をかけてかきこんだ。

裕子は佳子が嫁いでくるまで、チセに急かされると茶碗に味噌汁をどぶりといれては啜ったものだった。チセとて同じだった。が、どんなに忙しい朝でも佳子は味噌汁をご飯茶碗に入れることはなかった。

「だって裕子ちゃん、あれは、猫飯だから」

佳子はあっさりと理由を裕子に告げた。

うちには猫飯がよう似合うとる。

風呂の湯を落とし横になるが寝付けない。板場を抜け出す。行く先は決まっている。吉雄の処であるはずもない。猿沢池に出て五十二段に座る。いつしか覚えた煙草を吸う。

吉雄と逢引——馬鹿らしい。裕子は煙草を踏み消して立ち上がった。

一言観音堂の裏手に入っていった。一匹の犬が裕子に気がついて、横たわったまま尻尾をゆっくりと左右に振った。裕子が近づくと、四肢をばたつかせ起き上がろうとした。裕子が身体をさすって制する。

袂から客の食べ残しの刺身を出して、皮膚病が進んで潰瘍だらけとなった赤犬の口の前に置いた。犬は横になったまま刺身を咥え丸呑みした。裕子は水をたっぷり吸った手拭を犬に含ませ、その手拭で目の周りにこびり付いた目脂を拭き取った。冷たさが心地よいのか犬は目を細め、後ろ肢で盛んに宙を搔いた。

二

大阪から戻って来た武之は、いつまで経っても機嫌が悪かった。

どいつもこいつも裕子ばすれっからし扱いしやがって。

いずれの料理屋組合長も申し合わせたように親指をたてて「これと一緒でっか」と薄笑いを浮かべて応じた。腹は立つが、男と一緒の方が生まれたばかりの赤子を置いて失踪した事情《わけ》がわかって腑に落ちる。足跡も残りやすいではないか。武之は益々腹が立つ。いやそれ以上に、あの運転手が気を利かせたつもりで飛田に自分を運んだことが、遊んだ覚えのある武之をどんなに狼狽《うろた》えさせたか。あそこは遊ぶ場所でさえなかった。性欲を満たすためだけに設けられた施設のようなものだ。聳える石の壁が武之の頭から離れない。よりによってそんな処に裕子がいるはずはない。

干支吉《えときち》から「あんたは、あえんか穀潰しと一緒になってどえんして食べていくつもりな」と、問いただされた時、裕子は言った。

「うちは、どえんでもして食べていく。バカたれバカたれってさっきからお兄ちゃんが言うけど、バカやなか。身体を売る以外やったら何でもできる」

耳の右から左に抜けて記憶の欠片もなかったというのに、裕子が叫んだ小生意気な言葉が、一枚の保証書のように武之の目の前に落ちてきた。その切れ端を武之はしっかりと摑んだ。

電話が鳴るたびに武之は耳をそばだてた。しかし、裕子の行方を知らせる電話は、どこからもかかって来なかった。

板場のガラス窓にふぐの鰭《ひれ》が貼り付けられ始めた。武之の脳裏にはいつも裕子のことがあったが、いつの間にか電話に神経を尖らすこともなくなった。執拗に武之をつけていた園井昭夫の姿は、時折ウツボが岩陰から姿を見せる程度になっていった。

干支吉の町会議員選挙運動がはじまった。武之は参謀として岬中を歩き、金をばらまき、増澤《ますざわ》干支吉をトップ当選に導く方策を講じなければならなかった。選挙事務所は富貴陸運の事務所に置かれた。干支吉は娘が失踪したことなど知ったことではないとばかりに、ある時は破顔一笑し、またある時は絶対君主とばかりに、トラックの上より聴衆に語りかけた。

「岬町会議員選挙立候補者、増澤干支吉でございます。岬町議会議長として二期、町会議員としては……もうどれだけやったか、覚えとりもしましぇん」

切れ長の目が一瞬にして人懐こさを湛える。荷台の干支吉を仰ぐ聴衆は笑いながら大きく手を打ち鳴らす。

「このように、またしても選挙候補者として演説の場をこしらえていただいたのは……ひとえにひとえに町民の皆様のおかげと、この増澤干支吉は感謝しとります。こえんか風の強か日によう皆さん来ちゃんしゃった」

干支吉はここで深々と頭をさげた。

「さて、ご存知のようにアタシは裸一貫でここまで来とります。言うてみれば成り上がりもんです。町長やら助役のごと、よか学校やら出とらんです。教養もなか。ばってんですな、貧しかなかから出てきたもんの強みで、貧しか人の気持ちはようわかります。あん人たちは」

干支吉は誰を指すわけでもなく手を高々とあげて彼方を示す。その途端町民の頭にはそれぞれ思い思いの顔が浮かぶ。

「こまか時から美味しかもんば食うて、靴ば履いて、下駄やなかとですばい。靴ですとよ。学校に通っとらっしゃあ人たちですたい。そえんか人間に、農業のこと、田んぼのことがわかりますか?……わからんとです……だからして、水利組合ば無視して用水路に汚か排水ば流すのば見逃したりしますと。岬の町は、百姓の町ですたい。お百姓さんば大事にせんで誰ば大事にしますとね。お母ちゃんば、産んでくれた祖母《ばあ》さんば大事にせんで、そえんか親不孝なことはなかでっしょう。同じことですたい」

笑い声と共に拍手がおこる。干支吉はそれを遮るように「岬のみなさん、大船に、いやいや荷馬車に乗ったつもりでアタシにどうぞ一票入れちゃんなっせい。祖母さんから孫の代まで増澤干支吉に任せときなっせい」と宣言する。

「大将」、「富貴っつぁん」と声があがり、その声は大きな拍手に飲み込まれる。干支吉は慈父の笑みを口元に表わして静かになるのを待ってはまた唸りだす。

干支吉の演説はいつも短い。そして常に聴き手の心を摑む。そろりそろりとトラックが動きだす。運転手の隣に座った陸運の事務員・島本が窓から身を乗り出す。「富貴って書いたらつまらんですばい。増澤干支吉、じゅうにしの干支に吉ですけん間違わんごと」と繰り返す。

凧は町長が推す側に吹くと思われた。ミスコンテストで一位になったというのにチンピラと結婚した娘。その失踪。それも赤子を置いて。大スキャンダルのはずだ。ところが、町民は蒸発した裕子のことに興味はあったが、反対派が声高に叫ぶ醜聞よりも、堂々と振る舞う干支吉の方に魅力を感じた。こんな状況なのに増澤干支吉という男はやはり運の強い男だった。

三

裕子は屈んで臙脂色の別珍の足袋の上から小指の部分を掻く。しもやけになるのは何年ぶりのことだろうか。風呂掃除のせいなのか、栄養が足りないのか、小指は赤く色づいた茱萸《ぐみ》のようだった。仲居部屋に置かれた小さな火鉢に煙草の灰を親指で弾き落とす。椎の実のようにほっそりとした形のいい爪の先はアカギレで深い亀裂が入っている。煙草を吸い終えると帯に挟んだ心付けを抽斗に無造作にいれる。幾らあるのか数えてみないのでわからない。皺を伸ばされることもなく入れられたお札は、中途半端に折れたものもありこんもりとした山になっていく。その山から幾度となくお札が抜かれているのに気がつかないわけはなかった。子供にランドセルを送りたいと言っていた道子だろう。仕送りか……。他人のものに手をだしてでも仕送りができるなんて幸せじゃないか、と見て見ぬふりをする。

裕子は何度も郵便局に足を運んだ。しかしドアの向こうに入ることができなかった。真奈のためやろうが、と思い直すがやはり逃げるように戻る。

薄い唇のあの男はどんなことをも手掛かりにして裕子を探しだす。それが昭夫でなければ、肩を始終回すエラの張った正一が現れるに違いないと恐れた。見つかったら最後、裕子は二人の男に辱めを受けて、二度と浮かび上がれない暗渠のような処に売り飛ばされるに違いないと思いこんでいた。

自分はその保身のために真奈を見殺しにしているのだ。

裕子は、仲居部屋でささくれた畳の上に手を広げる。爪楊枝をその孔に通し畳に突き刺す。細く頼りない楊枝に裕子は囚われた。手元を見つめながら裕子は「あんたは幸せにはなれんよ」と呟いた。

ゆき子を呼ぶ声が帳場から聞こえてくる。南都荘の近くには関西の迎賓館といわれるに相応しいホテルがあった。が、連子窓の町家が連なる花街を好み、小体な南都荘を贔屓にする東京からの男性客が多かった。

桔梗の間の床の間には会津八一の掛軸が掛かっている。裕子にはその字が上手いのか下手なのかわからない。はっきりいえば上手いとは思えない。読むことすら出来ない字の下に、これまた悪戯描きのような鹿――角らしき物があるからそう思う――がこちらを向いている。南都荘の部屋には大抵このような掛軸が掛かっていた。

桔梗の間にやって来た客の世話をするのは三度目だった。小説家だと若女将から聞いている。春日大社の若宮おん祭の取材だというのだが、若宮おん祭といわれても裕子にはどのような祭かわからない。

常に煙草を咥えているこの客は、干支吉と同様に灰で衣服の処々に穴があいていた。それに気づいて椀を下げる手が止まる。懐かしいなどという気持ちではない。

漆の食卓、ヤニで黄色く染まった爪、虫食いのような灰の穴。

そこに干支吉が座っていそうだった。随分遠い日のような気がした。椀を盆に載せながら親指と人差し指の間に穿たれた孔をみた。

「どうしたの」

我に返った裕子は取り繕うのに思わず作り笑いをする。厚い唇から八重歯がこぼれた。客の咥えた煙草から灰がポトリと落ちた。

「先生、灰が」

「先生？　この僕のことかい。俺は学校で教えたりはしてないさ。高橋でいいんだぜ」

「小説家さんだと聞いています」

「確かに小説は書いてはいるが売れてはいないよ」

こめかみに青筋が浮いた顔は神経質そうだったが、ぞんざいな物言いだった。裕子は帯に挟んだ栓抜きを取り出して、返事もせずにビールの蓋を抜く。

「ゆきさん……だったよね。もう三度目だぜ」

「え？……はい」

高橋はコップを裕子の前に差し出しながら「まるで、算数みたいな女《ひと》だ」と、わけのわからないことを言った。

「算数？」

高橋はビールを飲み干すと「そうだ算数だ」とぶっきら棒にこたえた。

「8割る4は2。あまりはありません。正解ですっ。そんな感じだぜ。君って」

裕子は伏し目がちだった目を見開いた。長くて濃い睫毛だ。

「おかしな先生」

胸元に手をやりながら裕子は笑った。屈託なく笑うことなどもうないと思っていた。声は段々と大きくなった。八重歯の上に唇が載るのもかまわず裕子は笑った。

「そんなに笑うほどおかしなことは言ってないぜ」

「だって、あまりはありませんって……やっぱり先生ったらおかしい」

裕子は袂で目尻を拭いた。

「そうか……あまりはあった方がいいんだぞ。なんでもな」と言いながら高橋はまたも煙草の灰を落とした。

「そういうことではありません。例えの意味がわかりません。おかしいです」

客として三回目でやっと笑い顔を見せた裕子に高橋は気を良くしたのか「この掛軸の方がおかしいぜ。秋艸道人《しゅうそうどうじん》先生の絵を見てごらんよ。馬か鹿かわかりゃあしねえや。こりゃあまるで馬鹿だ」と言うと、高笑いをした。

「シュウソウドウジン？」裕子ははじめて接客を楽しいと思った。

「おん祭を見に行こうぜ」

一方的と言ってもよかった。高橋は勝手に若女将に話をつけて裕子を連れ出す算段を取る。年の瀬ということもあり、南都荘は泊りの客だけではなく宴を楽しむ酔客も加わり賑わっていた。その酔っぱらいの中に執拗に裕子を見つめている客がいることに裕子は気がつかなかった。

裕子は洗い場にいた。次から次へ下りてくる徳利を洗う。土間にしゃがみ込みブリキのバケツに徳利に残った酒を空けては水をくぐらす。腰の感覚がなくなり出した頃、若女将の急《せ》いた声が裕子を呼んだ。

「ゆきちゃん、なにしてるん、はようせんと高橋先生が怒らはりますやろ」

裕子は高橋としっかと約束をしたわけではなかった。

高橋とのいっときは楽しいものだったが、裕子は〈おん祭〉など知りもしなかったし興味もなかった。それなのに高橋は裕子の返事もきかず「温かい格好をして来いよな」と命令した。

道子からショールを借りて羽織る。バタバタと奥から足音がしたと思うと若女将だった。

「そないなもんで寒さが凌げるかいな。お父ちゃんのやけど、これ羽織り。真っ暗やからかましまへん」

「真っ暗？」

裕子の声は酔った客の胴間声にかき消された。手渡されたのは干支吉が冬場になると着込む商人コートと同じ物だった。裕子は銘仙の着物の上に商人コートを着込みその上にショールを羽織った。

玄関で待つ高橋の格好は、これからスキーにでも行くのかと思える大層な出で立ちだった。高橋は笑いながら正ちゃん帽を取った。

若宮おん祭の頃になると寒さは容赦なく人々を突き刺す。裕子は首を竦め肩に羽織ったショールを頭から被った。真夜中だというのに人々が無言で集まってくる。口を開いてはならないというのが暗黙の了解なのだが、何も知らぬ裕子にはそれは異様なさまだった。

　春日大社の一之鳥居が月明かりに白々と浮かんでいる。囁き声もしなければしわぶきひとつ聞こえない。灯りもなにひとつない。灯籠だと思うと、身体が触れた途端、生暖かく人間だとわかった。漆黒の闇だった。人々の口からは白い息が出ているに違いないがそれさえ闇に包まれ見えやしない。高橋の顔さえ隣にいても定かではなかった。いったい何がおこるのだろう。寒さに裕子は足踏みをする。

　遠くにぼうっと、明かりが浮き上がり、太鼓の音がどおんどおんと響き、龍笛《りゅうてき》の音《ね》が流れだした。浄闇《じょうあん》の空気がこちらに向かって静かに動きだした。

　ヲーヲー
　ヲーヲー
　低い唸り声と共に白いものが近づいてくる。高橋が帽子を脱いだ。咄嗟に裕子も被っていたショールを取り去った。

　松明の爆ぜる音が邪鬼や邪霊を祓う道楽《みちがく》の慶雲楽《きょううんらく》に混じる。若宮神が本殿からお出ましになった。緑濃い榊に姿を隠されてお旅所にお遷りになる神事がはじまった。

　ヲーヲー
　辺りを制する警蹕《みさき》の声が近づいてきた。松明の火が段々と大きく見え出し、暖かさと沈香の香りが伝わってきた。

　裕子の前を緑色に覆われたものが清涼な風を伴って過ぎていった。一体これはなんだろう。神が通り過ぎたというのだろうか。果たして神など存在するのだろうか。

　儀式は夜が明けても尚も続いた。高橋は一之鳥居から通りに出ると屈託なく――といってもこめかみには青筋をたててはいたが――腹が減ったと言って笑った。

「ゆきちゃん、おい、ゆき子」

夜が明けても深い闇に埋もれているような裕子に高橋は道化《ひょうげ》る。

「先生、しゃべらないで」

「うるさいか。……八百年以上も続いた祭に連れて来た恩人に対して、しゃべるなか」目は笑っている。

「グッときたか?」

「先生。茶化さんといて。あの緑色の物が前を通ったときになあも感じんやった? 私——」とショールで首を包みこみ「鳥肌がたったとよ。神様やろか……」と大きな瞳を瞬かせた。

高橋は煙草に火を点けながら、「神なんていないさ」とあっさりと言った。煙草の煙を薄い水色の空に向かって吐くと「ゆきは九州の出だな」と言ってスタスタと歩き出した。裕子は高橋の背中に小さくアカンべをおくった。高橋が突如立ち止り振り向いた。

「ゆき、俺と寝ようか」


仲居部屋の火鉢の赤い炭火で黒緑色の膏薬を炙る。小さな部屋に油の臭いが流れ出す。火箸の先で溶けた膏薬を指先のアカギレに流し込むと、ありえないのだが、じゅっと音がして身体中に鋭い痛みが奔る。瞬間裕子は息を潜めて我慢する。

「俺と寝ようか」

高橋はまるで喫茶店に誘うように何も余韻を残さず歩き出した。その左肩が少し下がった後ろ姿が目に浮かぶ。

目の縁をほんのり朱色に染めた道子が部屋に入って来た。膏薬の臭いを押し退けて交尾の臭いが仲居部屋に漂った。裕子は息をつめて板場に出た。水で洗い流されたまな板に床。乾ききらない笊。裕子は水の匂いに交じって微かだけど首を傾げる臭いを感じた。

四

富貴楼の玄関前では相撲取りが蹲ったような、大きな木臼が運び込まれ水が張られている。明日は毎年恒例の餅つき大会だった。干支吉のトップ当選の祝いも兼ねていた。

水が張られた木臼には白銀の月がたゆたっていた。玄関の真上の部屋で寝起きをするシローは尿意を覚えて目が覚めた。憚りに行くのも面倒でいつも窓の向こうに放尿する。

暗闇の中、今夜も窓を少し開けてパッチを下げる。小便は湯気を立てて瓦に流れ落ちて行った。背筋を震わせパッチを上げようとすると、丸に重ね枡の紋が入った鉄の門扉がガタガタと揺れた。様子を窺うと黒い人影が門扉をよじ登り入り込むのが見えた。

影は木臼の中に小便を放ったと思うと関脇のような臼に跨った。シローは瞳を絞り込む。

「昭夫やが。罰あたりなことば。どげんかつもりやろうか」

シローは大急ぎで帳場に行き、武之に電話をいれた。武之が自宅から富貴楼にかけつけるのにものの三分もかからなかった。酒を飲んで木臼に跨り糞をひる昭夫は、いとも簡単に突き飛ばされて二人に捕まった。

シローに叩き起こされたスミ子は寝惚け眼で表玄関に出て魂消た。足首にズボンが絡まったまま下半身むき出しで昭夫が倒れているうえに、木臼には何やら浮いている。うんうん唸る昭夫は尺取虫のようだった。

無様な格好のまま昭夫は餅つきに用意された莫蓙の一枚にぐるぐる巻きにされ、シローに担がれた。

「臭かねえ」

「シロ、それ以上言うな。こえんか奴のことやら考えとうもなか。俺はしるしかやねえ。……車のトランクに突っ込んどけ。明日にでも逃《の》がしてやるたい。これでもう俺たちの前ばうろつくこともなかろう」

スミ子は、ひとりで二尺の木臼を横倒しにすることも出来ず、深々と冷える夜中に柄杓で水を掬い臼を洗った。

冬の空は脆い玻璃のように小さく輝きながら富貴楼を覆う。その空に白い湯気が立ち昇っては吸い込まれて消えて行く。この庭で昨夜起こったことなど武之ら以外は誰も知らず、糞をひられた木臼で一同は陽気に餅を搗《つ》いていた。薪で蒸《ふ》かされたもち米は、富貴陸運の運転手によって搗かれては、農家から手伝いにやってきた老婆らが座る茣蓙の前の番重《ばんじゅう》に載せられた。深い皺が干乾びた田んぼを思わせるような手は、柔らかな餅を千切ると、あっという間に丸餅を作り出す。佳子はその手元をじっと見つめては真似をする。

餅を搗く音が急にたどたどしくなった。招待された干支吉派の議員や町内会の連中に子供たちまでもが搗きだした。半時もすると男衆たちに酒が入り出した。男らは思い思いに座りこみ、スルメに昆布などを千切りながら酒を酌み交わしはじめた。裕子のことなど誰も話題にせず、何某が町長派に寝返ったなどと話していたかと思うと、酒が進むに連れて、新しく出来た飲み屋の女将が誰某のこれらしいと小指をたてて噂話に興じたりと、新しい話題にはこと欠かなかった。

庭に集まった男どもがだらしなく酔いしれるのを干支吉は満足げに眺めていた。最後のもち米が臼に移された。

「最後ですばい」

大きな声が響いた。干支吉はそれが合図のように片肌を脱いで杵を手にした。女形のような細面の顔からは想像できない駿馬のようなしなやかでいて筋肉質の肩が現れた。一心に杵を振りかぶる千支吉は美しかった。酔っぱらいの賑やかな声が止み、升酒を口に運ぶ手が止まった。水滴のような丸い汗が千支吉の顔や首、肩に現れた。

返し手が乱れだした。千支吉が動きを止めた。疲れたのかと思うと、千支吉はもう片肌脱いで諸肌になり、また搗きだした。

小豆の甘い香りが漂い出した。老婆たちが餡子を餅で包《くる》んで子供たちに手渡しはじめた。餅つきに飽きた子供たちは老婆のまわりにむらがった。老婆らは器用に竹ベラで餅に餡子をつめた。その傍で佳子が真似る。

玻璃の空に茜が差し始めた。シローは酔いつぶれていた。泥酔してはいたが、頭の隅に羽虫のようなものが飛び交って深い眠りを妨げた。柱時計が七時を知らせだした。

「はっ」

シローがいきなり声を張り上げて飛び起きた。

「若大将。トランク、トランクん中にアイツば入れたままやが」

帳場で算盤を弾いていた武之は手をとめてシローの顔を不思議そうに眺めると、目を大きく瞠目《みひら》いた。

「若大将。死んどうとやなかろうか。死んどったらどげんしょう。アタシが身代りに出ますかいな」

「なんば言いようとや、だまらんか。いつもきさんはしゃあらしか」

二人は陸運の車庫へと奔った。トラックが五台、隅には武之の赤と白のツートンのフォードが場違いのように停まっていた。武之がトランクの下の土間に目をやった。

「汁やら出とらん」

シローには意味がわからなかった。

「はよ開けんか」

シローは恐る恐るトランクを開けた。ゴロリと茣蓙に包まれたものが転がっていた。筵《むしろ》からではなく、シローの口から「ひぃ」と息が漏れた。

茣蓙がモコモコと動きだし、ネジがぐりぐりと回転する様に頭が出て顔が現れた。その顔の色の白いこと。が口のまわりには一昼夜にして青々とした髭が生えていた。唇は生き血を吸ったように赤い。怯えた目は湿り気を含んでいるようにも見えたし、薄笑いを浮かべているようでもあった。

武之はぞっとした。

こやつは、女が歓ぶ何もかもば知っとう。安っぽか外貌《かお》からは窺い知れん世界を渡ってきた男に違いなか。

トランクから引き摺り下ろして、茣蓙を解いて出てきた撓った身体。華奢で薄い掌。伸びた小指の爪。淫猥な空気が身体中に纏わりついていた。裕子を引っ掛けることなど、この男にとっては簡単なことだったに違いない。武之はやるせない思いでいっぱいだった。

五

ゆき子に「寝ようか」と言ったものの、高橋は部屋を訪れる裕子を口説くわけでも、無理強いをするわけでもなく、日がな一日布団の上に腹ばいになり、原稿を前にひたすら煙草をふかしていた。

部屋は桔梗の間から薊《あざみ》の間に移っていた。床の間には秋艸道人ののたくった書とは正反対の凜とした〈岩が岩に薊咲かせてゐる〉と力強く書かれた書が掛かっている。裕子は掃除に入るたびに風鎮を乾拭《からぶ》きしながらいつもこの書を眺めている。そして筆をなぞるように「イワガイワニアザミサカセテイル」と呟いた。

肘枕で寝転んでいた高橋は「あの掛軸は、ゆきみたいだ」と素知らぬ顔をして言った。

座卓に徳利や猪口《ちょこ》を並べ終えた。ため息ともとれる音を発しながら高橋は起き上がると「山頭火の歌だ。うまいことというな」と、裕子の顔を覗きこむ。裕子は徳利を持ち上げて、無関心を装いながら「私みたい？」と訊く。

「ああ、これが雛罌粟《コクリコ》じゃあ、ゆきじゃないな」と笑いだし猪口を持ち上げた。裕子は酒を注ぐ。

「また、色気のない注ぎかたを。何回教えりゃいいんだ」高橋は裕子から徳利を取り上げると科《しな》を作って酒を注いでみせた。

「コクリコってヒナゲシのこと？」

「ああ」

「あえん弱そうな花はうちはすかん」

「そうだろ」

高橋の顎の細い神経質な顔立ちは、カマキリに似ているとも言えなくはない。平たい身体には冗談を言う体力などなさそうだったが、高橋は時折、わざとらしく腹ばいの身体をひっくり返して大の字になり「矢でも鉄砲でももってこい」などと言って、両手両足をばたつかせてはゆき子を見た。そういう時は線の細い顔が人懐こい顔に変る。周りに原稿用紙が散らばっているというわけではなく、それらは布団の枕元に整然と置かれていた。

「高橋先生、東京からお電話ですよ」

高橋は「東京」と鸚鵡返しのように呟くと、不愉快そうな顔をした。裕子は高橋のそのような顔を見るのは初めてだった。

翌朝、高橋は朝食を早々に済ますと、裕子から靴ベラを受け取った。

高橋の背中を追った。

「また、会おうぜ」

高橋はあっさりと南都荘を後にした。若女将は高橋を見送ると「先生《せんせ》は女難の相がおありやから」と言って、安江に向かって小さく笑った。安江はいかにも秘密といった具合に大袈裟に首を竦めた。

裕子は受け取った靴ベラを握りしめて「またなんて、うちにあるはずはない」、そう思いながら高橋の背中を追った。

裕子は暇があれば板前の吉雄らと花札に興じて過ごした。

南天の赤い実に雪が積もる。細い枝はしなりその枝先は蹲《つくばい》に張った氷に閉じ込められている。寒さは正月をすぎて益々深まっていく。熟れた茱萸のようだった小指が割れて、じくじくとした汁が足袋に吸い込まれては乾く。足袋はまるで身体の一部のように小指に張り付いた。裕子は息をとめ、身体を硬直させて一気に臙脂色の足袋を脱いだ。その都度、瘡蓋《かさぶた》になりかけた柔らかな薄い朱色の皮膚が破れて、血が滲み出た。

南都荘の広間では忘年会が新年会という名に変っただけで毎晩宴会が繰り広げられた。その様相は富貴楼と変わらず、裕子は「富貴におるみたい」と思わずにはいられなかったが、悲哀に満ちた感情はもう湧いてこなかった。裕子はどこから見ても南都荘の仲居だった。仕出し用の大箱の番重を抱えて廊下を早足で行き来した。長手盆を運ぶ道子が「重いやろ」と声をかけてくるが、その役目を交替するわけでもなかった。

「同情やらなんの値《あたい》もない」

裕子は、時折勝手口に出ては、煙草の煙を低い屋根と屋根の間に見える四角い夜空に向かって静かに吐いた。月や星をみているようで何も裕子の目には入っていなかった。これから先のことなど裕子には皆目見当がつかなかった。ただ幸せになることはない、それだけははっきりとしていた。煙草の煙が目に沁みて目が潤んだ。濡れた大きな瞳は底知れぬものをたたえているようで、魅惑的に映った。

配膳が終われば、客のそばについて酌をする。差されれば道子のようにわざとらしく身をくねらせてもじもじするわけでもなく、一息に呑んでしまう。奈良漬けを口に含んだだけで顔を真っ赤にするチセと違って裕子は干支吉に似たのだろう、いくら盃を重ねても酔わなかった。猪口などどんなに呷っても裕子には知れたものだった。

若宮おん祭の夜に裕子をじっと見詰めていた男が新年会にも現れた。忙しなく配膳をしている時から、裕子は熱い視線を感じていた。ふと首を傾げると、前髪がサラリと垂れた男と目があった。裕子の脳裏には高橋の鉢の張った額にかかる前髪が浮かんだ。その男には神経質そうな青筋など立っていなかった。広間のどこにいても裕子は男の眼差しを感じた。何度となく目があって男の方が裕子に手招きをした。が、裕子は忙しそうに番重に空の徳利を積んで板場へと去った。

大きな薬缶の中で酒タンポが揺れている。薬缶の湯がたぎって吹きこぼれタンポの中にも入っていく。酒番のはずの道子は慌てるでもなく、まだ酒タンポを湯から取り出す気配もみせない。

「道子姉さん、早うお酒を徳利に入れんと、煮えてしもうて飛んでしまいますやろ。お湯もえろう入ってしもうて」

そう言いながら番重を洗い場に渡すと、裕子はさっさと酒タンポを薬缶から取り出して徳利に酒を注いでいく。

「ゆきちゃん、ごめんな。気分悪うて、養命酒飲んでもきかへんのや」

道子の唇には水疱が出来ていた。

「姉さん、夜遊びが過ぎて疲れてはるんやないですか」

「そないなこと……誰にも言うたらあかんよ」

のらりくらりとしていた道子が血相を変えた。若女将が小走りでやって来た。

「ゆきちゃん、なにしてんのん。先生があんたと話をしたいって言うてはるさかい、早う広間に行ったって」

「先生って?」

「上杉先生。上杉内科の先生や。あんたを診たって言ってはったわあ」

熱《あつ》と、小声で呟き徳利から手を放すと親指と人差し指を耳朶に持って行きながら、裕子は男の正体に合点がいった。

裕子の顔が険しいものになったが、それは束の間だった。別にオドオドすることはない。岬とはなにも関係ない男なのだ。裕子はそう自分に言い聞かせて広間へと向かった。

広間では「プレイボール」の掛け声とともに野球拳がはじまっていた。三味線と太鼓の伴奏は賑やかで「ランナーになったらエッサッサー」と掛け声があがっていた。鉦《かね》が喧しく鳴り響く。上杉はつまらなさそうな顔をして手を打っていたが、裕子の姿が現れた途端、相好を崩した。上杉が手招きする前に、「ゆっこもこっちへ来んかいな」と座敷の真中で歌い踊っていた医師会の会長が手招きをした。

裕子を呼ぶ声が賑やかな曲を割って何度も耳に届く。

へぼのけへぼのけ
おかわりこい

広間にわんわんと声が響く。裕子は立ち尽くして何度か瞬きをした。カラスアゲハが翅を広げた。しなやかな手がひらひらと宙を舞う。裕子が加わると、鉦や太鼓に三味線の音が一段と大きくなった。裕子は裾を端折って憑かれたように踊った。

アウト　セーフ
よよいのよい
じゃんけんぽん
へぼのけへぼのけ
おかわりこい

男たちがくるくる替わる。上杉が裕子の前に立った。畳の上をヒラヒラと舞う裕子の額にはうっすらと汗が浮かぶ。上杉は雌の蝶を追う雄のようにクルクルと舞うつもりが酒がまわったのかよろけては立ち止まる。笑い声があちらこちらからおこる。

「上杉先生、がんばらんかいな」と掛け声があがる。

以来上杉は、南都荘にやって来ては裕子を部屋に呼ぶようになった。上杉が待つ部屋に入ると消毒液の匂いが薄っすらと漂った。


来る日も来る日も雪が降る。南天に積もった雪が音をたてて落ちるが、その音は積もった雪にすぐに吸い込まれる。客間には炬燵が用意された。

その日、部屋は薊の間だった。床の間に〈岩が岩に薊咲かせてゐる〉の掛軸が掛かっている。消毒液の匂いがその夜も鼻をかすめた。

上杉は小さな子供が二人いることを裕子に告げた。だからなんだというのだろう。上が女の子で下が男の子だという。母親は結核でとうに死に、男一人で子供を育てるのは限界だなどと、外に降る綿雪のように湿った声を出した。裕子は掛軸を眺め、岩に薊か、一体誰が書いたのだろう、などと上杉の話には上の空だった。この男は自分に結婚を申し込んでいるつもりなのだろうか。馬鹿々々しい。

「子供の話をされても……」

裕子の言葉を遮るように、どさりと屋根から雪が落ちる音がした。大きな塊のようだった。

「うちは子供嫌いなんです」

「子供を捨ててきたから？」

上杉は茶色がかった瞳に慈愛をにじませて言った。その目が裕子には疎ましくて仕方がなかった。

「なに言うてはりますの。先生には関係ないことですやろ」

「ゆき子さん。あの時のあなたは子供を産んだばかりの身体だった。赤ん坊はどうしたの？　あなたさえよければ僕はその子を引き取って育ててもかまわない」

「さっきからアホなことばかり。子供は死産です。産んですぐ死んだんです」

「それやったらそれでもかまへん。なあ……こんなところやめて」

階下から酔客の賑わいとは異なった声が聞こえてきた。

上杉はもどかしげに裕子の肩に手を置いた。裕子はその手に自分の手を重ねた。一瞬二人の手が合わさったように見えたが、裕子は上杉の手を払い除けると、立ち上がり着物のおはしょりの皺をのばした。上杉は着物の上を這う裕子の長い指を見つめていた。

「先生。二人の子供を捨てる勇気がある？　ないやろ。意気地なしのくせしてうちに声やらかけたらあかんやろ」

鼻にかかった掠れた声はまるで子供を諭しているようだった。

「あかんやろ」もう一度呟いた。まるで自分自身に言うように。

裕子は空の徳利に目をやると、幸いとばかりに盆にのせて部屋を下がった。

階段を降りると廊下の柱を背に道子が足を投げ出して寄りかかり、目を閉じていた。肩が大きく上下している。安江が道子を見下ろして「自殺するのに二階はないやろ。あほくさ」とにべもない。若女将は乱れてもいないのに富士額の際を何度も掻き上げながら、たいそうなことにならずによかったと繰り返した。

酒タンポから徳利に酒を注ぎながら、裕子も安江同様に「あほくさ」と声に出したが、徳利にあふれた酒をペロリと舐めた瞬間、安江と同じせりふを口にしたことを後悔した。

裕子の背後の玄関に続く廊下を、上杉が足音を消して走って行ったが誰も気がつかなかった。しかし裕子は消毒液の匂いを嗅ぎ取った。振り向いたがそこには誰もいなかった。

道子の自殺未遂は事件扱いにもならず、同情を買われるどころか、嘲笑されるだけで終わったが、その明け方、道子は仲居部屋でうんうんと唸りだした。凍える空気の中、その声は板場で寝る裕子の耳にも届いた。安江が煩いと声を出して怒鳴り、寝返りを打ち布団を頭から被る。いつまでも呻き声がおさまらない。裕子が仲居部屋の電気を点けた。掛け布団を撥ね除けてくの字になった道子の下半身が真っ赤に染まっていた。

裕子が声をかけても、道子は返事をすることも出来ず顔を歪めて大粒の汗を額に浮かべて唸るだけだった。黄色い灯りの下で貧相な顔は笑いを堪えているようにも見えた。

「姉さん、起きて。道子姉さんが死にそうや」

安江が面倒臭そうに半身を起こし道子の方を見た。

「なんや、堕そうとしてたんかいな。道子はほんまもんのあほやな。誰の子やら。ゆき子、奥に言ってきや」

安江は憎々しげに言うだけ言うとまた布団に潜りこんだ。血は止まることなく敷布団に広がっていく。

「姉さん、待っててや、頑張ってや」

裕子は奥へと走った。

道子の子供は道子が望むように流れた。誰の子だろうかと憶測が流れるが、誰もが板場の吉雄だと結論づけた。無論、吉雄は「ワシの子やない」と身の潔白を言い募る。

裕子は誰の子でもいいではないかと思う。抽斗から鷲掴みしたお札を広げながら一枚二枚と数える。が、途中で惜しくもないものを数える必要もないと、茶封筒に入れて帯の隙間にねじ入れた。


畳敷きの広い病室には幾つもの床が延べられていた。道子はその入口の人が跨いで通るような場所に寝ていた。青い顔をした道子は裕子に気付くと薄い笑いを浮かべた。

「姉さん、うちがお金を出すさかいベッドの部屋に移ろ」

「ありがとう。でもあんたに世話になる理由はないよって」

「理由がのうてもかまへんやろ。うちはお金持ってても使い道がないんよ。金は天下のまわりもんって言うしな」と、言うと鼻に皺をよせて照れ笑いをした。「使わんと鼠にひかれてしまうわ」

道子の少し焦点が寄った目に涙が滲み出した。その睫毛の短さに裕子は困惑した。裕子は初めてまじまじと道子の顔を見、道化《ひょうげ》た自分を疎んじた。涙は見る見る膨らんで弾けて頰を伝った。その涙を安っぽいと思った。恩に着せる側は裕子にあるはずなのに、その涙はなんとも恩着せがましく裕子に纏わりついてきた。裕子は無性に腹が立ち見舞いに来たことを後悔した。

弱虫など見たくもない。裕子は茶封筒を道子の枕元に置くと、畳に手をついて立ち上がろうとした。ささくれた畳が棘のように裕子のアカギレの皮膚に刺さった。その拍子に上杉の顔がよぎった。あの夜、薊の間に戻ると、部屋はもぬけの殻だった。裕子は生唾を飲み込みながら、赤茶けたイグサを抜くと思いを巡らせた。

　吉雄の言い訳の声が帳場から板場まで聞こえてくる。

「なんぼ言われてもワシやないよって。ワシはトランジスターグラマーが好みやねん。あないな青丹よしみたいな甘いんか甘くないんかようわからん薄っぺらい板みたいなんは興味あらしません。ワシかて男ですよって、自分の子なら産んでもらいます」

「ほな、誰の子や。相手がおらんことには孕まんやろ。でもな、この南都荘の若女将として言いたいんは、南都荘の恥になるようなことだけはせんといてってことや」

「そやからワシやないて」

　薄っぺらな〈青丹よし〉には興味がないと吉雄が口を尖らすと、安江はでっぷりとした身体をゆすって、裕子しかいないというのに、勝ち誇ったように周りを見回して笑った。が、いくら帳場を覗き見、耳をそばだてても「ワシやない」から話が進展せず、さすがの安江もつまらなそうな顔をして板場を離れた。

　十日もせず道子は南都荘に戻って来た。行くあてもない道子は仲居部屋で横になる。

　若女将が怪訝な顔をして裕子に訊く。

「ゆきちゃん、上杉先生はどないしはったの。あんた、なんぞあったんかいな。あないに通ってはったのに、ちっとも顔みせはらへんやんか」

　裕子は漆の椀を反古紙に包み木箱に収める手を止めずに「いい女《ひと》できたん違いますか」と言うと、若女将は「なに言うてんのん。先生はあんたにぞっこんやんか。逃したらもったいないえ」と甘い声を出して顔を覗きこむ。赤い口紅の匂いが残る。

六

富貴楼の正面玄関を掃除し出して随分と時間が経つ。気がつくとどこからともなく豆が転がり出てくる。節分から十日も経ったというのに。スミ子がぶつぶつと小声で文句を言いながら拾っては口に放り込む。豆は湿気を吸って柔らかい。歯の悪いスミ子にはちょうど良い。時々、天井や、板場を駆け回る鼠の抜け毛が口に混じりスミ子はペッペッと唾を吐く。

板場のカウンターの隅に置かれた黒い電話が先ほどから鳴っているが、タツ子も佳子も近くにいないのか誰も取りに走る気配がない。奥にいる武之がわざわざ出てくるはずもない。電話が苦手なスミ子は途中で切れることを願ってゆっくりと向かう。間に合ってしまった。

「富貴楼ですが。……大阪……ちょっと待っといてください」しどろもどろの返答もそこそこに、

「若大将。大阪、大阪から電話やが」と、あたふたと走りながら叫《おら》んだ。

スミ子の声は裏返っていた。奥で給料計算をしていた武之が五つ珠算盤を摑んだまま座敷から出てきた。疑いの混じった声だった。

「大阪？　裕子のことや」

「そうのごたあ」

「そうのごたあって、つぁらん奴やが。佳子はどこに行ったとや。佳子ば探して来い」

「わかりました」

「ちょっと待て。お袋はどこへ行っとらっしゃあとや。お袋も探して来い。すぐぞ」

腕力はあっても本来気の小さな武之は慌てふためいていた。誰もいないのは心細くて仕方がない。

同時に、自分が大阪の人間と渡りあっている雄姿を見せつけたいという気持ちもあった。算盤を受話器に持ち替えて無理に落ち着き払った声を出す。

「富貴楼の増澤ですが、どなたさんれすな……」

受話器の向こうの男が飛田に自分を運んだタクシーの運転手とわかった途端、武之は受話器を持ち替えた。脂汗で受話器が滑る。

「間違いなかですな。……ああ、金はすぐ渡しますたい。ちょっと待ちなっせい」

武之は傍らの黒板に〈ホウゼンジヨコチョウ　ヒサゴヤ〉と書きつけて、電話に戻った。運転手の声の低いことに今更ながら驚いた。

スミ子は富貴楼を出ると真っ直ぐに干支吉の持ち物である映画館へと向かった。富貴座の正面は、『からっ風野郎』の看板が占めていた。スミ子は、若奥さんが梢ちゃんとおらんごとならっしゃあ時はいつも映画やもんと心得たもので、薄暗い館内に入って行った。やはり佳子はいた。膝には手足をだらりと下げて眠りこける梢がいた。

スクリーンでは三島由紀夫と若尾文子が抱き合っている。佳子はため息をついた。流行作家の胸元のボタンを外した姿、毛深い胸、逞しい身体に息を呑む。

「若奥さん。若大将が呼びよんしゃあけん、すぐ戻っちゃんしゃい」

スミ子の耳打ちにいきなり佳子は現実に戻された。二階の小窓からタタタタタという音と共に下りてくる映写機の光の帯に紫煙が浮かぶ。佳子は慌てて煙草を床に捨て草履で揉み消した。

「どこでなんばしよったとや。あてにならん」

武之は佳子を睨むといきなり頬を打った。

「裕子が見つかったって大阪から電話ぞ。そえん大事な時におらんでどうするか」

頬を手で押さえ俯いたまま佳子は「すみません」と小声であやまった。佳子の割烹着の裾を握りしめ背後に隠れるように立っていた梢が泣き出した。スミ子が駆け寄り、まるでトンビが獲物を攫うように梢を抱き上げると仲居部屋へ連れ去った。

　佳子が武之の暴力をなじれば武之の打擲がまたもはじまる。佳子は表情を閉じ込めた目で武之を見ると、感情を押し殺して「大阪はなんと言ってきたんでしょうか」とよそよそしく訊ねた。「裕子ちゃんがほんとうに見つかったんでしょうか」

　黙ってしまえば不貞腐れていると言って結局は打ち据えられる。今、武之が一番したいことを促せば、武之は気をよくして嵐はすぎる。目論み通り武之は「タクシーの運ちゃんが見つけたとげな」と、まるで手柄話を語るように口角に唾をためてしゃべりだした。時々、空咳をして自らを押さえる。武之の話を聞くうちに沈んでいた佳子の気持ちが高まっていく。何度も「よかった」と言ってはため息をつく。武之は喋りながら、こいつは俺にこえん気持ちばかけてくれたことやらあるとやろかと、淋しい気持ちを抱いたに違いない。

　スミ子が探し出したのだろう。チセの慌てふためいた声が遠くから近くへと早鐘を打つように聞こえてきた。

「武之さん、裕ちゃんがおんしゃったって本当れすね。早う迎えに行っちゃんしゃい」

言い終わらないうちにチセは息を切らして武之と佳子の前に現れた。

「裕ちゃんなあ、元気かってれすね」

　武之は鬱陶しい顔をして「みたみなか。静かにせんね」と先ほど佳子を殴ったことなど棚にあげて、というより、きれいに忘れ去り、母親を叱りつけた。

「逢《お》うてみらなあ、なあもわからん。夜行に乗って大阪に行って来ますたい」

「まあまあ、やっぱあ武之さんが言う通り大阪におったとやねえ。そうしちゃんしゃい」

　そう言うや、チセは顔を覆って崩れ落ちた。武之は忌々しげに舌打ちをすると、大声でタツ子を呼んだ。その口で「佳子、家に帰るぞ。すぐ大阪に行くけん支度ばするぞ」と勝鬨を思わせる高揚した声を張り上げた。

　タツ子が「奥さんなあ、腰の抜けとんしゃあ。うち一人じゃあ無理やが」と佳子に聞こえるように言ったが、佳子は振り向きもせず梢の腕を引くと武之について裏玄関を出た。

　武之は鏡台の脇に積み重ねられたアルバムを開き、手当たり次第に写真を剝がしていく。それまでにも随分と剝がされた痕が黒い台紙には残っていた。それは武之がコンタックスで撮り、増澤寓居と表札の掛かったこの家で現像した数々の裕子の写真だった。黒の台紙には「なにがそんなに恥ずかしいのかしら高原のお嬢さん」などというキャプションがついた写真もあれば、台紙いっぱいに引き伸ばされた角隠しの裕子の写真もあった。

　武之は裕子の写真を背広の内ポケットへ入れると、子供を寝かしつけるような手つきで、その胸を二度叩いた。あたかも「待っとけよ」と言い含めているようだった。

　武之が夜行に乗った翌日、スミ子とタツ子は富貴楼の奥の裕子の部屋にいた。埃に沈んでいた部屋を裾をからげて競うように拭きあげて布団を干した。窓ガラスの向こうのイチジクの木は枯れ枝のようだが、眼を凝らせば茶色の先にいくつもの膨らみが見てとれた。

　シローは市場からまだ戻って来てはいない。明け方に起きて岬の漁港ではなく博多の魚市場まで下関産のトラフグを仕入れに行った。

　富貴楼全体が祭の前夜のようだった。

七

眠れない。裕子は猿沢池に出て、延命地蔵尊の脇の、狭い石段を登る。上がりきると腰の高さほどの石柱がある。蠟燭だけの明かりの中、一人の女性が、正面奥の一言観音堂と石柱を歩をゆるめることなく何度となく往き交っていた。女は観音堂の前に来ると、手に持っていることよりを一本縁台に置いた。そしてまた石柱へと歩きだす。

不思議な光景だった。それが百度参りと気付くのにそう時間はかからなかった。この女性がなにを願っているのか知る由もなかったが、幸せではないのだろうと、自分に重ね合わせた。このような夜中にここにいるなど幸せであるはずがない。歩調を変えず砂利石を踏む足元からは軽快な音が鳴る。思いつめた女の表情とは裏腹にリズミカルとさえいえた。

月が三重塔の上で蒼ざめていた。裕子は一言観音堂前に佇んでいた。小さな堂宇の前に佇むと、刹那だが裕子の身体の澱んだものが落ちていくようだった。いつものように「幸せになりませんように」と願う。

赤犬の姿は随分前からなくなっていた。野犬狩りにあっさりと捕獲されたという。見たわけではないが横たわっているアカの四肢に手がかけられ、引き摺られている様子が脳裏に映る。堂宇の裏にはアカのしけた抜け毛が散らばったままだった。

フュルーフュルーと鹿の鳴く声が響き渡った。裕子は耳を澄ます。八角の南円堂の裏手は崖だった。窪地に建つ三重塔を囲む板塀にそって鹿の群れが身体を寄せ合って暖を取っているに違いない。鳴き声は二重三重となって夜のしじまに渡る。裕子には安心しきっている鹿たちの様子がありありと浮かんだ。節分を過ぎて降り止んだ雪がまた降り出すのではないか。湿気を帯びた冷たい空気が重く裕子にのし掛かってくる。鹿の鳴き声は先ほどとは変わってキュウキュウと母鹿を求めるような声になった。

裕子は雨除けの付いた草履のつま先で二度三度と足元の砂利を蹴った。

やっぱり私は幸せになりたい。

声に出して呟いた。声に出してしまうと、急に激しい怒りがこみ上げてきた。それはまんまと騙された自分に対してだろうか、産んだばかりの子を捨て置いてきた自分にだろうか、いやいや、聡一を裏切ったことだろうか。帰るところも、行く当てもない。裕子は今さらのように狼狽えた。どうしろというのだろう。どうしたらよいのだろう。

いつしか百度の小石を踏む音は途絶え、境内の砂利を熊手を使いながら、筋模様を入れる音が聞こえてきた。

八

武之はタクシーの運転手に言われるままに法善寺横丁の丼飯屋に行くと、そこには使いの者が待っていた。男の右頬には大きな引き攣れがあったが、そのようなことは気にもならないほど人懐こい笑みを浮かべて、武之に近づいてきた。挨拶もそこそこに男に裕子の写真を見せると男は大きく頷き「間違いないですよって」と武之を安心させた。

店主がカウンターののれんの奥から探るような目で二人のやりとりを見ている。男はそれを射るような目で跳ね返したが、武之は一向に気がつかなかった。

武之は電話の指示通りに、男に十万円を渡した。男は封筒の中身を確認すると「ほな、すぐ連れてきまっさかいビールでも飲んどいておくれやす」と茶封筒を内ポケットに入れると、カウンターに向かって「親父、お客さんにあんじょうしてやってな」と低い声で言った。その声が電話で耳についたタクシー運転手の声と重なった。酸いものが口に上ってきたが、男は出会った時と同じように愛想のいい顔をして出ていった。目が垂れた笑顔を見ると胃からこみ上げてきた不安はすぐに引っ込んだ。

武之はビールメーカーの銘が入ったコップの中身を一気に飲み干すと、考えを巡らせた。

裕子に会ったならなんと言おう。しっかりと抱きしめたらいいのだろうか。あいつは泣き出すのだろうか。まずは無事だったことを喜ぶべきだろう。それから「なあも心配せんでよか。兄ちゃんと帰ろう」と言うか……。なんか、つぁらん映画のごたあ……。

客は丼飯を掻き込むとさっさと出ていく。何人の客を見送っただろうか。トンカツに添えられていたキャベツがしなってしまった。引き戸の音がする度に首を回して入口を見やったが、いつの間にかそれさえやめてしまった。テーブルの下の武之の足が小刻みに震えだした。薄緑と青のチェックのビニールのテーブルクロスの上には、ビール瓶の空き瓶が三本並んだ。煙草はとうに切れてしまった。ネオンがぽつりぽつりと灯り出した頃、武之は思いたくもなかったが、まんまとひっかけられたことを認めざるを得なかった。

武之の荒れようには手がつけられなかった。自宅に戻るなり、四角いトランクを障子に向かって叩きつけた。障子の桟は呆気なく折れ、トランクは廊下に転がった。廊下の端で飼われていたセキセイインコが目を覚まして、一斉に羽をばたつかせ狭いケージの中を飛び回りだした。抜けた羽根が廊下に舞い散る。収まりようのない武之の怒りは、床の間の隅に立て掛けられていたギターとマンドリンを叩き割り、押入れの襖を蹴倒した。

富貴楼の冷蔵庫の中には裕子のためにと、シローが競落《せりおと》してきた極上のトラフグが晒にくるまれておさまっている。武之は、自ら言いつけたにもかかわらず「こえん高かもんば買《こ》うてから」と怒鳴った。シローは大鍋でも飛んでくるのではないかと、両手で頭を覆った。一瞬だが板場が静まり返った。武之の次の出方を全員が身を硬くして待った。残飯屋が一言も口を利かずに木桶を運びだした。武之が口を開いた。シローの身体が竦んだ。それは意外なことに怒号ではなかった。

「しょうがなか。しょんなかたい……みんなで食おうか。シロー、お前なんばしようとや。悪かったと思うとうとなら、フグばはよさばけ。スミ子、お前は陸運の連中ば呼んで来い。事務員もぞ。……ぼさあっとするな。早う行かんか」

それぞれが動きだしたが、佳子だけは、事の成り行きを首を傾げて見守っていた。

「佳子、なんば暗か顔しとうとや。心配せんでよか。今日は予約はもういっぱいいって言うて、客はとるな。広間でぱーっと派手に従業員慰安会ばやろう」

この思いつきに武之は上機嫌になった。

陸運の事務員の島本は一番年嵩がいっている。始終、黒いカバーで袖口を覆い、沈鬱な顔をして干支吉の乗用車の運転手も兼ねた男だった。戦争中は代用教員を務めたこともあり、冠婚葬祭にも帳簿つけにも詳しい律儀な男だった。その男がひとたび酔うと半裸になって歌い踊り出す。

わたしのラバさん　酋長の娘
色は黒いが　南洋じゃ美人
赤道直下　マーシャル群島
ヤシの木陰で　テクテク踊る

黒い腕カバーが乳あてになっていた。大口を開けて笑いながら手拍子をしていた男衆も、酔いがまわってくると裸になり出し、仲居からフレアスカートを借りて腰蓑がわりにして踊りだした。

踊れ踊れ　どぶろく飲んで
明日は嬉しい　首の祭り

武之はひときわ大きな声をあげて歌い踊り、スミ子も楽しそうに踊っていた。佳子は板場で酒番をしていた。陽気な歌声が下まで聞こえてきて佳子も小声で歌いながら、酒タンポから徳利に温まった日本酒をうつす。

踊れ踊れ　踊らぬものに
誰がお嫁に　ゆくものか
昨日浜でみた　酋長の娘
今日はバナナの　木陰で眠る

佳子の脳裏にひょいとバナナの木の下で寝ている裕子が浮かんだが、その絵は大きな拍手喝采にかき消された。タツ子の十八番、女剣劇が始まるに違いない。佳子は急いで徳利に酒を注いだ。タツ子は片肌を脱いで晒を巻いた胸を見せ、見得を切ると傍らにいるスミ子を容赦なしに蹴りあげる。スミ子には悪いが佳子はいつもすっきりとする。例外なくここで大爆笑が起こる。スミ子は演技するわけでもないし、笑いを取ろうとしているわけでもなかった。心底痛くて苦悶の表情を浮かべている。真面目に痛がるほどに面白かった。佳子もつい笑ってしまう。

九

「ほんまに上杉先生はなにしてはるんやろ。あないにゆき子にご執心やったんに。なあゆきちゃん」

薹《とう》の立った蕗があちらこちらに姿を見せるようになっても、若女将は執拗に上杉の名前を出す。その度に裕子は「どないしはったんか、さっぱり見当がつきしませんよって」と繰り返す。

このやり取りの傍に道子がいても、裕子は道子の様子を窺うこともしなければ、気をつかうこともしなかった。身体をくねらせて酌をし、挙句の果てに二階から飛び降りて涙する女など最低だ。お腹の子供をネタに男を強請《ゆす》ればいいじゃないか。この世界で食べていくのならそれくらいのこといけしゃあしゃあとやらんと。裕子はある時は土間で灰皿を洗いながら、またある時は廊下に雑巾をかけながら思った。


三笠の間に泊まった老夫婦がなにくれとなく裕子に話しかけてくる。夫人は「大きなお寺もいいけれど、奈良は小さなお寺に良さがありますよ」と裕子に説く。

「十輪院はすぐそこなのだから行ってごらんなさいませ。拍子抜けするほどちいさなお寺ですけど、石に彫られたお仏像様のお顔のふくよかできれいなこと。ねえあなた」

「ああ石仏龕《せきぶつがん》と言ってね、石の厨子にお仏像さんが刻まれているんだよ。真ん中がお地蔵さんで両隣が御釈迦さんと弥勒さんだ。仏さんのお顔は絶品だ。その石仏の前に引導石が置かれていてね」

「インドウセキ？」

「そう引導石。畳半畳ほどかなあ。そこに死んだ人を横たえるんですよ。それを、地蔵さんと御釈迦さんと弥勒さんがご覧になっているんですよ。あんたはもう死んだんですよってことです。迷って出てきちゃだめだよってことですかな。悟りをひらいて仏の道に進みなさいとでも仰っているんでしょう。僕はお仏像さんにも感心しましたが、この引導石には鳥肌がたちましたな。一度行ってごらんなさい」

裕子はこの夫婦が好きだった。物静かで言葉少なく語らうなかに、幸せな人生を歩いてきたものだけが持つ余裕が見え隠れする。が、この夫婦には四十を過ぎた蒙古症（ダウン症候群）の一人息子がいることなど知る由もなかった。

「ね、ごらんになって」

銀髪の長い髪を小さく後ろに結った老婦人はにこやかに笑いながら何度も言った。

裕子は老夫婦の顔を脳裏に浮かべながら小路を歩いた。桃の花が満開といっても、まだまだ肌寒い日がひょっこりとあらわれる。裕子は別珍のショールで口元、首、肩をすっぽりと覆って十輪院前の狭い道を歩く。見上げる空は青くとも、相変わらず軒と軒に挟まれて狭くて重苦しかった。

昼でも人通りの少ないこの小路を裕子の後姿をじっと追いながらつかず離れず男が歩いている。灰色のコートの襟を立てて歩く様はなにやら秘密めいて見えた。男は大きな足音をたてていた。その足音に気がついた裕子は何気なく後ろを振り向いた。男はしゃがんで俯き靴の紐を結びなおした。電信柱ふたつほどの距離だった。裕子は気にもせず歩きだした。いつのまにか男の足音が消えていた。裕子は十輪院の小さな門を前に拝観してよいのやらと佇んでいると、いきなり肩を鷲摑みされた。

昭夫――。

「やめて」と声にならない声で裕子は叫ぶと前につんのめり転んだ。

「ゆき子さん。そんなに驚かなくても」

男は裕子の腕をとると引き寄せた。

「上杉先生」

咄嗟に叫んだ裕子の口から唾が飛ぶ。裕子は片方の手で口を拭いながら、安堵とともにこんなことにびくびくする自分が情けなくて嫌だった。上杉の手を振りほどくと立ちあがった。

「ゆき子さん。話があるんだよ。聞いてくれないか」

「話？　うちやのうて道子姉さんにやあらへんか。うちは先生と話すことはなんにもあらしません」

「道子？　なんでや」

「ようしらばっくれて。うちは気づいてますよ。姉さんのお腹の子の父親は先生やろ」

「何を根拠にそんな無体なこと言うんや」

「道子姉さんから聞きましたよって」

裕子は思わず嘘をつく。

「なにを、なにを言うとんのや。あないな売女の言うことを。道子は誰とでも寝る女やないか」

「誰とでも寝る女？……先生、誰とでも寝る女やったらお腹大きゅうなってもかまわん言うの？」

「ゆき子。何を言い出すんや。あないな女のことなんかどうでもいいやろ」

身をくねらす睫毛の短い道子の顔が浮かんだ。関わるのも馬鹿々々しいと思った。が、あんな女でも生きるのに必死やないか。それをこの男はどうでもいいと事もなげに言う。

「先生、道子姉さんは言うてはりましたよ。先生のことを医師会の会長さんにも言うし、ビラも撒くって。道子姉さんは刺し違える気やね。誰とでも寝る女がその気になったらなんでもしますよって。先生も腹を括らんと」

「アホな、ビラを撒くって赤じゃあるまいし。なにを寝惚けたこと言うとんのや。わしは知らん。道子のことなんぞ知らん」

「それ本当やね。道子姉さんは本気や。そやったら道子姉さんにうちが伝えときます。先生は誰とでも寝る道子姉さんのことなんぞ知らんって言わはったよって。ああ、おもしろ。これは見ものやね。ほな先生、どいてえなあ。うちは忙しいんや。ああ、楽しみや」

裕子は背筋をすっと伸ばすと肩からずり落ちたショールを掛けなおし、今来た道を戻りだした。

「ゆき子、ゆき子さん。ちょっと待ってくれよ。道子の相手は僕じゃないけど、心あたりがあるから……きっとあいつに違いない。な、伝えとくから幾ら必要なんや。金やろ、幾ら必要なんや」

裕子は、舌こそださなかったが不敵な笑いを浮かべて間をおかず振り向いた。

「十万」

上杉はなぞるように「じゅうまん」と呟いた。

「十万なんて先生のお友達やったら大したことない額やろ。誰とでも寝る女と寝て、名士のお仲間から引きずりおとされること考えたら五十万でも高《たこ》うはないいんと違いますか」

「ああ、確かにゆき子の言う通りや」

「ゆき子って気安うよばんといて。先生、話は早いほうがいいやろ。道子姉さんはすぐにでもビラ撒くつもりよって」

「十万か……」

「先生が考えてどうしますのん。お友達でっしゃろ。早う、伝えんと。すぐにきちんと揃えんと大変なことになる言うたらいいやない」

「わかった。言うよ」

「ほなら明日、うちが先生とこに貰いに行きますよって。なんなら道子姉さんも連れていきましょか」

「ゆき子、いやゆき子さん。それはなしや。ちゃんとするさかい」

「おおきに、先生、いい人やね」

裕子は八重歯を見せて笑いながら歩きだした。爽快な気もしたが、幸せからどんどん離れていくようでもあった。

　上杉は最後まで往生際悪く「友人から預かった」と言って封筒を裕子に手渡した。裕子は封筒の中身を確かめると、未練たらしく話しかけてくる上杉を無視して診察室をあとにした。

　空は吸い込まれるような青空だというのにチラチラと雪が降りだした。遮断機が下りている間中、裕子は空を見上げていた。青空に舞う白い雪は泡《あぶく》のように見えた。

　このまま目の前を行く列車に乗るのも私らしくていいではないか。十万円を袂にいれた裕子はふと思った。身体に纏わりついた消毒液の臭いを落とすように裕子は風に逆らって歩いた。

　南都荘に戻ると、仲居部屋で道子が臙脂色の足袋を繕っていた。

「姉さん、上杉先生からの見舞金や」

　縫い針を持つ手の前に封筒を差し出すと道子は怪訝な顔をした。

「流れた子の父親は先生やろ。早う開けてえ」

　腹を空かせた子がアンパンの袋を引き千切るように道子は封筒を開けた。中から一万円札が何枚も出てくると、短い睫毛を瞬かせて泣き出した。

　こんな女のためにうちは何をしてるんやろう。うちも道子もアホや。裕子は「うち泣き虫嫌いなんよ」と冷ややかに言った。道子は洟を啜りながら嫌いと言われているのに何度も「おおきに」と言う。そんな道子を前に、裕子は南都荘を出る潮時が来たと思った。

　誰にも何も告げなかった。胸に抱えている風呂敷包みは南都荘の門を潜った時同様に小さな物だった。中には聡一と二人して聴いたレコードが入っている。

　裕子は「ごらんになって」と銀髪の老婦人が盛んに勧めた十輪院を再度訪れた。小路に沿った築地塀は所々崩れ落ち赤茶けた土が見えていた。南門といわれる正面の門は、簡素な四脚門だった。路地から門の中を覗くと、境内は、枯草が倒れるに倒れられずなすがままに朽ちた姿を見せていた。

「奈良は小さなお寺に良さがありますよ」とあの老婦人は言ったが、この荒れ果てた寺のどこがいいのだろうか。裕子は躊躇しながらも門の蹴《け》放《はな》しを跨いだ。石塔が倒れ、足元には割れた瓦が落ちている。大きな石が点在する窪地は池だったのだろうか。

低い甍《いらか》の本堂は庇が深く、まるで取り残された廃墟のように見えた。しかし、朽ちてはいたが格子状の蔀戸《しとみど》がこの寺が華やいでいた頃を偲ばせていた。

周囲を見回しても誰一人見当たらない。しょうことなく裕子はひっそりとした本堂に入った。堂内は仄暗く目が慣れぬ裕子にはなにも映らない。寺を間違ったのだろうかと思いながらも御堂の中央に進むと、その奥に仄白く何かが反射していた。裕子は本堂よりも一段低くなったその裏手に回り立ち尽くした。

花崗岩で作られたそれらは、白々と輝いて音もなく浮かんでいた。石造りの厨子には三体の仏像が刻まれており、老夫婦が言っていた通りその顔は「ふくよかでおきれい」だった。その美しさは優しさと強さを放ち、真ん中の地蔵菩薩は苦も楽もすべてを包み込むようでいて、はにかむような顔をしていた。それは、大丈夫ですよ、このような私でもあなたを救うことができますよ、と語りかけているようだった。裕子はすがりたいという感情を抑えることができずその場に身体を屈めた。両手が大きな石の板に触れたその途端、何ものかに弾かれたように仰け反った。

これが引導石。裕子の体中が粟立った。石は氷のように冷たく冴え冴えとして生あるものを跳ね返した。死人《しびと》だけがここに横たわることができる。

私のような人でなしでも極楽に導かれるのであろうか。あるわけない。

裕子が南都荘をあとにして、そう時間を置かずして老夫婦は若女将に見送られた。

「またどうぞお二人でお出でくださいませ。お待ちしております」

若女将は愛想抜きで声をかけた。物静かで穏やかなこの夫婦を若女将も気持ちよくもてなした。

「また御縁がありましたら」と、老紳士は一度被ったソフト帽を取ると丁寧に腰を折った。二人はゆっくりと歩きだした。

老夫婦は十分も歩いただろうか。木造の建物の前に立ち確認するようにそれを眺めると、やはりゆっくりとした足取りで建物の中に入って行った。

老紳士は最初にすれ違った男に静かに言った。

「息子を殺してきました」


あの老夫婦の顔と地蔵菩薩の顔が重なった。裕子はもう一度会ってお礼を言いたいと思った。いや、そういうことではない。ただただ無性に会いたかった。が、その思いを断ち切って目の前に停まった列車に乗りこんだ。

木津、加茂、笠置。裕子が車窓を眺めていたのはこの辺りまでだった。いつのまにか、頭が大きく揺れだした。時折ガラス窓に頭を打ち付けては目が醒める。が、すぐに深い眠りに落ちていった。夢も見ず暗闇の中で解放されるのは久しぶりのことだった。電車が行き止まれば乗り換えればよい。そしてまた眠りに落ちる。その繰り返し……。行きつくところまでいけばいい。裕子はそう腹を括っていた。

車窓にコツンと額をぶつけたからか、漂ってくる海苔と沢庵の香りに釣られたのか、裕子は目を醒ました。窓の外の向こうでは太陽が沈みかけて、その運命に抗うように最後の輝きを増していた。夕陽は、裕子の前に座って握り飯を頬張る少女の額の産毛を、金色に輝かせていた。裕子のお腹が鳴った。誰の耳にも届くはずはないが少女は恥ずかしそうな顔をしながら「よかったらひとつ」と言って裕子に握り飯を差し出した。

「私に？」

一瞬、涎でも垂らしていたのだろうかと、裕子は口元を手で拭った。

「あの、気い悪うされましたか」

「そんなことない、ないです。意地汚い顔をしていたんじゃないかと心配になって」

少女は心なしかほっとした表情をして「うちはおばあちゃんに、いらん言うたのに、おむすびを五つも作らはって、重いよって。……そやから」

そう言うと娘はまたも竹皮に載った大きな握り飯を裕子の前に差し出した。裕子はすんなりと手を出した。裕子の着物の袖から現れた手首の産毛も金色に輝いていた。

塩の効いた握り飯は美味しく、食べ終えた頃には二人はぽつりぽつりとしゃべりだした。娘は名古屋まで行くと言う。

名古屋。思い描いたこともない土地だった。裕子はそこに行ってみようと思った。

第五章 武勇伝

一

誰も裕子のことを口にしなくなった。長火鉢に頬杖をついて灰をならしてはため息をついていたチセも、単衣《ひとえ》の着物を着る頃には忙しなく帳場と板場を行き来するようになる。

富貴楼の日常は平穏からは程遠い。商家というものはそういうものだと言われれば、そうか、と頷きたいが、そうはいかない。大将の増澤《ますざわ》干支吉《えときち》、妻のチセ、そして若大将といわれる跡取りの武之、それぞれの癖が、商家の忙しさに拍車をかけた。

某日、「実印がなかとれすよ」とチセが蛇に追われる雛鳥のように右往左往してピイピイと煩い。この時はまだ大将は準禁治産者ではなく、富貴と冠のつくもの——料亭富貴楼、富貴座、富貴陸運——全ての権利を握っていた。

干支吉は町会議員として町の為に尽くしてはいたが、競輪競馬、そして博奕に目がなかった。この富貴楼とて実は戦前に博奕の形《かた》に取り上げたものだった。チセも武之も干支吉が一晩にいったい幾らの取引をしているのか、空恐ろしくて訊くこともできない。チセ、武之の頭の中には、大博奕の末に一夜にして四海楼の大将から引きずり落とされて首を吊り損ねた男と、回覧板を持って裏口から出入りするその息子の雑賀隆弘の姿が浮かんだ。二人は身震いする。

「武之さん、おかしかとれ《い》すよ。金庫の中の実印がなかとれ《い》す」

「なかってどういうことね」

「なかってなかとよ。お父さんが持ち出しとんしゃあっちゃなかろうか」

武之は、チセの言葉を最後まで聞くまでもなく、板場のシローに言わせれば「戦艦大和のごたあ」金庫に突進した。鉄の塊《くろがね》を前に武之の手が震える。ダイヤルはしかし、何度まわしてもカチリと音を立てず、幾度となくやり直しても扉は開かなかった。武之の額は汗で濡れ、目にまで汗が流れ込む。目を開けるのもままならない武之は「どうして鍵ばかけたとですな」と傍らに立つチセに怒鳴った。

「実印のなかったけん慌ててしもうて」

「佳子」

傍らにいるというのに武之は大きな声で佳子を呼ぶ。

「金庫の番号、覚えとうや。昨日番号ば変えたばかりばってん思い出さんとたい」

「わたしは番号を聞かされてはいないから――」

言い終わらぬうちに「つぁらん奴が」と武之が面罵する。

富貴楼の大金庫の開錠番号は常に変わる。干支吉に勝手に開けさせないための算段だが、そんなことをしても実のところ効果はない。

干支吉は奥座敷に誰もいないのを見計らうと、わざわざ私を呼ぶ。スミ子に連れて来られた孫を目の前に座らせると、にやつきながら金庫の扉に耳をぴたりとつけた。顔つきは一変する。まるですぐそこに狙った獲物がいるような面持ちでダイヤルを右に左にとまわし、いとも簡単に金庫を開けていた。

そういう時の千支吉は外連味《けれんみ》たっぷりで、私にしてみれば映画館の画面を見るようだった。武之たちにとって千支吉はとんでもない男だったが、幼い私にとってはキラキラと輝いて見えた。

仲居も下働きも板前も「実印実印」と呪文のように唱えながら、客間の飾り棚から仲居部屋の鏡台の小抽斗まで、まるで税務署がいきなり入って来たような騒ぎだった。

チセが恐る恐る言う。

「お父さんば探し出して開けてもらいまっしょうか」

「冗談《ぞうたん》のごたあことばよう言わっしゃあれすな」

いや、冗談ではない。武之は知らなかったが、あまりに頻繁に番号が変えられるために、番号がわからなくなり、仕方なく千支吉に開けてもらうという事態が奥座敷では頻々におきていた。

「ほんとい、金庫の中に実印はなかったとれすか？」

「確かにのうなっとりました」

「ふんなあ、こえんかことしても、つぁらん」

誰もが総動員で実印を探し続ける間、武之は電話を掛けだした。「親父が……」と機関銃のようにしゃべっては受話器を置き、また忙しげにダイヤルを回して「親父が……」と口走りつつ口角に唾を溜めていた。

チセと武之の頭から一刻も四海楼が離れない。テンヤワンヤの中、佳子だけが顔色ひとつかえていない。私の頭を撫でながら「おじいちゃんが持ち出しとんしゃあなら、探しても仕方がないのにね」と小さく笑った。私は「ジツインってきれいかと？」と訊く。大金庫に大事にしまわれているから絵本のアラビアンナイトの金銀財宝のようなものと思ったのだ。

その日の午後には実印紛失届が出され、即座に改印された。日をおかず、千支吉名義の財産は全て武之とチセの名義に書きかえられて、増澤千支吉はお飾りの大将になってしまった。だけれども千支吉は金には困らなかった。何故ならば「あとで富貴に取りに来なっせい」と鷹揚に一言言えばなにもかも片付くからだ。それでも富貴楼の家屋敷が借金の抵当に入ることだけは防ぐことが出来た。

武之が法善寺横丁の丼飯屋でビールを三本飲み干した日から、「裕子さんらしき女性がいる」という知らせが何回入っただろうか。武之はその都度、大阪、広島、京都へと足を運んだ。いつものように大急ぎで茶色のトランクを天袋から出し、裕子の写真を剝がす。そして鼈甲の眼鏡をかけて飛び出て行き、疲れ果てて戻って来た。人違いや騙された反動は佳子への暴力となり、私と母は夜更けに、シュミーズのまま裸足で本家と呼んでいた富貴楼に逃げ込んだ。それも富貴楼の人間にとっては日常だった。

その日は、クリスマスイブだった。武之は私のためにとクリスマスケーキとやらを岬の和菓子屋滝田に頼んだ。正確に言えばそれは私のためではなく、洋菓子屋のない岬で、〈クリスマスケーキを注文した第一号〉になりたいがためだった。理由はどうであれ、私ならずともシローもスミ子もタツ子もケーキを心待ちにしていた。

やがて八十センチほどの高さがある白い箱が恭しく届けられた。大きな赤いリボンが掛かった箱は板場のカウンターに置かれた。富貴楼一同が見守る中、佳子が丁寧にリボンを解いてすっぽりと被った箱を真上に持ち上げると、三段からなる白いケーキが姿を現した。一番上には、黒いタキシード姿の男性と白いドレスを着た女性の人形が飾られていた。

そこにはサンタクロースもいなければ、トナカイもおらず、柊も飾られていない。タツ子が素っ頓狂な声をあげた。

「こらあ、ウェディングケーキちゅうもんやなかかね」

「そえんかことはなか、これはクリスマスケーキたい」と、スミ子が仁王立ちしてタツ子の言葉を制するが、そのケーキは誰が見てもクリスマスケーキではなかった。後日わかるのだが、和菓子屋の大将はクリスマスケーキがどんなものかわからず、豪華にすればいいにちがいないと三段仕立てにし、そこいらにあるものをとってつけたのだという。

博多のデパートに飾られているサンタクロースの蠟燭や、緑に赤い実のついた柊に、お菓子の家などが載ったお伽の国のようなケーキを想像していたに違いない私が、シクシクと泣き出したのは当然のことだろう。佳子が宥めるのだが、納得がいかない気持ちは、泣き声に現れた。武之の顔に苛立ちが強く現れてきた。生まれた時から諍いの絶えない家に育った私は人の顔色を見るのに長けていた。子供心にこれはまずいと悟り、歯を食いしばって泣き止もうとするのだが、身体に悪狐《わるぎつね》でも憑依したように肩が小刻みに上下し、咽はうねり、口から漏れる声は獣――悪狐――の呻き声そのものだった。

武之は顔を歪めて大きな足音をたてて応接間へ引っ込んだ。

電話が鳴った。

私を宥めている佳子は電話をタツ子にとるように目配せをした。はいはい、と二つ返事をしながらタツ子は受話器を取ると、段々と声が低く丁寧になっていった。いつもの賑やかな口調と異なり、佳子もシローも怪訝な顔をしてタツ子の方に顔を向けた。誰にも相手にされなくなった私も、訝し気な顔をしてタツ子を見遣った。

「わかりました。間違いなかとですね。……ちょっと待っといてください。若大将とかわりますけん」

タツ子は佳子の顔を見ると「裕子ちゃんのことげな」と言うと、大音量のテレビの音が漏れ出る応接間へと走った。

武之はスリッパを片方だけつっかけて走り出て来て受話器を握った。が、何度も煮え湯を飲まされた経験から、一呼吸を置いてしゃべりだした。電話の相手は、武之が大阪で最初に会った天満料理屋組合の組合長だった。写真の裕子そっくりの女性が北新地の料亭ではなくクラブに勤めているという。名前は光《ひかる》というが、大きな目にあの八重歯は間違いおまへんで、と言い切った。しかし武之は信じられなかった。組合長とはいえ十万円欲しさに電話をしてきたのではないかという思いが湧く。十万円なんぞちらつかせなければよかったと後悔しても遅い。

「組合長さん、あのれすね、今までに何回も騙されてきましたとよ……信じろって言われても……八重歯ねえ……背も大きかれすか……ばってん、なんれ今頃わかったとれすか？……スミ子、水ば持ってきちゃれ。……すんまっせん。こっちのこと。……ちょっと待っといてください」

武之はコップの水を飲み干すと「佳子、裕子が北新地におるげなぞ」と言うと、佳子の返事も聞かず受話器に向かった。

「そのクラブは高級かとれすか？……金持ちしか行かれん……。なんか特徴はなかやろか。髪は真っ黒かれすか？……はあ、店ん中は薄暗かれすもんねえ。そりゃあわからんでっしょ。はあ……ピアノ？　ピアノば弾くとれすか？」

武之は受話器を置くのももどかしげに、「ピアノのうまかげなぞ」と佳子に向かって言うと、佳子は「ピアノが上手なのね」と鸚鵡のようにこたえた。「ピアノげな」とタツ子がスミ子の着物の袖を引っ張りながら言う。「聞こえとう」とスミ子がぶっきら棒に言うと、まるでラジオの〈二十の扉〉の正解を言うように佳子が「裕子ちゃんに間違いないわ」と断言した。

武之は受話器を佳子に向けると「ああ、裕子のごたあ気がする。佳子、電話ば代わっちゃれ。場所やらちゃんと聞いちゃってんや。すぐ出掛けるけん」と動きだした。カウンターにウェディングケーキが残された。クリスマスケーキじゃないと言って再び泣きだした私は、ケーキに人差し指をずぼりと突っ込んでは指に絡みついたスポンジやクリームを舐めあげた。

チセ一人が疑い深そうな金壺眼をさらに引っ込めて恨めしそうな顔をして「あのれすね、うったちゃまた騙されようとやなかれすね」と呟いた。

二

何度夜行に乗っても座り心地の悪さに慣れるものではなかった。しかし、今度は間違いなかごたあ気のするやねえ、と独りごちる武之は、今までとは違って眠れぬことも苦にならなかったし、逢《お》うたらどえん言おうかなどと、却って寝る間を惜しんだぐらいだった。

大阪に着くと武之は先ずは梅田の旅館に入って旅装を解いた。武之は畳の上に大の字になり、裕子を負ぶって山や川を走りまわったことを思い出していた。背丈ほどの熊笹の中を裕子を負ぶって走っていると、猪にでもなったような気がしたものだった。疲れて立ち止ると裕子は足で尻を蹴飛ばす。仕方なく走りだすと、タブノキやシイやハゼが淵に生い茂る沢にでる。兵児帯を解いて裕子を下ろす。身体中に空気が充塡されてやっと生きた心地がする。大きな石ころに座りこみ疲れを癒していると、裕子が沢の中にザブザブと入っていく。じっと休んでいるわけにはいかない。武之も裕子を追う。標高が高いわけではないのに白蛇坂《はくじゃんざか》の水は二十メートルほど上がったところの滝から流れ来るせいで冷たく手も足もじんじんと痺れるが、熊笹でさんざん引搔いて痛痒い脛には気持ちがよかった。いつものことで裕子は苔でぬるぬるとした岩の上ですべり尻餅をつく。パンツを脱がしてタブノキの枝に引っ掛けて乾かす。その間に沢の石をひっくり返してブチサンショウウオを探す。が、それは見つからず、見つかるのは沢の瀬でじっとしているアカハライモリだった。

パンツが乾くころ、二人は空腹になる。それが合図で、武之は裕子を負ぶい来た道を戻り、畑に入って西瓜を盗んで腹拵えをした。遠くから日蓮宗のトントンさんの団扇太鼓が聞こえてくる。

裕子を思う時、まず脳裏に浮かぶのはいつもこの白蛇坂でのひとときだった。あいつが小さか頃は、兄ちゃん兄ちゃんってようついてまわりよったとやねえ。思い出しているうちに涙が零れ落ちた。感傷から出たのか、欠伸に誘われたのかわからない。さすがに疲れた武之は深い眠りに落ちていった。薄ら寒さに目が醒めると腕時計は五時を回っていた。この梅田から料理屋組合のある天満もクラブのある北新地も歩いて行ける距離だった。

武之は声に出してみた。間違いなか。ピアノのうまか女給やらそうおらんくさ。そう言うも、チセの言った事が頭に突き刺さっている。

「騙されよりますと。終戦の時ば思い出してみんしゃい。よかとこの奥さんらちがお金のなかもんやけんどれだけ身ば落としんしゃったね。同じれすよ。今でも破産しんしゃった良かとこの家の娘さんやらいくられもおらっしゃあ」

糞婆！　人の気も知らんでいつも水をさすようなことばっかり言うてから。

武之は立ち上がると衣紋掛けから上着を引き剝がした。その拍子に衣紋掛けが畳に落ちた。武之はそれを力に任せて蹴飛ばした。衣紋掛けは思いのほか重く、息を止めるような痛みが親指に走った。

料理屋組合は全く変わっていなかった。一階の純喫茶からは珈琲の香りが漂っている。別段懐かしいわけでもないのに、組合長は旧知の友のように親しげに握手を求め椅子をすすめた。

その女給は北新地で働きだしてまだ三ヶ月と経たない。が、噂は組合長の耳にすぐに入った。美人で気風がよく酒が強い。そのうえ興が乗るとピアノを弾く。組合長がクラブを覗くと、確かに噂通りの別嬪の女給がいた。ところがなぜか腑に落ちない。何かが引っかかって楽しめない。そのうち女給の喋る言葉に注意深く耳を傾けると九州訛りがあるように思えてきた。それでようやく妹を探しに来た武之を思い出したというわけだ。組合長は飲むのもそこそこに事務所に戻ると抽斗の奥に放り込まれていた写真を取り出した。まじまじと見るまでもなかった。

「あんさんの探してはった妹さんに間違いおまへんがな」

組合長は自信たっぷりに言うと、まだ半分以上残っている煙草を灰皿に押し付けた。

「さ、行きまひょか。善は急げいいまっしゃろ」

武之は慌てて立ち上がった。日本中の盛り場が赤いトンガリ帽を被った酔客で賑わっている。ジングルベルがあちらこちらから流れて、それに絡むようにペチコートでスカートをラッパのように広げた女たちが楽しげに歩いていた。

組合長が立ち止ったのは新しいビルの前だった。

「ここでっせ。三階の〈若田〉いう店でんねん」

「若田？」

「ママのこれの本名ですわ」と組合長は親指をたてるとエレベーターのボタンを押した。武之はビルの表を眺めて生唾を呑んだ。組合長が「なにしとりまんの」と怪訝な顔をした。エレベーターのドアが開いていた。

武之は今ひとつ勇気が出なかった。間違いないと思ってはいたが、裕子かもしれないし、裕子でないかもしれない。どちらにせよ気が重かった。コートの内ポケットから煙草を取り出すと火を点けた。

「心配せんかて間違いおまへんって」

「いや、そえんかことではなかとれす。あのれすね。落ち着かんっていえばよかとやろうか。何回も騙されましたと。三回目には、仲介の男ば見て、逢わんでも違うってわかりましたやねえ。ばってん気が付かんふりばしたとやもん。今回は今までとは違う。組合長さんの言うことは当たっとうと思うとれすたい。それだけに今までは感じんやった戸惑いちゅうもんやろうねえ。それば感じてしもうて。吸い終わるまで待っちゃんなっせい」

エレベーターは何度も昇降してはドアが開いた。

「あんさんの気持ちはよおわかりますけどな、これでもわてかて忙しい身ですわ。そろそろ乗っておくれやっしゃ」

武之は背中を押されるように開いたドアに身を入れた。案内された〈若田〉は濃い茶色の重厚なマホガニーの扉だった。武之はそれが張りぼてでないことに一目で気が付いた。

やっぱあ今までとは違う。

〈茶色の小瓶〉を思わせるような臙脂を基調にした造作で店の中央にピアノがあった。壁には窪みがつけられておりユリの花が透明のガラス瓶に投げ入れられていた。武之には裸の女が何人も詰め込まれているように見えて、すぐに目を背けた。店にはまだ客は入っておらず、カウンターに三、四人の女給が座っていた。女たちが一斉に振り向く。どの顔も濃い化粧の下に貪欲な貌があることを武之は見逃さなかった。その中に裕子がいないことに気落ちするより安堵した。

組合長はいかにもこの辺りの顔らしく勝手にボックスに座って女給を手招きして耳元で何かを囁いた。女が「いややわあ」と身を捩って肩をたたいた。組合長は「あかんかあ」としょげた顔をすると、武之の方を向き「すぐに光が来ますよって、わてはここで消えまっさ」と、お手でもするかのように手を出した。光と軽々しく呼び捨てにされたのに内心はむっとしたが、武之は慌てて内ポケットから茶封筒を出して渡した。組合長は今までの輩と違ってその中を検《あらた》めるでもなく、黒の集金バッグにあっという間に仕舞いこんだ。

一人取り残された武之は、身の置き所がなく、臙脂色のソファに沈みこんだ。こんなときに佳子がいてくれたらと叶わぬことを思いながら、テーブルに置かれたグラスにちびりちびりと口をつけては、田舎者と指さされていないかと、空咳をしながら周囲を盗み見した。そしてずり落ちた眼鏡を押し戻した。三人連れの客が入って来たかと思うと一人、二人と又、客がやってくる。あっという間にカウンターもボックス席も埋まり、一人でボックスを占めているのが落ちつかず、神経が休まらなかった。

店内にカーメン・キャバレロのピアノ曲が流れだしてきた。〈トゥー・ラブ・アゲイン〉だった。武之は耳に馴染んだ曲を聴きながら徐々に落ち着きを取り戻した。

『愛情物語』はえらい人の入ったもん、と上映権を買って自らが支配人を務める富貴座に掛けたことを思いかえした。グラスの氷が溶けて、カチリと音をたてる。武之は座りなおした。武之の席の向かいに女が座った。武之はテーブルに置かれたグラスに手を触れたまま面を上げることができなかった。

「組合長さんのお知り合いですってねえ」

鼻につく強い香水とともに漂った声は裕子のものではなかった。武之はまたもほっとした。

なんばビクビクしようとや。お前の妹に会うとやろうが。ちゃんとせんか。

武之は自分を鼓舞した。顔をあげると耳朶に赤い珊瑚がぶら下がったイヤリングをした着物姿の女が座っていた。背後から「ママ」と呼ぶ声がした。

武之の身体が硬直した。掠れた声はまぎれもない裕子の声だった。

「私をご指名くださったお客さんはそちらなの？」

「天満の組合長さんのお知り合いやからあんじょうしてな」

そう言うと武之に向かって「光はこの店一番の女給《こ》ですよって、組合長さんのお声がなければつけさせはしません。どうぞ楽しんでいっておくれやす」と大きな胸がこぼれんばかりに身体をくの字に折った。武之はこくりと頷くことしかできなかった。

ママと呼ばれた女と入れ替わりに黒いドレスを着た女給がドスンとぞんざいな音をたてて座った。武之はまるで叱られる幼子のように膝に目線を落としたままだった。

「光、言います。えらい物静かなお客さん」

女給が急に喋るのをやめた。と、同時に俯いたまま武之が喋りだした。

「なんがヒカルか。裕子やろうが」

そう言うのが精一杯で武之は口を結んだ。華やいだ空間に、そこだけが取り残され気まずい空気が圧縮されたようだった。〈トゥー・ラブ・アゲイン〉が又も流れ出した。

「『愛情物語』は大成功やったねえ」

武之が唐突に言った。

「お兄ちゃん……」あとが続かない。

「キム・ノバクなあきれいかったやねえ。お前のごたった」

「お兄ちゃん……キム・ノバクって……なんしい来たと。そえんかこと……言うために来たっちゃないやろ。ねえ、なにしに来たとね」

武之はその言葉にゆっくりと顔を上げてまじまじと目の前に座る女の顔を見た。

「なんしい来たとって、それが兄ちゃんに逢うて言う言葉か。どれだけお前のことば心配して探したと思うとうとや。何回も大阪に来たとぜ」

「そんな大きな声をださんといて」

「大きか声がでて当然くさ」

武之は目の前に置かれた氷で薄まってしまった洋酒を飲み干した。胃の中に味気ない水同然の物がおりていく。

「ばってん、お前が無事でよかったやねえ。兄ちゃんなあ、お前がしかたもなぁか女になっとったらどげんしようかと思うとったたい」と、またも裕子を見つめた。

「前より肥えたとやなかや」

裕子の顔が緩んだ。

「お兄ちゃん」

「ホントぜ。痩せ細っとうより、そのほうがよか」

裕子は周囲を見回した。「お兄ちゃん、ここではなんだから外へ出よう。ちょっと待っといて」と、裾の長いドレスの膝の部分を摘まんで席を立った。武之は置いて行かれるのではと内心不安だった。十分ほどだったが、武之には一時間にも二時間にも感じられて身体中から汗が噴き出た。裕子とは対照的な明るい色のドレスを纏った女が武之の耳元で囁いた。

「光姉さんが、このビルの裏で待ってはるさかい、早う行ってあげてください」

三

路地にはビール瓶の空き瓶ケースが積み上げられ、ゴミ箱が並んでいた。雑然とした裏通りで武之はやっと気持ちが解《ほぐ》れたがそれも束の間だった。路地の先に裕子がスカーフを頭に被って待っていた。裕子は武之を認めると躊躇なく足早に歩きだした。細身の黒いスラックスから細い足首が覗いた。ピンヒールの足音がカツカツと喧噪に負けずに聞こえてきた。武之は見失うまいと小走りで追った。

裕子は小さな縄のれんの店に入って行った。

「よ、光姉さん。おいでやっしゃ」威勢のいい声が外まで聞こえてくる。武之はずり落ちた鼈甲の眼鏡を掛けなおすと、胸を張って入っていった。店内は表の猥雑な風景に似つかわしくない、小綺麗な明るい店だった。意外な思いで店内を見回すと裕子が奥の小上がりからスカーフを取った顔をぬいと出した。八重歯が覗いていた。

武之はやっと妹に会えたと思った。泣かんぞ、と自らに言い聞かせた。が、いや待てよ。思い切り泣いたほうがよかや、とも思った。

「お兄ちゃん、こっち」

「わかっとるたい。うるさかねえ」

武之の眉が笑っているのか泣いているのか、情けない八の字になった。奥へと入って行くと、小上がりには大きな熊手が飾られていた。

「お兄ちゃん、なに飲むね？　ビール、お酒？」

「上等なウィスキーはいらんぞ。お前んとこはいろいろ混ぜとうっちゃなかや、うもうなかったやねえ。コップ酒でよかばってん、ひもじかやねえ」

「ひもじか？　久しぶりに聞く言葉やねえ。うちもひもじかあ。なんか料理も頼もうか」

ガラガラと引き戸が開く音がする度に、板前の威勢のいい声が聞こえてくる。武之は周りを見回して「やっと落ち着いたが」と顔を緩めた。眉毛は下がったままで、裕子に笑いかけているように見えた。

テーブルには小皿が並びその向こうに裕子がいる。武之には不思議な光景だった。

ウソのごたあ。

武之は裕子をじっと見つめ、その目でテーブルの上を眺めた。

「フグ刺しのなかやなかか。今なあ、フグの季節やろうが。俺が金ば出すけん、フグ刺しも頼めや」

言いながら思った。もっと気のきいたことば言わんや。これじゃあさっきのクラブと一緒やなかや。

「お兄ちゃん、なん黙っとうと。みんな元気にしてるの。お母さんは、千支吉はどう。佳子義姉さんは」

「ああ、みんな元気たい。ばあさんなあ、相変わらずけそけそしてしゃあらしかし、じいさんなあ、変りもせんで博奕ばっかり打ちよんなさあ。だけん実印も変えたし、富貴の名義はなんもかも、ばあさんと俺にして――」

そう言うと、気まずい顔をして言葉をつづけた。

「勝手にしてしもうてすまんやった」

「なんがやろうねえ、私は皆の反対を押し切って飛び出た人間やが。もうなあも関係ないよ」

「そげんかことなか。お前は富貴の人間たい。富貴で俺と育ったとぞ。兄ちゃんな言うたろうが、なんかあったら帰って来いって。覚えとろ」

裕子は何も言わずコップ酒をあおった。武之はフグを箸で摘みあげると電灯に翳して「えらいぶあつう切ってからくさ」と不満げに口に入れると「こらあトラフグやなかやね、シマフグやが」とカウンターに届くほどの大きな声で言った。

「お兄ちゃん、こっちの板さんは気が荒いからくらされるよ。変わらないね」裕子は俯いて笑った。

「なんで変わらなあいかんとや。裕子、岬はいっちょん変わっとらんぞ。お前の部屋はスミ子とタツ子がきれいにしちゃりよう。お前の家来のシロも元気にしとるぞ」

「シロ……一丁前の板前になったとね」

「つぁらんねえ、あいつは人は好《よ》かばってん頭の悪かけん、塩梅のわからんもんね。ばってんお前のことばえらい心配しようたい。あいつだけやなか、みんなお前のことば心配しようたい。春川の聡一さんもたい」

武之は機転を利かせたわけではないが、聡一の名前をだせば喜ぶと思った。しかし、武之の口から聡一の名前が出ると、裕子は気色ばんで鼻を鳴らした。

「なんや、その顔は。聡一とは楽しか思い出のいっぱいあろうもん」

「思い出?」

裕子はオーストリッチのクラッチバッグから煙草を取り出した。

「思い出やらはいらんもんよ。つまんない足枷。そんなもの作らんほうがよか」と、吐き捨てるように言った。ダンヒルのライターが小気味好い音をたてた。武之の目線が裕子の手元で止まった。

「つかぁしかことば言うて、思い出やら作らん方がよかか？　白蛇坂の沢でよう遊んだろうが。イモりばっかりとれてくさ」

「もういいよ。言わなくていいよ。さっき言ったでしょ。思い出なんてまっぴら。足をひっぱるばかりって」

「お前は、小難しかことば言うねえ。赤のごたあ本ばっかり読むけんこえんなる。まあ、変わっとらん証拠たい」と、小さく笑った。

　煙草の煙が、おかめや恵比寿や鯛が跳ねる熊手の方に流れていく。

「赤か……。お兄ちゃんってなにかというと赤のごたあって言ってたもんね。谷崎潤一郎の本を義姉さんに借りて読んでいるだけで、赤呼ばわり。お前のせいで裕子が赤になるって、よう、佳子義姉さんを叩いてたよね」

「そえんかこと今言うな」

「そうね。そう言えばお兄ちゃんって私を叩いたことないわよね」

「急になんば言い出すや。思い出やらつまらんとやろ」

「うん。でも、こうやってお兄ちゃんに向き合ったら、お兄ちゃんって、我儘な私をいつも可愛がってくれたなあって、いきなり思い出したとよ」

「俺もたいがい我儘ばってん、お前はもっと我儘ってことたい。俺はいっつもお前に負けてしまうやねえ」

「そう言えば、私がスイカが食べたかって泣き喚いたから、お兄ちゃんは大峰さんの畑に忍び込んで袋叩きにあったことがあったねえ」

「そうぜ、お前が食べたか食べたかって叫《おら》びまわって泣くけん、しょうことなしに盗みに入ったら、大峰の兄ちゃんに見つかって殺さるうごと叩かれたたい」

「そうやったねえ。あの時は」と、煙草の煙を吐いた。「たしか富貴に帰ったらスイカのあったとやなかったかいな」

「そうたい。そうやったね」

「そしたらお兄ちゃんがいきなり泣きだしたっちゃんね」

「ああ、思い出しとうもなか」

武之はコップ酒を啜りながら「やっぱあ、お前が言うごと思い出はつぁらんねえ」と苦笑いした。

「そうやろ」と裕子が笑った。柔らかな陽射しが差したような笑い顔だった。武之はガラスのコップを音を立てずに置くと、おもむろに言った。

「裕子、お前はなしておらんごとなったとや」

裕子は煙草を深く吸うとその煙を目で追った。紫煙はにこやかに笑う熊手のおかめの顔の前を漂った。

裕子は数口しか吸っていない煙草を揉み消し、左手を宙に翳した。

「なんや、なんばしようとや」

「お兄ちゃん、よう見とき」

裕子は爪楊枝を手にすると、翳した手の親指と人差し指の襞の小さな孔に挿しこんだ。爪楊枝は孔を通り抜け、小さな音を立てて灰皿に落ちた。

武之はたじろいだ。

「お兄ちゃん、面白い見物《みもの》やろ。昭夫がね、うちば逃がさんって、この手ば床に磔にした傷痕よ」

裕子はその手をテーブルの上に載せて「こんなふうにね」と言いながら、灰皿から拾い上げた爪楊枝を孔に向かって下した。

「やめんや。兄ちゃんなあ、そえんかもんは見とうなか」

「そうやろ。見たくないやろ。毎日がこえんかふうやった」

「昭夫の奴。殺しとけばよかったやねえ。裕子、もう忘れれ。兄ちゃんと帰ろう。もう辛か思いもすることもなかし心配することもなかたい。ほれ、クリスマスケーキば買《こ》うとうけん、皆と食べろう」

裕子がいきなり高笑いしだした。

「お兄ちゃん、いきなりなん言ようと」

「兄ちゃんはおかしなことやら言よらん。今日はもう間に合わんけん、明日一番の汽車で一緒に帰るたい。遅うなるばってん夜には博多に着く。寝らんで待っとけって電話しとくたい。今まで、お前のことば待っといたっちゃけん、夜遅うまで待つくらいどうもなか。三段のクリスマスケーキば買うたとぞ」

武之は裕子の塞がりようのない孔から逃れるように、早口で和菓子屋滝田から届いたケーキの話を裕子に聞かせた。裕子は立て続けに煙草を吸いながら笑った。

「裕子、ちゃんと聞けや。あいつのことやら心配せんでよか。お前がおらんごとなってあいつは富貴のまわりばウロウロしよったばってん、それも一年ばかしのことたい。もうずうっと見とらんし、お前のことは俺が守るたい。嘘やなかぞ。弁護士先生ばいれて籍も抜いてもらおう。だけん兄ちゃんと帰ろう。まだお前は若かろうが、いくらでもやり直せるたい。聡ちゃんもまだ独身ぞ」

裕子は武之に何を言われても遠い目をしたままだった。娘の真奈のことを言えば裕子の心が動くのだろうかと武之は思うが、真奈の情報は富貴楼には一切もたらされてはいなかった。嘘のひとつもつこうかと心が揺れるが、乱暴者だが芝居など打てない武之は裕子を騙すことができない。

「裕子、借金やらあるとや。あるとなら俺が払《はろ》うちゃるぞ」

「私は女給になってしまったけどお金には困ってないよ」

「そんなら尚のことたい。帰ろ。明日一緒に帰ろ。お袋やら佳子ば安心させちゃれ。なにもずっと富貴におることはなかたい。顔ばみせて、またここに戻ってもよかたい」

「お兄ちゃん、あの男はチンピラにもなれんどうしようもない男よ。私が富貴に帰ったら富貴は骨の髄までしゃぶられる」

「だけんさっきから言よろうが、心配せんでよか。弁護士もおれば、警察……警察署長もおるたい……ま、あいつはあんまり役にはたたんばってん」

テーブルに出されたフグ刺しが干乾びている。武之の説得は執拗に続いた。灰皿は裕子が吸った煙草の吸殻でいっぱいだった。裕子は煙草の箱が空になるのを認めると両手で捻りテーブルの上にポンと放り投げた。それはまるで賽を投げるようだった。

「お兄ちゃん、もうわかった。それ以上言わんでいいよ。帰ろ。思い出やらは、足を引っ張るばっかりやけど、富貴の家来に会いとうなった。お兄ちゃんには負けた」

「おうよ！　初めてお前に勝ったやねえ。俺あ嬉しか。兄ちゃんと梅田の旅館に泊まって明日、ここば発とう」

「ちょっと待って。相変わらずせっかちね」

「当たり前たい。お前にやっと逢えたとぞ」

「お兄ちゃん、〈若田〉のママにもことわらないとだめだし、アパートの大家さんにも言わないといけないでしょ。明日、旅館に行くから」

「本当や」

「なんで嘘つくのよ。ちゃんと行くって」

長い睫毛を瞬たかせながら裕子は笑った。

「お兄ちゃんは小さか時から疑り深かったもんね」

「言うたろうが、俺は変わっとらんって。せっかちで疑り深かたい。早う佳子に報せなあいかん。出るぞ」

上着の内ポケットから財布を出すと、裕子はそれを押しとどめて「私が出すよ」と先にカウンターの方へ向かった。

これでなにもかも終わる。敵は昭夫だというのに、やっと仇を討つ相手を見つけたような、全てから解き放たれるような気分を、武之は味わっていた。武之は裕子の背後から肘をがっしりと摑むと強く引いた。

「やめて」

騒めいていた店内の時間が止まった。

「どうしたとや」まるで理解出来ないという声を武之はだすと、すぐさま「俺が払うたい」と、裕子の前に立った。裕子の肩は大きく上下している。

「変な奴やね。帰るとが嬉しゅうして興奮しとうとやなかや」

裕子の様子を、武之は単純にそう思った。

四

梅田駅前の旅館の朝は早い。夜行列車で大阪に着いて早々に門を潜る客がいれば旅装を整えて朝一番に旅立つ客もいる。出入りは絶え間がなかった。

下足番の大きな声が武之の部屋まで届く。武之は裕子が現れるのを今か今かと待っていた。

もうすぐ来るやねえ。

そう思うと、胸がぎゅっと縮こまり、じっとしていることができなかった。荷物など大したものではないのに、何度となくトランクを開けては忘れ物がないかと、内ポケットまで探っては閉めた。廊下に人の気配がする度に、顔を作り小さなテーブルの前に胡坐をかいて鷹揚さを気取った。が、足音は部屋の前を通過した。次第に武之の身体から汗が噴き出て焦燥感が募ってくる。見まいとしていた時計に目をやると、約束の時間は過ぎていた。武之は時計が進んでいるのではないかと、帳場まで下りて柱時計を見る。武之の時計は正確な時を刻んでいた。

時間ば間違《まちご》うたとやろうか。そえんかことはなか。あれだけ何度も言うたとやけん。

武之は部屋で待つことが出来ず玄関先に出て表を覗く。が、裕子らしき人影はなかった。武之は御堂筋まで歩いて行く。そこにも裕子の姿は見当たらなかった。武之は昨夜のことを反芻する。なにか俺があいつの気に障るようなことば言うたやろうか。赤って言うたとい腹のたったとやろうか。ばってん子供じゃなかろうし。

梅田駅前に出て立ち尽くした。約束の時間から四十分も経過していた。突然武之は走り出した。入れ違いになったに違いない。

旅館の玄関に飛び込むと、帳場のカウンターごしに仲居が「お客はん」と手招きをした。

ああ、やっぱあ、裕子が来とう。動きまわらんでじっとしときゃあよかった。

武之は喘ぎながら「裕子が来とるとでっしょ」と訊いた。仲居は手をひらひらと横にふると、「さきほど女の方がおいでになってこれをお客さんに」とカウンターの下から茶封筒を取り出した。

「もう、帰ったとですか」

「へえ、えろう急いではったさかい名前もきかれしませんでした」

武之は仲居から下方が膨れた封筒を引き剝がすようにとると、その場で封を切りたい気持ちを抑え部屋へと急いだ。後ろ手に襖を閉めると武之は「なしてや」と呻きながら封を開けた。茶封筒の中からは一葉の紙きれと昨夜裕子が使っていたダンヒルのライターが出てきた。

武之は、裕子と別れたことを後悔した。自分の甘さに失望し、口を一文字に結んだ。あいつは端っから帰るつもりのなかったとやろうか。真奈のことば嘘ついてでもぶら下げといたら付いて来たとやろうか。いや、あいつは、一言も真奈の事ば訊かんやった。帰るつもりのあったとなら、真っ先に真奈の事ば訊いたろうや。なんで俺はそれに気がつかんやったろうか。

失踪した妹が目の前にいたというのに、逃してしまったことの辛さ。武之は車中、殆ど目を瞑りまるで護送される極悪人のように、気配を消そうにも周囲を威圧してしまう黒い雲を背負ったまま、九州に向かった。

岬についたのは真夜中だった。富貴楼の明かりは落とされてはいなかった。

武之はカウンターに置かれたクリスマスケーキの入った白い箱を、床に思い切り叩きつけた。

「どげんかことや」

三段のケーキは床に飛び散り、白いクリームが茶色の板の間のあちらこちらに付着した。まるで、剝き出しの山肌の窪地に、風に吹き寄せられて集まった雪のようだった。白いドレスの人形がその吹き溜まりの雪の中に横たわっていた。黒いタキシードを着た人形は、どこに飛んでいったのか見当たらない。

「俺にはわからんたい。あいつの気持ちが。こえん短か紙きれ一枚でわかるわけなかろうが」

武之は一葉の手紙を佳子に渡した。

「裕子ちゃんの字だわ」見覚えのある筆圧の強い字だった。

武之兄ちゃん

私を探しあててくれてありがとう。

もう一生逢うことはないと思っていたお兄ちゃんに逢えて

私は心底嬉しかった。
それは本当です。
昨夜は赤のようなことを言ってごめんなさい。
いつか岬のこと、お父さんお母さんのこと、佳子姉さんのこと、
家来のシロたちのことを懐かしく思える日が来たら、
私の方から、岬に戻ります。
自分勝手な私をゆるしてとはいいません。
ただただ皆に元気でいて欲しい。
それだけを祈っています。
お兄ちゃん、ごめんね。

裕子

五

裕子の消息は途絶えてしまった。いや、それらしき女性がいると黒電話が鳴ることはあったが「うてあうな」という武之の苛立ちを含んだ一言で、タツ子もスミ子も、受話器を放るように置いた。しかし、それも一年ほどのことで、偽情報《ガセ》でさえも裕子の情報はもたらされなくなった。増澤千支吉の長女のことは岬の人々の口の端にものぼらなくなり、富貴楼の中でも二人をのぞいては誰も口にしなかった。その二人とは親である千支吉でもチセでもなく、義姉である佳子とその娘の私だった。
佳子にしてみれば、さして歳は離れてはいないが、忙しいチセの代わりに何くれと世話をやいた裕

子は娘のようだった。それでは私はどうかと言えば、花嫁姿の裕子と万歳三唱の中で別れたことよりも、三段仕立ての白いケーキが板張りに飛び散っていた記憶のほうが強烈で、裕子の身に危険が迫っているのではないかという子供らしい想像が想像を呼び裕子のことを忘れ難くしていた。

浮気でもしているのか、武之が帰って来ぬ夜など、私は佳子の布団に潜りこみ「裕子ちゃんの話ばして」とせがむ。

「なにを話そうかな」

佳子はわかっていても必ず私の顔を覗きこんだ。私は焦れて「みのるばやっつけた話」と佳子の柔らかな太腿に自分の足を差し込んで、母が話しだすのを待った。

「裕子ちゃんが小学校のときのことです。岬小学校では、一年に一度だけ大掃除が行われます」

「今もありようもん」と、私はいつも合いの手を入れる。

岬小学校では全校児童の手で校舎の板張り全てにワックス代わりに油を引いた。当日は大掃除が行われ、塵ひとつ落ちていない廊下に、校務員のおじいさんがブリキのバケツを両手にぶら下げて用心しながら姿を現す。その中には目一杯、油がはられていた。ビニール手袋などあるはずもなく、無論モップなどもなかった。全校児童が素手で各自が持ち寄った雑巾をその油のバケツに突っ込み油をたっぷりと含ませると手でぎゅっと搾り、廊下や教室を雑巾がけする。普段の掃除は大騒ぎだが、この時ばかりは、誰もが少しでも息を吸うのを節約したいとばかりに無口だった。どんなに健康な子供でも、油を引いていくうちに身体の全ての孔に流れ込んでくるような臭いに辟易する。そのうち泣きだす子がでてくれば、便所に走り出し、えずく児童もでてくる。

春川聡一は先ほどから首筋や脇の下から生汗が出て、胸がむかつきだし、それを抑えるのに懸命だった。口を塞ごうにも手は油でヌラヌラと光っている。裸足の足の裏もまるで油を引いたようだった。

こっそりと教室の隅の壁に寄り掛かる。油断して息を深く吸い込めば、あたりに立ちこめる臭いが胃の中に流れ込んでくる。聡一は目を閉じて浅く肩で息をしながら、ここから解放されることばかりを考えていた。

途端、肩を摑まれて強く揺さぶられた。目を開けなくとも誰だかわかった。結城穣《みのる》が立っていた。

聡一はすぐさま観念した。穣は岬に二軒ある写真館のうちの、老舗のほうの息子だった。医者、教育者、薬局、写真館が、この町ではハイカラで上等な家柄と認知されていた。結城写真館は大正時代に開業され、父親の勝は細身の身体の天辺にベレー帽を載せるような男だった。

穣は聡一ほどではなかったが、出来がよい上に父親譲りの長身で大きな手をもった子供だった。穣にとって、女王然とした裕子と話すことができる聡一は、何とも目障りな存在であり、なにかにつけて聡一に暴力をふるって辱めた。

「なんや、お坊ちゃん。具合の悪うなんしゃったとですか？　頭ば冷やしたらよかが」

おどけながら、穣は聡一の顔を手にしていた油のしたたる雑巾で覆った。聡一の肩が二度三度と大きく上下して、鳩尾が凹んだ。我慢していたものが噴きでて、雑巾の下から滴り落ちた。

穣が「きちゃなか」と大声で叫《おら》びながら向こう脛を足蹴にした。聡一は跪いて崩れ落ちた。雑巾が床に落ちてざまはない聡一の顔があらわれた。その情けない表情が一瞬にしてひきつり、聡一は、わーっと声を発して穣に飛び掛ったが、簡単にかわされてしまう。

無残な四つ這いになった聡一に唾を吐きかけようとしたが、騒ぎに気づき駆けつけた裕子がそれを許すはずはなかった。穣は、首筋に火傷のような痛みを覚えた。振り向くと裕子が物差しを手に立っていた。

「なんでいつも聡一ば苛めるとね」

「弱かけんに決まっとろ。俺はすかんったい。こえんか弱虫」

穣は足で聡一をつつきながら「料理屋の娘のくせにしゃあらしか」と言い放った。裕子の黒目がちな瞳が見開かれた。

「あんた、今なんて言うた？　もう一度言うてみい」

裕子は穣の顔を睨めつけながら、低いがはっきりとした声で言った。その大人じみた態度に穣は怖気付いたが「ああ、何度でも言うちゃるたい。料理屋の娘のくせして調子に乗るな」と応じた。ざわつきながら様子を見ていた児童たちが口を噤み空気が固まった。

裕子の色白の顔が紅潮した。「料理屋の娘のくせにってどえんかことね。料理屋の娘は口きいたらいかんとね」と裕子はゆっくりと一字一句丁寧にしゃべると、言い終るが早いか物差しで、穣の頰を打ちつけた。

「きさん、女と思うて、甘うみとったらのぼせてから、何度でも言うちゃあたい。たかが料理屋の娘のくせに偉そうにしてから」

教室はいつのまにか見物の児童たちでいっぱいだった。むせかえる油の臭いと人いきれは二人を更に興奮させた。裕子は一歩も引き下がることなく顔といい脇腹といい構わず物差しで打擲した。穣は顔を手で覆い裕子にぶつかっていった。二人は床に転がりながらも争うことをやめなかった。隅に寄せられていた椅子や机にぶつかりながらも殴りあった。床に引かれた油はまだ乾いておらず、髪が張り付き体中が茶色の油にまみれていった。なんとか起き上がった裕子は油の入ったバケツに走りより、そのバケツを穣に投げつけた時、職員室から駆けつけて来た担任に取り押さえられた。穣は蹲ったままだった。考えあってのことか、それとも立ち上がることが出来ないほど痛手を負ったのかさだかではない。

私はいつもここで布団を蹴りあげて「負けとうとくさ」と声をあげた。

裕子はひとり職員室に連れて行かれ問い質された。が、涙ひとつ流さず、唇もきっと結ばれたままだった。担任にとって裕子は、何を考えているかわからない、日頃から可愛げのない児童だった。廊下では土気色の顔をした聡一が耳を澄ませて中の様子を窺っていた。柱時計の秒針の音がカチカチと響き、時間ばかりが無為に過ぎていく。廊下にのっぴきならないスリッパの音が響きだした。音源はあっというまに聡一の前を通り越して職員室に入って行った。「おばちゃん」と、声をかける暇もなかった。知らせを聞いたチセが黒羽織を羽織り、手には滝田の菓子折りを持って息せき切ってやってきた。職員室のほとんどが、知った顔というより、富貴楼の得意客だった。腰が折れんばかりに謝りながら現れた母親チセに裕子は心底がっかりした。裕子に理由《わけ》も訊かずチセは頭ごなしに「はよ、あやまらんね」と甲高い声を出す。裕子は、お母さんもたかが料理屋の女将のくせにって馬鹿にされとうとよ、と心で呟きながら口は結んだままだった。

チセは去り際に「富貴に来《こ》らしゃったらサービスしますけん」と、場違いな、いそいそとした声を出した。裕子は走って家路に就く。チセは小走りに裾を乱しながら後を追う。

富貴楼がさんざめく頃、干支吉が役場から戻ってきた。背広を脱ぎ棄て着物を羽織り、チセが絞の兵児帯を干支吉の腰骨のところに巻きつけながら「恥ずかしかったとれすよ」と今日の出来事を話した。といってもチセの知っているのは写真屋の息子をめった打ちにし、油をひっかけたことと、職員室での裕子の強情な態度だけだった。干支吉は裕子を呼び寄せた。

「裕子、あんたはなしてそえんかことをしたとや。あんたが卑怯なことばする子やなかことはようわかっとう。理由のあるとやろ。言うてみ」

干支吉の口調は珍しく柔らかく、なぜか顔はにやついていた。それでも、裕子は口を閉じていた。

「裕子。なんば黙っとうとね。お父さんにはよ」

「チセ。しゃあしか、黙らんか」

千支吉はチセを尖った口調で遮ると、同じ口から出たとは思えないような口調で喋りだした。

「裕子。あたしぁ、あの写真屋がすかんとたい。なあも出来んとい、文句ばっかり役場に言いにきて民主主義やら権利やらば言いよる。あの男の息子のことやけん、ずるかことばかりしようとやろ」

目を逸らしていた裕子は千支吉の顔を眺めた。千支吉はくるりと鏡の方に身をまわし帯の位置を確かめながら鏡に映る裕子に向かって「言うてみんか」と促した。

裕子は鏡の向こうに居る父親に向かって素直に話しだした。千支吉は聞き終わると、振り向いて「結城写真館なあ、息子の前でいつも言いようとやろう、たかが料理屋のくせにって。そえんか言葉は子供は思いつかんばい。あんたは悪うなか。謝ることやらせんでよか。それでこそあたしの娘ぞ。富貴の女は強からなあいかん。裕子。ようやった。おまえは富貴の女らしゅう振る舞《も》うた」と却って裕子を褒めた。

父親の思いがけない態度に、表情にこそは出さないものの、十一歳の裕子は鬼の首を取ったような心持ちになった。千支吉の声が響く。「チセ。結城んところに謝りにやら行かんでよかぞ――」千支吉は鏡の中の裕子をじっと見た。「裕子、もう一度言うとくぞ。富貴の女は強からなあつぁらんとぞ」

「結城写真館のおじさんは、誰も謝りに来ないことに腹をたてて、いつものベレー帽をかぶって富貴の玄関に怒鳴りこんできました。けれどおじいちゃんが、大魔神のようにドスンドスンと奥から出て来て、かあっと睨んで問答無用と追い返してしまいました」

佳子は「お母さんはそのあと塩をいっぱい撒きました」と言ってこの話を終える。何度聞いても私にとっては楽しい話で、裕子は私にとって英雄だった。塩を撒いたのはスミ子なのだが……。

第六章　銀　座　姫

一

ドライブウェイに春が来りゃ
イエイエイエ　イエイイイエイ
イエイエイエイエ

賑やかなコマーシャルソングが流れだした。干支吉《えときち》はその度に「つかぁしか」と唾が飛ぶ勢いで嘆いたが、その歌は、まるで神輿の掛け声のようで、日本全体が浮かれ出していた。

私は裕子が干支吉に「受けさせてほしい」と泣いて頼んだ〈耶蘇教〉の中学受験に合格して寮生活を始め、富貴楼の喧騒から一人逃れた。その頃になると流石《さすが》に干支吉も〈耶蘇〉などと言わず、〈ミッション〉という言葉をことさらに使い、私が帰省すると錨のマークが入ったセーラー服をわざわざ着用させては町内を連れて練り歩いた。

あれだけ英雄視していたというのに、私の頭の中からスポリと裕子が抜け落ちて久しい。

「ホステスって言わないで。私は、女給よ」

〈女給〉という言葉が、〈ホステス〉にとって代わられ、誰もが一目置いていた〈おそめ〉や〈エスポワール〉は銀座をとりまく変化についていけず、少しずつだが坂を下っていく。それでも文士といわれる御大たち、里見弴、大佛次郎や川端康成、そして白洲次郎らが顔を見せる。

第三の新人といわれる若手の流行作家らには、そうしたクラブは敷居が高かった。そのうえ文壇の大御所が煙たかった彼らは、勢い〈姫〉のドアを開けることになった。

「龍宮城のようだな」と、〈姫〉に初めて足を運んだ若手作家は顔を綻ばせた。新進気鋭の小説家、第三の新人たち、芸能人、歌手、野球選手、財界のお歴々に、老舗の御曹司たち。〈姫〉は毎日がお祭りのようだった。

作家仲間の藤瀬に連れられて〈姫〉に足を踏み入れた高橋は、一人のホステスの姿を認めると頭を掻いて目尻を下げた。それに気が付いた藤瀬は「さすが高橋だな。もう光《ひかる》に目をつけたか。しかし光は高嶺の花だ。ナンバーワンだぜ。それも銀座一だ」とたきつけるように笑いながら言う。まるでヒキガエルのようなだみ声だ。

「ヒカル?」

「ああ、光だ。呼ぼうか」

「そうしてくれ」

日頃、天邪鬼な高橋が素直に言うことを聞くので、藤瀬は珍しいことがあるものだと思う。

光はひっぱりだこで、アゲハ蝶が花から花へと飛び移るように、テーブルを行き来している。

寸足らずの絣の着物の袖口から、いつも手をにょきりとのぞかせていたゆき子が、膝を出した上等そうな黒いワンピースを纏って龍宮城にいるではないか。高橋は掻いた手で今度は頭を軽く叩きだした。口の悪い藤瀬が「どうした、高橋。遊び過ぎて頭に虱でも染《うつ》されたか?」と席についたホステスに聞こえるように言う。

「おいおい、そんなつまらんジョークでお姫さまがたの笑いをとるなよ」と高橋が応戦する。

奥の席から日活の若手スターの、まるで映画の台詞のような話し声が聞こえてくる。

「気どりやがって」と藤瀬が言うがそれとて映画の台詞のようで、〈姫〉はまるで銀幕のように華やいでいた。

「坊やたちはもう寝る時間だよ」

光は、鼻にかかった声で日活の俳優らを軽くいなして、席を立った。そして花道を歩くように顎をついとあげて、後生大事にヘネシーの瓶を抱え込んで飲んでいる福嶋の席の前で、立ち止った。

「パパ、そのヘネシーはいつからキープしてるの。そんな野暮な飲み方をしていたら気が抜けちゃうわよ」

福嶋の隣で畏まっている秘書を見ながら光は、「西原さんは将来有望なんでしょ。だったら本物の味をしっかり覚えさせないとだめよ」と、ヘネシーの瓶を掴むと黒服に急ぎグラスを持ってこさせた。

「おいおい、光。そんなドボドボつぐなよ」

「あー、これだから、どんなにアタシをくどいても夜伽なんてまっぴらだわ」

「そんなこと大きな声で言うなよ」

「けちけちしたらもっと大きな声で言っちゃおうかな。西原さん、遠慮しないで飲んじゃってね」

光はあちらこちらの席に寄っては瓶を斜めにする。空になった瓶を黒服にポンと託すと、藤瀬の席へ向かった。

「あいつ、鳳建設の会長じゃねえのか?」

藤瀬が光の腰を撫でながら訊く。

「やだやだ、あっちもこっちも山猿だらけ」

藤瀬の小説家にしては漁師のように節くれだった赤銅色の手に、爪を立てて言う。

「ひでえ言いようだなあ。光、新人を連れて来たんだぜ」

藤瀬は火傷でもしたように大袈裟に手を宙で振った。澱んだ空気を払うようだった。誰もが浮かれた役者だった。二人のやりとりを聞いていた新人と言われた高橋は、咄嗟に両手で顔を覆った。

「先生の連れてくる人は変った人ばかり」と笑いながら光はその顔のない男の隣に腰を下ろした。

「高橋、お前さっきからなにやってんだ」

藤瀬が呆れかえって煙草をポケットから出しながら言った。光は藤瀬から煙草をもぎ取ると自分の口に咥えて火を点けた。大きく煙を吐くと、その煙草を藤瀬に渡した。

「高橋さん？　高橋先生といえばいいのかしら。もうかくれんぼは止めて一緒に飲みましょうよ」

掌の下から声が漏れてきた。

「そうだな。もうやめよう。な、ゆき」高橋は甲高い笑い声をたてながら顔を晒した。

「高橋先生」

藤瀬が狐につままれたような顔をして「なんだ知り合いか」と素っ頓狂な声をあげた。高橋は顔から下ろした手を組んでソファにふんぞり返りニヤニヤしている。

「まさかゆきが龍宮城のタイやヒラメどころか乙姫になって俺の前に現れるとはな。世の中、面白いぜ」

光は「また、会おうぜ」とあっさり南都荘を後にした高橋の背中を思い出していた。

「また」なんて私にあるはずがない。絶対そう思っていたのに。

「どうした、ゆき。鼻の先でもむず痒いか？」

高橋の口の悪さに、フンと鼻を鳴らした。

「先生ったら、相変わらずだな。いつの間にか売れっ子になったんだ。素敵なジャケット着て。穴あいてない？」

「あな？」

「そうよ、先生ったらいつも煙草の灰を落としてたから上着が穴だらけだったでしょ」

藤瀬は光の妹分の茜の薄い膝に手を置き「なんだお前ら、勝手にしやがれ。つまらんなあ、実につまらん」と、さすり続けた。

「光、光姫。こっちに来てくれよ」と言う声が奥のほうからあがる。「心底惚れた男と話しているの」と光が首を伸ばして声のする方に言う。

「光、いったい何人心底惚れた男がいるんだよ」

「お父さん以外はみんな惚れた男よ」

笑い声があがった。

二

タクシーを降りると光はマンションを見上げる。それはいつもの癖だった。ベランダの向こうから一筋の黄色い灯りが漏れているのを認めると、漫画の吹き出しのような白い吐息をはいた。

身体を屈め風呂敷一つで列車に飛び乗ったあの日、車窓の闇に浮かんだ人家の窓から漏れだす頼りなげな黄色い灯りがどんなに羨ましかったことだろう。が、光はそんなことは覚えてもいなかった。それなのにカーテンの隙間から漏れる黄色い灯りが目に入るといつも安堵した。

同居人の晶は、着替えもせずに革張りのソファにどっかりと身体を預けていた。小走りでリビングに入って来た光に顔を向けると、大きく広げていた足を、大袈裟に組み直した。

「俺も今帰ったばかりだよ」

丸い肉のついた顔に似合わない偉そうな口調だった。光は黒地に金糸と銀糸がふんだんに使われた二重帯を無造作に解くと台所に向かった。「晶、お腹すいているでしょ。雑炊でも作ろうか?」と、冷蔵庫を覗きながら訊く。

「そんなことはいいからこっちへ来いよ。いい話があるんだよ」

光がタオルで手を拭きながら晶の前に立つと、晶は顔を顰めて「所帯染みたババアみたいなことをするなよ。俺はきれいな光が好きなんだよ。ガサガサした手のお前なんて俺はやだね」と、光の手からタオルを鷲摑みにして床に放った。タオルは解かれたままの帯の上に落ちた。

「あんたに嫌われてもどうってことないさ。お誘いは五万とあるんだから」

「しょってるなあ。まあ座れよ。例の喫茶店の話だけどさ、小夜さんがスポンサーになってくれるんだと」

晶は組んでいた足をさらに高々と組み直し、足首を手でポンポンと叩いた。大袈裟な動作が板についていた。光は腰を落とすと、その足を覆った白い靴下を脱がせにかかった。

「晶の手の虜になったたってわけか」

「当たり前だろ。俺の武器はこの手だけだからな」と、掲げた手の甲にはえくぼが出ていた。光はなかなか脱げない靴下を思いっきりひっぱった。晶の足がドスンと床に落ちた。サイドボードの上の金魚鉢の水面が揺れて寝ていた朱文金が目を覚ました。

「妬いてるのか?」

「バカねえ。別にあんたに惚れて一緒に住んでいるんじゃないもの。私たちは同志でしょ。どこにも居場所のない同志」

「ちょっとは妬けよ」

晶は舌打ちし、光は口とは裏腹に臍《ほぞ》を嚙んでいた。

晶に恋をしているわけじゃあないけれど、あんな野暮な女に持っていかれるのは悔しい。

光は晶の性技に女として嵌っているわけではなかった。確かに晶の〈フィンガーテクニック〉は腐る一歩手前の水蜜桃のようなとろける味だったが……。女たちは面白いように晶の手に陥り、そのふっくらとした小さな手をとると「早く」と、下半身に導いた。

不貞腐れていた晶が一転して陽気な声をだした。

「光、風呂入ろうぜ。洗ってやるからさ」

疲れて帯を干す手間も省いた光は、あっさりと晶の誘いに乗った。仁王立ちした晶の胸には、きっちりと晒が巻かれている。短い手に短い脚。その身体の周りを光は小刻みに歩きながら、白い布を解いていく。最後の一巻がするりと解けて、筋肉と見紛うような乳房が現れた。

晶は胸の膨らみを少しでも隠すために常に小太りだった。光は慣れた手つきでその長い晒を畳んでいった。晶はレズビアンの男役《たち》だった。幾つかのレコードを出して芸名はパピヨン三太とふざけたものだったが、スキャンダルを恐れる芸能事務所は、男遊びに目覚めた女性タレントに、このパピヨン三太をあてがった。そういう意味で晶は芸能界になくてはならない男役《おとこやく》だった。

誰からも気風がよくて伝法といわれる光と、頭髪を七三に分けて肩を怒らせて歩いてはいるが実は女々しい晶だが、妙に馬が合った。凹しかないというのに、凸凹が嚙みあうような気の合う二人だった。きっかけはいとも簡単なことだった。〈姫〉がはねたあとにホステスらと乗り込んだレズビアンバーのカウンターの向こうで、シェーカーを振っていたのが晶だった。大酒呑みだという晶にホステスたちが飲み比べを挑んだが、ことごとく討ち死にして潰れていった。その中で光だけが顔色ひとつ変えずグラスを空けていった。が、日が昇る頃には二人は泥酔し、気がつけば光の部屋で睦みあっていた。始まりは犬猫がじゃれあうような、そんなものだった。

二人が一緒に住み始めたと聞いた洋子は「よしなよ。レズビアンの陰湿な世界にあんたは合わないよ」と、止めたが光は意に介さなかった。

「心配しなくていいわよママ。私にはその気《け》がないもの」

そう言いながらも、晶のふっくらとした赤子のような柔らかな手が身体を這うと、天使の羽根でくすぐられているようで、疲れ果てた身体が捩れながらも解きほぐされていく。それは愛欲からほど遠いもので、どす黒く固まってしまった身体中の血が浄化されるようだった。

光の中から、裕子がまるで消えてしまったかのようだ。恐れも悲哀も恨みも、奈良、名古屋、大阪、東京と転々とする歳月のなかで、掌から砂が零れるように落としてしまったのだろうか。でなければ晶などという得体のしれない男役などと一緒に住むことはなかったろう。だが、光は未だに焔《ほむら》に巻かれる夢をみる。そこには昭夫を恐れ真奈に詫びる裕子がいた。生きながら焔に果てた。しかし、果つるならまだしも、果てても果てても裕子は生き返り、炎の中を踊り狂いうなされた。光のただならぬ気配に気がつくと晶は光の身体を這った。丁寧に光の身体を押し開き、不安や慄きや悲しみを、芥を取り除くように指と舌を使って忘れさせた。光の身体から裕子が消えていく。

三

パトロンを必要としない光は、女給としての自分自身を楽しんだ。今が楽しければいい。明日が必ず来るとは限らないじゃない。嫌な客にへつらうこともなかったが、嫌な客ほど光にいれあげては高価な物を内ポケットに入れて〈姫〉にやってきた。光はそれらを受け取ると、中身も確かめず即座に若い――といってもそう年はかわらなかったが――ホステスにくれてやった。それがキャッツアイだろうがルビーだろうが、あとでわかっても気にもとめていなかった。その反面、高橋や藤瀬らが「ほれ、プレゼントだ」といって新聞に包まれた石焼き芋を手渡すと、嬉しそうに抱えこんだ。

〈姫〉はもう一歩で階段を登りつめる処にきていた。銀座には大阪資本の酒場が流れ込みだした。〈おそめ〉の成功に刺激されたといわれているが、その形態は月と鼈だった。彼らは執拗にホステスを引き抜いた。滝を登る鯉の勢いだった〈姫〉はその標的だった。中でも暴力団の息のかかったチェーン店の嫌がらせに、洋子の身は細った。店の前にチンピラを立たせては訪れる客に凄んだ。猫の死骸が投げ込まれたかと思うと、爆竹が爆《は》ぜる。酒場《みせ》を開けた途端、目つきの悪いひと目でその筋とわかる集団が客として席を占領する。ところがその攻撃が、ある日を境にピタリとやんだ。洋子は胸を撫でおろすよりもなにか裏があるのではと、かえって神経を研ぎ澄ました。

カウンターに頬杖をついて浮かない顔をする洋子の背後から、光が声をかけた。

「ママ、この頃どうしたの。アイツらが大人しくなったのにちっとも嬉しそうじゃないわね」

「それだよ」

酒の飲めぬ洋子は炭酸に氷を山ほどいれたグラスをクイと傾けた。

「あいつら急に静かになりやがって、次の魂胆が心配なのさ」

光は煙草を咥えると洋子の隣に座って火を点けた。誰もいないフロアに薄紫色の煙がまっすぐ上っていった。

「なんだ、そんなことか」光はゆっくりと煙を吐いた。「ママ、心配しなくていいのよ。アイツらはもうここには来ないわよ」

「どういうことよ」椅子が軋んだ。

「種あかしは簡単」

光は帯の狭間から写真を数枚取り出してカウンターに放り投げた。洋子の口から、「ひ」という、声というより音が漏れた。

写真には、光と光にぞっこんだったチェーン店の会長が一糸纏わぬ姿で絡み合う様子が写っていた。洋子は写真に目を落としたまま、光の顔を見返すことも出来なかった。

「あんなヒヒ親父なんて簡単なもんよ。この写真見せてやったら、いくらでも金を出すだってさ。アイツったら変態なんだもの。こんな写真を子分らに見られたらとんだ笑いものでしょ。慌てふためいていたわよ」

「光、なんでこんなことまでして……あんた……」

洋子は、伸びきったゴムのような醜い腹を出した会長が跪き、光の足を舐める一枚の写真に身震いして前髪を掻き上げた。

「減るもんじゃないから心配しなくっていいわよ。目障りじゃない、あんなデブ。ママが若いからって、いい気になって。よっぽど簀巻きにでもして並木通りにスッコロがしとこうかと思ったわよ」

「あんたって女《こ》は」

声にならない声で呟くと、カウンターに散らばった写真を急いで胸元にいれた。喉が渇き、舌が強張ってうまく喋ることができない。

「アタシはあんたに何ていえばいいんだろ。恩にきるよで終われるわきゃないだろう」

どうにか気持ちを伝えると光は鼻で笑った。

「恩を売るつもりなんてないわよ。私はね、パトロンなしで、身体をはって銀座を歩いてるママに惚れてるの。ただそれだけよ」

「光、あんたはホステスというより、〈姫〉を看板に戦う私の同志だよ」

光は鼻にかかった甘えた声で洋子に言った。

「ママったら、何度言えばいいのかな。私はホステスじゃなくて女給です」

「光……」

光は頬杖をついて煙草を揉み消すと「ねえ、ママ」と甘い声を出した。「私をスカウトした時に着てた〈ちた和〉の白の絞りさあ、飽きたら頂戴よ。あれ好きなの」

「ああ、そんなこと。勿論だよ」

「よく覚えてるんだ。ママさあ、あの時、仕付け糸がついたままだったじゃない。それをさあ、素知らぬ顔で取ってるのが、可愛くってさ。なんだか、一緒にいてあげないとって思ったの。好きな着物っていうより私の〈姫〉との大切な馴れ初めの着物だわ」

「やだなあ、ばれてたか。あの時は慌てたねえ。銀座一って言われるあんたの前だっていうのにさ」

二人はカウンターの向こうに並ぶボトルを見ながら声を立てて笑った。洋子は笑いながら洟を盛んに啜った。身体をまっすぐにできないほどに洋子の心は重かった。

四

ビートルズがタラップを降りて来た翌年には、青白い顔にソバカスを散らしたツイッギーがやって来た。売れっ子作家となった高橋は、光を隣に座らせては「俺と寝よう」と口説いた。が、光は笑いながら「やなこった。先生と寝る女はみんなブスだって評判じゃない。私まで一緒にされたらかなわない」と一蹴した。

「汚名返上ってやつだ」と高橋は光の手首をつかむ。

「だめだめ、先生は返上でいいでしょうけど私はどうなるの」

藤瀬は気がつかなかったが、二人の視線はほんの少しの間にせよ、しっかり絡みあった。

南都荘でそうだったように、高橋は手足をばたつかせて「畜生」と叫ぶと「やけ酒だ」とお囃子のように叫んだ。「アホやなあ、お前は」と言いたげな顔をしていた藤瀬も「じゃあ俺とはどうだ。俺のカアちゃんは美人だぞ」と口を挟む。「それもやだ。私は家庭持ちは相手にしないの」と顔を顰めてピシャリと言い放つが、光は楽しくて仕方がなかった。斜め前のテーブルから、うらなり顔に仙人のような髭を生やした五味康祐が「光ちゃん、そろそろこっちへ来んかいな」と手招きする。

「手相を観てもらわなくっちゃ」と光は二人に片目を瞑って席を離れた。

五味はいつも光の手を撫でまわすと「お嬢さん育ちやろうが苦労した手やなあ」と言う。これもいつものことで「苦労なんか一度もしたことないわよ」と光は切り返す。「そうかそうか。ボクにだけホンマのことを言ってみんかね」と、五味は普段は猜疑心の強そうな目をしているのに光にだけは人懐こい眼差しを向ける。

五味のことを光は親しみをこめて「お父ちゃん」とよんだ。お父ちゃんとの会話がよほど心地よかったのだろう。光は五味に乞われるままに、滅多なことでは座らないピアノの前に進んだ。ざわついていたフロアがピアノにむかう光に気づき静かになった。悪態をつきあっていた高橋と藤瀬も黙り込んだ。

静かにピアノが鳴り出した。光の指先から奏でられる出だしは、むしろたどたどしいといってよかった。その曲はバッハの世俗カンタータ第２０８番第9曲。牧歌的なその調べは、光が歌い出すとアリアと相俟ってまるで女神《ヴィーナス》の誕生を静かに祝うような様相を帯びていく。高音域に入ると光の声は掠れる。しかしその声は雲の絶え間より光が差すようだった。

五味は大島のお対《つい》の袂に腕を入れて瞼を閉じて聴いていた。

いつ聴いても光の第9曲は許しを請う歌のようやなあ。

光はこのレコードをいったい何回聴いただろうか。ジャケットの角は擦り切れ、今ではレコードの上を針が飛ぶ。歌詞の意味などわかりはしない。理解しようとも思わなかった。ただいつのまにか覚えてしまった。

ピアノが鳴り止んだ。光は静まり返るフロアに向かって立ち上がり、鼻に皺を寄せて酔っぱらいたちに投げキッスをした。凡そ〈姫〉には場違いな曲だったが、行儀の悪い日活の俳優さえも、野次を飛ばすことはなかった。

洋子ママ自慢の光あふれる壁、ルミナスウォールに浮かび上がった煙草の煙が霞のようにたゆたっている。時がゆらゆらしながらも止まったようだった。光は顔を大袈裟に顰め、それを打ち砕くように指を鳴らし、またも歌いだした。

身体をくの字に折ったと思うと、顎を突きだして、しゃらくさいとばかりに手を跳ねさせるや、瞬く間に首を竦め腕を組んで目を剝いた。歌はまるで早口言葉のように忙しかった。

古いこの酒場で
たくさん飲んだから
古い思い出は
ぼやけてきたらしい
あたしは恋人に捨てられてしまった
人がこのあたしを札付きと云うから
ろくでなし　ろくでなし
なんてひどい　云いかた

「たいしたヤツだぜ、光は。菩薩かと思えば韋駄天か。いやあ、あれは外面は菩薩の如く、内心は夜叉の如しだなあ」と、藤瀬は高橋に語りかけるが、高橋は応じないどころか、俺にかまうなとばかりに藤瀬に肘鉄を食らわし、指笛を光にむかって鳴らした。席を立って、テーブルとテーブルの狭い隙間で踊り出す者もいた。グラスが倒れる音がして、作りものめいた悲鳴が聞こえる。

高橋が藤瀬に向かって「ゆきはアザミだよ」と言ったが、その声は喧噪に紛れて藤瀬の耳には届かなかった。

五

さんざめくフロアに二人の男が入ってきた。

〈姫〉の龍宮城ぶりは地方にも伝わっていった。学会に出席するために上京した白髪の男は、製薬会社の営業部員に頼んで〈姫〉に赴いた。上等な女が揃うという〈姫〉の中でも、飛び切りいい女と乙な夜を過ごしたい。艶福家で知られるこの男は、その意気込みを、上質な舶来物の生地で誂えたスーツにすっぽりと隠してやって来たのだ。

銀座一といわれる店はもっとしっぽりとしたものかと思っていた。男は、重厚なドアの向こうに身を進めるに従って押し寄せてくる音に首を傾げた。チョロチョロと流れ出ていた音は、やがて水鉄砲のように飛び出して来た。男は賑やかな鳴り物に鼻白んだ。しかし、フロアを見回すと、野次をとばすことで有名になった若手の国会議員や、映画俳優に有名野球選手が目の端に映り、ここは中洲ではないことを悟った。戸惑いはすぐに消えたが、男の曇った顔を敏感に悟った営業部員は「歌っているのが〈姫〉のナンバーワン、銀座一といわれる光さんですよ。席に来てもらう算段はとってありますから」と囁いた。歌声と賑やかな笑声に営業部員の声は半分も聞こえはしなかった。男は曖昧に頷き、首を伸ばして女の顔を見た。

男の口がまるで鯉のようにパクパクと開いた。声をあげようにも、自分の唾液が絡まってただ大きく息を飲んだ。

富貴楼の主治医、里中病院の院長はこの偶然に声が出なかった。流感に罹ったチセが注射を恐れて布団ごと奥座敷に隠れた時もこの院長が往診をしたし、裕子はなにかといえば舌を引っ張られてルゴール液を塗られ、尻に注射を打たれた。

里中は裕子と目があったと思ったが、光はなんら変わることなく操り人形の糸が切れたかのようにくしゃりとなったと思うと、ゼンマイがはじけたように起き上がっては歌った。ドレスの肩紐が肩からずれても構わなかった。

「先生、ちょっと煩いですかね」

里中はそれに応えることもなく立ち尽くした。

平日だけど晴着を着たのよ
人形を抱いて日暮れに
帰ったわ
おかみさんたちは
白い目でにらんだ
まるでこの私を泥棒みたいに
ろくでなし　ろくでなし

里中は裕子が歌い終わっても動かなかった。「ここは銀座やろ」と、わかりきったことを自分に問いかけた。掌はじっとりと汗ばみ、その手はずっと顎の下を摩っていた。

裕子、いや光は身体中で、「ろくでなし」を陽気に歌いあげた。拍手の中、高橋も五味も光が自分に向かってやって来るにちがいないと思い、待ち構えていた。光は、にやつく二人を素通りして真っ直ぐに里中の方へ向かった。里中はまっすぐ向かってくる裕子を上目遣いに見詰めた。白髪の混じった眉の右だけが上がっていた。

「院長先生」

光に悪びれた様子はなかった。「ああ」と応じた里中は、自分の間延びした返事に狼狽《うろた》え、汗ばんだ手で鼻の先を摘まんだ。

「裕子ちゃん、気がついとったのね。僕はびっくりしてしもうて、どげんしょうかってそればかり考えとった。あんたが気がつかんやったらこのままこそっと帰ろうかと思うとった」

「院長先生だってすぐに気がついたんだから。出て行ったりしたら歌うのやめて追いかけてた」

里中は、狐に化かされた面持ちだった。

「こんなところに立っていないで」と、光は迷い子を探しあてたように、里中の腕をとってテーブルに案内した。里中はうんうんと唸り声でもなければ返事でもない。考えがまとまらず空気ばかりが口から漏れる。興味深そうな視線が方々から里中の身体を突き刺す。東京駅の雑踏の中を歩いているようで居心地が悪かった。

「院長先生」と光は里中の顔を覗いた。「お元気でしたか?」

里中は視線を外し、大きく息をついた。「ああ、初めてオペするごたあ」やっと右眉がおりた。

「院長先生やなかろ。富貴のみんなは元気ですか、お父さんお母さんは、やろうが」と困惑した顔つきで言った。

「そっか」

光は大袈裟な仕種で額に手を持って行くと、改まって里中の顔をみた。またも里中の右眉が上がったが、目は裕子を見返している。長くて濃い睫毛にマスカラがのって影を落としていた。その陰影のせいか、派手な顔立ちなのに裕子の顔は寂しさを感じさせた。

里中はいきなり大きな音をたてて洟をかんだ。

「よし、落ち着いたばい」と白髪の混じった睫毛に縁どられた二重のドングリ目を大きく見開いた。

「裕子ちゃんがこの酒場《みせ》のナンバーワンとはね」

「先生、裕子じゃないのよ。ヒカル。光ってよんでください」と、笑った。対して里中は目を閉じて口をへの字に結び「そりゃあ、出来ん、出来んばい」と頭《かぶり》を振った。

光は頭と一緒に揺れる白髪を見つめながら、最後に里中に会ったのはいつの日だったかと、記憶を辿った。

頭の中に霞がかかったようだった。光は酒の匂いと饗応の声、哄笑を、疎ましいと思った。コツコツと人差し指の先でテーブルを鳴らした。

ミスコンテスト、トラック、早苗……。

惚れた男と諍いでもおこしたのか、サングラスで顔を半分覆った洋子がやってきて、腰を屈めて里中に通り一遍の挨拶をしてすうっと次の席へ移って行った。大きな眼鏡に水色のブラウス、スカートでは、まるでシオカラトンボのようだった。光は洋子を目で追いながら一本の糸を手繰り寄せた。指先は休まずテーブルをつついていた。

「あの女《ひと》が噂の洋子ママね。若かとい大したもんやねえ。えらい腰のはっとる」里中は頻りに感心した。

院長先生にコンテストの途中で具合の悪くなった早苗さんを診てもらったんだ。私は寒さに震えていた早苗さんに自分のスカーフを外して首に巻いてあげたんだった。

赤いマフラーが、映像として脳裏にはっきりと浮かんだ。傍らにいた男を光は頭の中から振るい落とした。

いきなり里中の声がした。

「神隠しにおうた子供が出て来た。別嬪になって出て来た」その言い回しは、台本に書かれた台詞のようだった。里中はいい案だとばかりに膝を打った。

「なあ、裕子ちゃん。あんたは神隠しにおうておらんごとなったと。えらい永《なご》う隠れとったねえ。もうよかろう。みんなの前に出て来てよかろう」自分の膝を打った手で、今度は裕子の腿を打ちながら「凱旋たい。僕はね、あんたの喉チンコまで知っとるんだよ」そう言うと、隣のテーブルのホステスが振り返るほどの大きな声で笑った。「その僕が君に命令する。岬に一度帰りなさい。こえん垢ぬけて、これば凱旋と言わずしてなんとする」

自分の言葉に気をよくしたのか、里中は「一番高い酒を持ってきてもらおうか」と黒服の男を呼び止める。向かいに座る営業部員がびくりとしたが、その傍らに座る龍宮城どころかアラビアンナイトの御殿から出てきたような美輝が、男が製薬会社勤務と知ると「私、お注射大好きなの」と肘を摑んで離さなかった。その力は男そのものだった。

「美輝、若い男《こ》をからかうんじゃないの。悪いけど、お客様とカウンターに移って」

美輝がアカンベーをして力ずくで営業部員を引きずるように連れて行った。美輝の大きく開いた胸元からは、桃のようなふくよかな乳がこれ見よがしに顔を出していた。

光は黒服に「スローでジンフィズを作って。ダブルね」と声をかけた。

「裕子ちゃん。そえん強か酒を飲んじゃあいかんよ」

「院長先生、私は、このくらいで酔うタマじゃあないのよ」

光は、里中に煙草を勧めた。ライターの音がきっぱりと鳴った。光はジンフィズを一気に飲み干すと、黒服に向かってタンブラーを持ち上げた。

「凱旋かあ」ため息ともつかぬ大きな息を吐いて続けた。「それもいいかもしれないな」

「そうやろ」

里中はその返事に気をよくして「豈《あに》はからんや、生きて再び会えるとは」と節をつけて乗り出して、チェイサーをひっくり返した。黒服が音もたてずにやってきた。光は何事もなかったように、空のタンブラーをもう一度高々と持ち上げて黒服の前に差しだした。「考えたら凱旋って勝って故郷に錦を飾ることじゃないの？　戦ってもいないし勝ってもいないのに、私はノンシャランと帰れない」と続けた。

「そえんかことはどうでもよかたい。テレビの『逃亡者』がえろう流行っとろうが、もう逃亡者ごっこは終わりたい」

里中は裕子の顔を覗き込みながら肩を叩いた。里中の顔は赤く染まり白い髪が心なしか立ち上がっていた。

逃亡者か。院長先生は面白いこと言うなあ。リチャード・キンブルと私はどちらが苦労したんだろう。バカなことを。あれは作り話じゃないの。私の今までは作り話じゃない。光は、ジンフィズごときで酔うことはないのに、と他愛ない戯言はこれでおしまいとばかりにタンブラーを呷った。

洋子がやって来て光に耳打ちする。

「ふけるからあとはあんたに任せるよ」

光は笑いながら「ママ、あまりカッカしないでね」と応じ「今夜のそれトンボみたいよ」と付け加えた。

「酷いこと言うねえこの女《こ》は。トンボの逆襲じゃあ様にならないか」

やりとりを何とはなしに聞いていた里中は裕子が随分と信頼されていることに気がついた。里中は裕子を取り上げたわけではないが、乳飲み子の時から裕子を知っている。増澤《ますざわ》の家に流れる気性の激しさを持ってはいたが、それを賢さで補っている娘だった。聡明な分、増澤の家にはもったいない子供にさえ映っていた。その裕子がこのような人生を辿るとは。里中は、ゴボウのような足、ギョロギョロとした瞳をもった少女を思い出していた。

里中は陽気に振る舞う裕子の横顔に陰りを読み取って、さもあろうなどと頷くような、平凡な人生を送った輩ではなかった。何人もの生き死にを見てきた男だ。が、無口で、人見知りだった裕子が人前で歌を歌い、酔っぱらいが嫌いでめったに富貴楼の奥から出てこなかったというのに、こうやって酔客の相手をしているのを見ると、生半可な苦労ではなかったのだろうと察した。

裕子ちゃんはまだ若いではないか。人生はこれからたい。グラスを傾けながら里中は胸の内で独りごちた。

黒服が足早にやって来て「麗子が麻也にやられていますよ。早く行ってやってください」と光に囁いた。光はすぐさまヘルプの瞳をよぶと里中の相手を頼み席を立った。

光は狭いテーブルの間を進みながら、ある席には軽く会釈をし、ある客の顔をみては片目を瞑り進んで行った。バーコーナーでは、里中を連れてきた営業部員が随分と美輝に飲まされたらしく、椅子から崩れ落ちそうだった。美輝の艶やかでいて野太さを含んだ笑声が辺りに響く。光は「美輝、もうやめなさいよ」と一声かけてその先の化粧室に向かった。ドアを開けずとも、女の怒気を含んだ甲高い声と物がぶつかりあう音が漏れてくる。

光は扉を薄く開けて滑り込んだ。化粧品が散乱しパイプ椅子が倒れている。麗子と麻也は床に転がりながら摑みあっていた。二人は光に気がついたがその手を緩める気配はなかった。

光は二人を制することはなく「あんたたちパンツが丸見えだよ。なにが起こるかわかんないんだから、もっといいのをはきなさいよ。ほらほら」光は足元に転がったハイヒールを拾いあげて馬乗りになった麻也の背中に投げつけた。

「なにするんだよ」振り返って叫ぶ麻也の頰には赤茶色に染められた髪が張り付いていた。

「邪魔だから投げただけさ。気がすむまでやりゃあいいさ。麗子、姉さんがたの男を取ったらどんな理由《わけ》があったって弁解はできないんだよ。その可愛い顔に傷を入れられたって悪いのは取ったあんたなんだよ」

光は、散らばった化粧品を拾いパウダーチークを取り出して鏡に向かった。二人の動きが止まった。

「やめるんじゃないよ」振り返った光は強い口調で言ったが、すぐに顔は鏡に戻りその向こうに向かって続けた。「かまわずやんなさいよ。私が来たくらいでやめるって、その程度のことだったのかい？　つまんないね。私なら足腰立たないくらいやっちゃうけどな」

光は手の甲にチークブラシを馴染ませながら、鏡に映る二人に向かう。

「麻也、あんた、先輩面なんかしてる暇があったら美輝を見習って、男を悦ばす手練手管でも磨きなさいよ。ヤキを入れたってあとからあとから若い女《こ》が入ってくるんだから」

光はチークブラシを頰の外側から内側にのせていく。「麗子、あんたは自分が可愛いってことを武器にして甘い声を出しているんだろうけど、この世界の掟もちゃんと覚えるんだよ」

光の顔に明るい朱色がのった。まんざらでもなさそうに顔の左右をゆっくりと鏡に映すと、光はほつれた髪を耳にかけた。

「よし、出来上がり。忙しくって鏡を見る暇もなかったから、あんたたちのおかげだわ。それにしてもとんだ意気地なしだね。腕ずくで止めにはいる覚悟だったんだけど。もう終わったんなら、二人とも営業に励んでちょうだい。わかったわね。麻也、頑張らないとあんたのチームは今月成績が悪いわよ」

　チークブラシをケースに入れて外に出た。が、すぐに扉から顔を出して「私たちは、もやいやろ」とめったに使わない博多弁で声をかけた。

　それは仲間という意味だった。二人は放心したように横たわった。光は何事もなかったようにバーコーナーを通り、美輝と若い男がいなくなったことに気がつき「あらら」と歌うように呟いて里中の横に座った。

　先ほどと違ってその顔が華やいで見えた。顔色が悪く見えたのは気のせいだったのかと里中は思った。

　指笛が鳴り拍手がわきおこった。

　すっくと立った光がまたも歌い出した。

二人の恋は終わったのね
許してさえくれないあなた
さよならと顔も見ないで
去っていった男の心
楽しい夢のような
あの頃を思い出せば
サン・トワ・マミー
悲しくて目の前が暗くなる
サン・トワ・マミー

第七章　岬への凱旋

一

予約の電話かとばかりにタツ子が威勢よく受話器をとると、里中院長だった。タツ子は用件も訊かずに「何人さんで来んしゃあですか？」と尋ねる。いつもおっとりとした里中が気色ばむのが伝わった。

「……すぐ若大将とかわりますけん」

若大将、若大将と大きな声で連呼して帳場に座る武之を呼ぶ。

そえん大きな声ば出さんでもすぐ近くにおるたい。どいつもこいつもしゃあらしか、と武之はわざとらしくゆっくりと椅子から立ち上がる。いつの頃からか仕種が忌み嫌う父親・干支吉《えときち》に似て来た。

たまさか居合わせた干支吉が「若大将、若大将って、大将がここにおりまっしょうが、誰から電話ですな」と、するりと武之の前に出て受話器をとった。「おお、里中先生ですな」と鷹揚にこたえた声は、段々と高くなり蜂の羽音の様相を帯びて来た。背後に立った武之は何事が起ったのだろうと、薄くはなったが綺麗に梳いてポマードで撫でつけられた干支吉の後頭部を眺めていた。癇に障った時の囁くような声が一転した。

「え、なんですな。日本一高級かとですな……そらあ偽りのなかでっしょうなあ」

何度も「偽りのなかでっしょうなあ」と繰り返した挙句、傍にいる武之を無視して、大きな声で佳子を呼んで受話器を渡しスタスタと座敷へと戻った。

父親の姿が消えると、里中と話し中というのに武之は佳子の足を蹴り上げて帳場へ戻った。佳子は受話器を握ったまま前につんのめるが、悲鳴を上げたのはスミ子だった。

それからの数日間は、チセは「あらそらあらそらしてしもうて具合の悪うなってしまう」と、言うほど心が揺れた。死んでいるに違いないと言い聞かせて意識の遠くに追いやっていた娘が、高級酒場のホステスとして戻ってくる。金壺眼から大粒の涙を流して喜んだものの、裕子の永い不在に気持ちを馳せるのではなく、どうやって歓待すればいいかわからないと小鼓を打つように胸が鳴る。寝間着ば買わんといかん。裕子の部屋は雨漏りしようとやった。布団はどうするかいな。お客さんの予約はいっぱいいやし。

「ああ、頭の痛《いと》うなってきた」と、こめかみに膏薬をはり火鉢の前に陣取った。

チセに言われるまでもなく、佳子は裕子が滞在している間、何不自由ないように段取りをとり始め、武之は博多湾沿いに店を構えている丸源の大将に、昭夫と真奈の現状を調べて欲しいと依頼した。材木商を営む丸源は中洲川端近辺に詳しいうえに知己も多く、あっさりと昭夫と真奈の消息を手にいれてきた。昭夫は父親と小さな宿を経営していた。昭夫の父親は娘ほども歳の差のある女と再婚したが、その女は思いのほか出来が良く、孫にあたる真奈を大切に育てているという。これまで武之は真奈の消息を得ようともしなかったのに、真奈が元気だということに今更ながら安堵した。

裕子の凱旋は、里中の電話から二週間ほど経った穏やかな冬のひと日だった。

武之はその前夜に応接間に富貴楼従業員全員を集めて「真奈のことは一言も言うたらいかん」と口止めをした。それを聞いたスミ子とタツ子は「言うたらいかんもなんも、うったちは真奈ちゃんのことやらなあもしらんとい」と口を尖らせた。

ハイヤーの中は千支吉のポマードの匂いが充満していた。裕子は千支吉の匂いだと懐かしく思うことはあっても、それを不愉快とは思わなかった。

飛行場で顔を合わせたときからチセはずっと泣いている。千支吉は「みっともなか」と苦い薬でも口に含んだような顔をしている。

「よう帰ってきてくれたねえ。もう一生会えんと思うとったとよ。よかったよかった」出会い頭にこう言うと、チセはもう何を言ってよいかわからず、泣き続けるしかなかった。久しぶりに会うのだから、肩を抱きあって泣くのだろうかなどと、屋上からタラップをおりてくる裕子を見つけて真剣に思ったりもしたが、そのようなことはなかった。そう言えば、お父さんが戦争から戻って来んしゃっても抱き合《お》うたりせんやったねえ。あえんかことは映画だけのことやろうねえと、愚にもつかぬことを泣きながら思っていたチセも、そして千支吉も「よかった」のあとの接ぎ穂がみつからないのだった。

車は福岡の街外れを走っている。右手に愛良山が見えてきた。裕子の頭の中に、ここで千支吉に連れられて天皇皇后両陛下の行幸を見物したことが、泡《あぶく》のようにポッと浮かんだ。進駐軍からの払い下げのボックスコートが分厚くチクチクとするうえに、見えるのは暗い色のコートを着込んだ大人ばかりで、天皇様も皇后様も頭さえ見えやしなかった。気分が悪くなり押し合いへし合いした中でもどしてしまい、千支吉が怒り出して一人で帰ってしまったのだった。

そのようなことを思い出していると、綺麗な三角錐をしたぼた山が見えてきだし、街の様相は一気に陰鬱になった。国道沿いの家は地盤沈下のせいで庇が傾ぎ屋根にはペンペン草が生えていた。

車が小さな川を渡った途端、今度は明るい陽が差して右手に青い海原が現れた。冬の陽射しは穏やかで波頭は小さく煌めいて、さえずり歌っているかのようだった。波打ち際にやってきた波は楽しそうに戻り、またやってきては輪唱を始めた。裕子は、首を傾げた。私が育った岬の海はこんなに穏やかだったろうか。もっと猛々しく、人を跳ね返すようなものではなかったか。

いきなりチセの声がした。「懐かしかろ。よう泳ぎにきたもんね」

「もっと、荒れた海だと思ってた」

「あんたも日によって違うごと、海もその日その時、違うたい」と、千支吉がぼそりと言った。

佐伯島が沖に浮かんでいる。車窓に列車が見えて並走したと思うと、ディーゼルに引かれた列車はトンネルに入っていき、車は取り残されたように静かに松原の中を進んだ。

「島本、もっとスピードださんか」もう車に乗るのは飽きたと匂わせる千支吉の声が飛ぶ。

朱色の火の見櫓が薄い水色の空を背景に立っている。懐かしいという気持ちとは少し違う、まだこんなものがあったんだ、という意外な気持ちがわいた。

二

冬休みに入ったというのに、私は女学院の錨のマークが入った制服をわざわざ着せられた。

空気は冷たかったが、風もなく富貴楼の表玄関に咲く白い椿が首を落とすこともなかった。黒塗りのハイヤーは、すうっと富貴楼の門の前に停まった。

ドアが開いて形のいい黒のバックスキンのパンプスのつま先が見えた。玄関先で待ち受けていた佳子やスミ子、シローらはたったそれだけで緊張した。車から降り立った裕子の容姿はまるでバービー人形のようで、中学生の私は圧倒されて、声をかけることも近寄ることさえもできず、ただ息を飲んだ。

そのような逡巡をよそに妹の美登利が「きれいかあ」と言いながら走り寄り抱き着いていく様を、私は苦々しく見るだけだった。気高い——叔母はそのような空気を纏っていた。美登利は「いい匂いがする」と、一目で高価だとわかる叔母の上着に顔を埋めた。

「夜間飛行よ」

叔母の声はハスキーだった。その声と相まってきれいな響きだった。私は頭に刻んだ。——ヤカンヒコウ。

裕子叔母の相貌に、逃げまどっていたという負の面影は一切なかった。正確にいえば、私を含めた富貴楼の人間には見えなかった。無論、叔母はそれを封じ込めた自信もあって姿を現したのだろう。叔母は美登利を抱いたまま、私に、というより錨の制服に気がついたのではないだろうか、「梢ちゃん？　ミッションに行ってるのね」と懐かし気に近づいて来た。それなのに私はなんだか問い詰められているようで、気後れして頷くだけで言葉を発することが出来なかった。

私には、誰からも魅力的な深い眼差しといわれる裕子の目は、レントゲンのように人を見透かす怖いものに映った。

裕子叔母の振る舞いは天衣無縫そのもので、その裕子に対して干支吉以外の富貴楼の人間はおずおずと振る舞った。

風呂から上がった裕子は、男物の白いワイシャツ一枚にショーツを身に着けただけの姿だった。長い脚を露わに富貴楼の中を歩きまわる。髪にはタオルをターバンのように巻き、細いうなじが続く。干支吉は「ここはストリップ小屋じゃなかぞ」と言ったきり口を噤んだ。普段、口喧しい武之は何も言い出せず、目のやり場に窮しながら裕子に接していた。タツ子は「銀座に勤めとんしゃあ女《ひと》ちゅうもんはこえんかもんね。洒落とらっしゃあばい」と真顔で口にし、スミ子は憮然とした面持ちで「東京人はお行儀の悪か」と言った。

裕子が屈むたびに、三角の天冠のような白いショーツが見える。堪えきれずに武之が「尻が見えとうぞ」と小声で言うと裕子は「じゃあ、見なければいい」とすましたものだった。

裕子は富貴楼の人間の思いを、悉く跳ね返した。それは実にあっけらかんとしたものだった。たしかにタツ子が言う通り洒落ていた。

私は、その姿は元より、煙草を咥えたまま喋りかける様子や、流れるような東京弁に小気味よさを感じた。が、やはり近寄ることも出来ず、喋りかけられても、うまく返すことさえも叶わず、もどかしかった。いつも陰から裕子を盗み見しているようで、意味もなく罪悪感を感じていた。

裕子叔母の目には、私はひねこびた可愛げのない女の子に映ったことだろう。

私と違って叔母がいない間に生まれた美登利は裕子に仔猫のようにじゃれつく。裕子はその美登利に娘の真奈を見ていたのかも知れない。

三

滞在した一週間のあいだ、干支吉とチセと裕子は三人、川の字になって奥座敷で休んだ。

といって、親子の会話したさというわけではなく、裕子の部屋は雨漏りがするし、冬の繁忙期に客間を裕子にあてがうのは勿体ないという商売人気質からだった。佳子が気を遣い「うちで寝たらどう?」と声をかけると「構わない」と素っ気なく応え、「佳子義姉さん、寝静まったら、飲みに行こう」と付け加えた。干支吉はもとよりチセも布団に入るとすぐに鼾をかいて寝てしまった。裕子は奥座敷から抜け出しては、佳子を誘い岬の小さなスナックへ通った。武之が「俺も」と言うと、裕子は言下に「だめ」と断った。裕子は武之に対しては〈姫〉の光《ひかる》だった。

岬の小さなスナックは裕子を迎えてたじろいだが、裕子は一介の客として静かに過ごした。カランカランとドアに取り付けられたカウベルが鳴って客が入ってくる。皆、裕子の存在を認めると一様に、おう、とばかりに驚く。裕子は慣れた様子でチラリと入口の方を見て、首を竦めた。首の長い裕子はちょっと猫背だった。

裕子はクラッチバッグから煙草を取り出すと佳子に勧めた。佳子は束のま躊躇《ためら》うが辺りを見回し、嬉しそうに革のケースから頭を出している細長い煙草を引き抜いた。「細いね」鼻から煙が出て来た。佳子は「吸うのに力がいる」と目を丸くする。裕子は「私は」とバーテンダーの顔を見ると「ハイボールでいいかな」と微笑んだ。カウンターの向こうの若い男――といっても裕子より年上に違いない――の顔がほっとしたように明るんだ。

「佳子義姉さんは？」と、佳子の横顔を窺う。

「私？　うーん」生真面目な顔をして佳子は「マティーニ」と言った。

「義姉さんには強すぎない」

「あのね、『七年目の浮気』でね、マリリン・モンローが飲んでたでしょ。ずっと飲んでみたかったの」

バーテンダーが笑いながら「うちは、砂糖はいれませんよ」と言う。裕子が怪訝な顔をした。

「裕子ちゃんは『七年目の浮気』は見てないの？」

「洋画はフランス映画は見るけど、どちらにせよあまり見ないなあ。日本映画は、客に俳優が多いから仕方なく見るときもあるけど、暗くなったらすぐ寝ちゃう」

「へえ、客に俳優……俳優って、誰が来るの」と佳子は玩具箱を覗くような顔をした。

「人気俳優で来ないのはいないなあ。うちに来ないってことは売れてないってことだもの。義姉さんは誰が好きなの」

佳子は目の前に出されたマティーニに口をつけると「本当だ。辛い」と笑いだしながら続けた。

「俳優じゃないけど、三島由紀夫かな」

「あらら、嫌だ義姉さん。私は嫌い。神経質なのに――」チセと同じ口癖に佳子は気がついた。カウベルがまた音をたてる。裕子が首を竦める。

「あっちも私のことが嫌いだと思うな」

「どうして」

「シナリオ通りにならないから」と笑いだした。つられて佳子まで笑いだした。

その笑いは、永いあいだ行方をくらましていた女のものとは思えなかった。裕子は、ひとしきり笑うと、「私、こんな生き方をするとは思わなかった。……義姉さん、私ね、生きて行くために」と言って口の端をきっと上げ、「やめやめ、こんな話を義姉さんに聞かせてもつまんないよね」と、また も笑った。

佳子は曖昧に頷くと「くっついてカウンターに座ると、話しにくいわね」と、まるで右向け右と号令をかけられたように顔を横に向ける。

「裕子ちゃん、一つだけ聞かせて。どうして武之さんと一緒に帰って来なかったの」

裕子は頬杖を突きながら三杯目のグラスを傾けた。

「そうねえ、あの時はお兄ちゃんがやってくるとは思わなかったから、慌てたなあ」ハイボールが空になった。「やっと女給としてやっていける自信がついた時よ。でもまだ、岬のことが吹っ切れたわけじゃなくて……それよりなにより、怖かったっていうのが本当のところかな」そこまで喋って裕子は口を閉ざした。

バーテンダーが「僕が考えたカクテルを飲んでみませんか？」と、顔を突きだした。二人は大きく頷いた。

「怖いって、お義父さんが？」

「義姉さんったら何を言ってるの。干支吉なんてちっとも怖くないわよ。恐ろしいのはチンピラ。あの男は何をやるかわからない。私が富貴に戻ったって知ったら、きっと火をつけられると思ったの。……きっときっと火をつけたわよ。だからまた行方をくらましたの」

「火をつけられる？」

佳子は火の見櫓の半鐘がけたたましく鳴らされるのを想像した。

「そう、あの時は、間違いなくみんな焼き殺されると思ったのよ」

「まさか」

「そうね、こんなこと言っても本気にはしてもらえないよね、ホントなんだから。義姉さんは裏切られたって大変だったでしょ？」

「そうよ、毎日荒れ狂って」

「殴られた？」

「少しね」

「相変わらずなんだ」吐き捨てるように言った。

「でも、いつもスミちゃんが助けてくれるから」

佳子は殴られるのを防ぐために手で顔を覆い、小指を複雑骨折したことを言いそびれた。

目の前に水色のカクテルが置かれた。「岬って名付けたとやけど、お口にあうかどうか」バーテンダーはちょっと弱気な口調で言った。

「兄さん、綺麗な色じゃない。ありがとう」

「美味しい」佳子が無邪気な声をだした。裕子は、岬の青い海を口の中で転がすと何度も大きく頷き「兄さん、なかなかよ」と片目を瞑って一気に飲み干した。

ドアのカウベルが鳴る。

「佳子義姉さん」裕子の声が一段、低くなった。カウンターを濡らしたグラスの輪を裕子は掌で散らした。

「真奈のことはなにか聞いてる?」

「……うん、丸源さんが仰ってるから本当だと思うんだけど、元気ですってよ。お父さんと若い後妻さん……」手を振りながら「昭夫さんじゃないわよ、お父さんの奥さんよ。ふたりで大切に育ててらっしゃるって」

「そう」裕子の手は頻りにカウンターを撫でていた。「よかった」カウンターの指先を見つめながら裕子は呟いた。

暇をもてあました裕子は、仲居部屋に入り込んではおいちょかぶを張った。裕子がいない間に居着いた仲居たちが相手だった。いくらタツ子やスミ子が善良でも、何から何まで話があうわけではなかった。裕子の笑い声が仲居部屋から漏れてくる。

裕子とはそう年齢の違わない音葉《おとは》が、子供を五人も抱えているという。裕子は大きな目をさらに大きくして驚く。話は音葉の亭主が夜の相手をまったくしなくなったということに及ぶ。

「えらい緩かげな。だけんうちとしてもいっちょん気持ちのようなかって言うて出て行くとよ」

「いやな奴」裕子の顔はまるで知り合いの男を詰《なじ》るように憎々し気だった。

「ばってん五人も産んどうけんねえ」

「そんなことどうにでもなるよ。縫ってもらえばいいのよ」裕子はあっけらかんと言う。

「縫うって、どこば」

「いやあねえ、あそこに決まってるじゃない。男はイチコロよ」

　鏡台の前で寝転んで〈キネマ旬報〉を読んでいたスミ子は、視線を文字から離し、裕子の横顔を見詰めた。

四

　裕子は大きなサングラスをかけて富貴楼の裏口から裏通りの春日通りに姿を見せた。映画館富貴座の裏は何も変っていなかった。用済みの絵看板が積み上げられて、汲み取り式の便所の臭いを逃がす煙突がカラカラと回っている。冬とはいえ、明るい陽射しはこの場所にも及ぶ。しかし照らされた四メートル四方の空き地は殺伐としていた。

　――こんなところで、あの男に魂を奪われるなんて。

　裕子はカシミアのコートの襟をたてて足早に通り過ぎた。

　岬の町はなにも変わっていなかった。饅頭屋に下駄屋。懐かしいという思いは一切なかったが、知らない町を歩くようにゆっくりと歩いた。軍手に地下足袋がぶら下がる雑貨屋の庇。箒を手にした男が出て来た。裕子は何食わぬ顔で通り過ぎようとした。

「裕子さん。裕子さんやなかね」

　バレたか。裕子はゆっくりと振り向いた。

「雑賀さん？　隣組の組長さんだった……」

　男は照れを含んだ眩しそうな顔をして箒を戸口に立てかけた。

「覚えとってやんっしゃったね。いつ帰ってきんしゃったと」

「少し前」

「今、どこにおらっしゃあとでっすか」

「……………」

「あ、すんまっせん。気を悪うしんしゃったやろうか」

「そんなことはないわよ。東京って言えばいいかな、それとも銀座かなって迷っただけ」

「ならよかばってん、あのくさ、僕はずっと裕子さんのことが気になっと――」

裕子は最後まで喋らせなかった。

「面倒な話はすかんよ」

隣組長さんと言われた雑賀隆弘はやや気色ばんだ末に大きく頷くと「元気にしとんしゃあけんよかったやねえ。岬にゆっくりして行きんしゃい。ふんならね」と背を向けてガラス戸を開けた。立てかけていた箒が倒れてそれを拾う間に裕子の姿は消えていた。

五

――見覚えのない喫茶店に入って裕子は一息ついた。ウィンナーコーヒーを頼むと、インスタントコーヒーに山盛りのバタークリームが浮いていた。クリームが少しずつ沈んでいく。

そうねえ、雑賀隆弘がミスコンテストの話を持ってこなければ、私の人生は違っていたのは事実だ……。

裕子は高校を卒業したばかりで、幼馴染の春川聡一は望む国立大学に落ち浪人となることが決まっていた。新しい生活が始まるに違いないと心躍らせた裕子だったが、深い庇の富貴楼に陽が差し込むことなどあるはずがない。

随分と遅ればせだったが岬の町にもミスコンテストの嵐が及んだ。それは煙草ならぬハーフムーンの歯磨き粉を買えば投票用紙が貰えるというものだった。

ミスコンテストが開かれることが町中に知れ渡ると、町内会の人々は「投票やらせんでも一番きれいかとは富貴の裕子ちゃんにきまっとる」と口を揃えた。身内でもないのにその口調には誇らしささえ混じっていた。しかし、噂にのぼる裕子自身は美人コンテストなどには全く興味を示さなかった。賞品が、歯磨き粉一年分と米一年分では心ときめくこともないし、納税額が町一番という暮らしに箔なども必要なかった。無論、一位になれば外国旅行というのなら考えないでもなかったが。

だが、隣組長は是が非でも裕子に代表になって貰わなければと、腹を括って、富貴楼の門前にやって来た。

岬の町は十一の町内会からなっていた。それぞれから代表を出さなければならないというのだ。どの町内会も、ならば一位は我が町内からと思うのだが「裕子さんが出んしゃあなら難しかやねえ」と戦わずして肩を落としていた。そういう話は、当然富貴楼が属する町内会の隣組長の耳にもはいった。組長の雑賀隆弘は、気が重かったが、干支吉に直談判して「なんとしても裕子さんば出場させなあならんばい」と砂利が敷き詰められた前庭に足を踏みいれた。

玄関でいっとき待たされて、スミ子に通された部屋は、仲居部屋の隣の応接間だった。酔客として座敷を利用したことはあっても、洋間に案内されるのは初めてだった。

隆弘は遥かかなたの山を眺めるように入口に立ちどまったまま、中に入ろうとしなかった。十二畳ほどの洋間は、青地のペルシャ絨毯が敷き詰められていた。天井からは重そうなシャンデリアがぶら下がっていた。

隆弘はまさかこの部屋に通されるとは思いもせず、やはり来てしまったことを後悔した。上からぶら下がるものは吐き気を催すほどに迫ってきた。

隆弘は吊るされた照明器具から自分の視線を剝ぎ取り、正面を見据えた。スミ子に「坊ちゃん、座んしゃい」と促されるまで隆弘は動かなかった。

応接セットの椅子は深い緑地に葡萄色の薔薇とも牡丹ともとれる花や、その葉が浮き上がったジャカード織だった。恐る恐る座ると、足が浮き体がひっくり返るかと思うほど椅子は深く、背もたれは遠かった。隆弘は背を起こして、なるべくシャンデリアが視界に入らないように俯きながら部屋の隅々を見回して「納戸」と呟くと目を閉じた。四海楼の後継ぎとして世に生を受けた隆弘に過ぎ去った日々はあまりに残酷だった。

随分長い間、居心地の悪い椅子に座っているような気がした。吐き気はどうにか治まったものの、早くに用件を終えて立ち去りたい思いでいっぱいだった。

ノックもせずにスミ子がお茶を持って入ってきた。隆弘は驚き、立ちあがった。

「坊ちゃん、また立ってから。座ってお茶でも飲みんしゃい」と座る気配のない組長に声をかけた。

「坊ちゃんっていうのはもうやめらんね。僕はずっと前から四海楼の坊ちゃんやなか。スミちゃんも四海楼やのうして富貴さんの雇われ人やろが。僕は今じゃあ隣組長さんたい」と照れた顔をして振り向いた。

「ばってん、このあたしには坊ちゃんは坊ちゃんやけん」と言いながらスミ子は湯呑をテーブルの上に置いた。

「もう少し待っときんしゃい。大将は今着物ば着替えよらっしゃあけん」

スミ子はもう少し坊ちゃんとしゃべりたかったに違いないが、スミ子を呼ぶチセの甲高い声がそれを許さなかった。

入れ替わるようにして、干支吉は見るからに高価そうな、鉄紺の絽に総絞りの黒緑の兵児帯をしめてやって来た。

　干支吉は客である隣組長を立たせたまま先にどっかと座ると、左右の袂を派手に捌き整えてから、鷹揚に口を開いた。

「坊ちゃん、よう来なすった。まあ座ってお茶でも飲みなっせい」

　言われた隆弘は、その椅子がどんなものかつい忘れて頓着なく座り直し、その深さに足を掬われ慌てふためいた。四海楼の坊ちゃんといわれていた男が、干支吉の前でみっともない姿を曝け出してしまった。目の前に座る男は総絞りの帯を腰骨のところに二重にも三重にも形よく巻いて堂々としている。隣組長は忘れていた自分の情けない境涯を瞬時に思い知った。干支吉はそんな隆弘の心のうちなど斟酌するわけでもなく「こえんか暑か日になんの話ですな」と、来意を急《せ》かした。

「おいしゃん、ここに通されるのは初めてです。ここは納戸やったところでっしょ？　こえん立派になってから。漆のお膳やら有田の大皿が置いてあったもんです。よお、隠れんぼして、がられました」

「坊ちゃん、いや隣組長さん。あたしは、あんたの思い出話ば聞くために出てきたとやなか。ばってんが、こえんしてあんたと差しで会うのは初めてやし、もうこえんかこともなかろうけんはっきり言うとこう」

「おいしゃん、言わっしゃれんでよかです。いらんことしゃべってしもうて。今日はミスコンテストに裕子さんば出してもらおうと思うて」と、雑賀隆弘は用件をきりだしたが、干支吉は被せるようにしゃべりだした。その声は、細くキリキリとしたもので頭に血がのぼった証拠だった。

「坊ちゃんの親父さんが首を縊《くく》ったのは、あたしのせいやなかですたい。あんたの親父さんが弱かったけんたい。差しで勝負ばしかけてきたのは、あんたの親父のほうたい。あたしがあん時負けとったら、あたしの富貴陸運も、映画館も全部あんたんとこのもん。すっからかんたい。ばってん、あたしはそうなっても首やら吊ったりはせん。もう一回最初から出直すだけですたい。あんたは知らんやろうが」

「おいしゃん」

「だまって、聞きなっせい。このあたしは、海軍の飯たき兵でしたたい。褌ひとつで、這いずり回って飯ば作りますとばい。海が荒れたらゆらゆらたぎる釜から熱湯がだっぷんって出てきますと。あたしたちゃあ、裸足ですばい。熱いなんてもんやなか。運が悪ければ全身ずるむけて死んでしまいますが。上で何が起こりようかもわからん。魚雷が来よるのも知りもせんやった。逃げ場所やらなか。ばってんあたしは死にまっしぇんでした。死なんやったですたい。どうしてかわかりますな。坊ちゃん。あたしは諦めんやったとですたい。目ばつぶったらいかんとです。目ばつぶったら最後。おしまいですたい。真っ暗闇にひきずりこまれます。死にとうなかったら目ばあけとりさいすれば光が見えてくるとです。その方向に進んでいけば死ぬことはなか。あとは木端にしがみついて生き延びるだけですたい。あたしは、あんたんとこの親父のごと、生まれた時から醬油屋ば営んどった家のぼんやなかですけん。親父さんは弱《しゃば》かやねえ。そえんか弱虫が博奕やらに手を出すのが間違いのもとでっしょ」

「おいしゃん、わかっとります。もう言わんでください。うちの親父が勝手にやったことです。つい俺がいらんこと言うてしもうて」

「わかっとらっしゃあならよかたい」

干支吉は袂から黄色い箱のしんせいを出し一服したところで、いかにもうっかりしていたという風に「隣組長さんも吸わっしゃあですな?」と煙草を差し出した。雑賀隆弘は大きく頭《かぶり》を振り、テーブルの上に置かれた舶来物らしいライターを見つめながら、気を落ちつけるようにと、自分に言い聞かせた。

干支吉が再び煙草を吸おうとライターに手を伸ばした。その指は大きな体に似合わず、しなやかな女の物のようだった。隆弘は父親の分厚い愚直な掌を思いだした。富貴楼の大将の吐く煙が顔にかかった。早くこの場を去りたい、隆弘はその一心だった。

「富貴さん、さっきも言いましたが、師走のミスコンテストに町内代表で裕子さんば出してもらえんやろか？　裕子さんやったら確実に一等がとれますけん」

　干支吉は吸い口をほっそりとした親指で撥ねて煙草の灰を落とすと「えろう簡単に一等って言わっしゃあが、いつのことやったかいな？　大阪で皆が一位になると思っとった娘が二位やったって苦にして睡眠薬ば飲んで自殺したとは。知っとらっしゃろ？」そう言い終えると薄笑いを浮かべた。隆弘の目が泳いだ。

「隣組長さん、裕子を出すってことは、一位になるってことが条件たい。わかっとろうねえ。あんたがなにもかも責任ば持つっていうとなら任せまっしょ。どえんね。そこまで腹ばくくって、ここに来とらっしゃあとね。富貴の娘が二位やら恥ばかかすことはなかろうね」

　隆弘の顔の汗は顎を伝って手の甲に落ちた。

「おいしゃん、私は正直いうて、そこまでは考えとらんでした。ばってん、裕子さんなら絶対一位になんしゃあです」

「ほお、絶対って言わっしゃあですな。そりゃあ頼もしか」やりとりは延々と続き、隆弘はまるで蛇に睨まれた蛙のようだった。

　雑賀隆弘は富貴楼の玄関で、スミ子に靴ベラを差し出された。腰を折ってそれを踵に差し込もうとすると体中が軋んだ。親子二代で弄られているというのに、滑稽なことに一寸でも気を抜こうものなら、あの王様の椅子では体が埋まってしまう。隆弘は無理な体勢で踏ん張りながら、心身共に疲労した。しかし、父親があのシャンデリアの辺りにぶら下がっていたあの日のことを思えば、このようなことで音《ね》をあげるわけにはいかなかった。

親父は確かに弱かった。死ぬならまだしも死に損なって口を半開きにしたまま十年以上寝たきりになって生涯を終えた。門を出て隆弘は隣組長としての体面から、富貴楼の門を潜った自分を責めたてた。

六

――なんて甘いんだろうこのウィンナーコーヒーは。頼むんじゃなかった。裕子は煙草を取り出した。聡ちゃんが「コンテストに出たらいかん」って止めたら私は出なかったかなあ。そしたらやっぱり人生が変わったか……。

県下随一の進学校に在籍していた聡一は浪人することなど思いもかけなかった。今度こそはと、寝る間を惜しんで机の前にしがみついていた。

干支吉に岬のミスコンテストに出場することを命令された翌日、裕子は、ムクゲの花が咲く聡一の家を訪れた。その応接間は、広くはないが、椅子には糊の効いた真っ白なカバーが掛けられた清潔な部屋だった。磨りガラスの小振りな書棚、その横にはレコードプレーヤーがあった。漆喰の壁には鳩時計が掛かっている。少し待たされたが肩に手拭をかけた聡一が入って来た。

「勉強ははかどりようと?」と、聡一以外には、誰にも見せない親しげな笑顔を浮かべながら歩み寄った。裕子のフレアスカートから出た足の先は白いソックスで包《くる》まれていた。聡一はその足元に身を屈めたいという衝動にかられた。じりじりとしたものが身体の芯から湧いてくるのがわかる。聡一は生唾を何度も飲み込んで、自分を封じ込めた。漸く「もう落ちられんけん必死たい」と、裕子から視線を外してこたえた。

「そうね、今度落ちたら、うちはおばあさんになってしまう」

「わかっとう」

聡一は喉仏を大きく上下させて低い声でかえした。

遠くでけたたましいスピッツの吠える声が聞こえてくる。折よくとばかりに聡一は出窓に寄り外を眺めた。その背に向かって裕子は話しかけた。

「聡ちゃん。私、ミスコンテストに出るようにお父さんに言われたっちゃけど、どげんしようかなあと思うて。聡ちゃんはどう思う？」

背後から聞こえる裕子の声はいつもどおり少しかすれた鼻にかかったものだったが、初めて耳にするコンテスト出場に聡一は狼狽《うろた》えた。

振り向くと聡一は自分がなにをやらかすか自信がなく、振り返ることもままならなかった。

「聡ちゃん。なんでなあも言わんと。気にいらんと？　コンテストに出るとが」

スピッツの鳴き声が止むと、鎮まりかえった応接間には鳩時計の時を刻む音と、風に舞い上がりガラスに擦れるカーテンの乾いた音だけが聞こえた。

窓の向こうのムクゲの花にアゲハ蝶がとまった。

「出たらよか。裕ちゃんにみんな投票するたい。僕もするけん」

言い切った途端、聡一は自分に対して憤然となった。自分の弱さは幼い頃からなにも変わっていない。素直に「出たらいかん」と言い直す強さが聡一にはなかった。裕子は何度も聡一の背中に向かって「本気で言いようとね」と訊いた。

ムクゲにとまるアゲハの肢が花粉で黄色く染まっている。

聡一の額から汗が滴り落ちる。聡一は手拭で顔を拭くと、観念して振り向き「本気たい。裕子はきれいかけん一等に決まっとう」と無理やり白い歯を見せながら笑った。裕子はその笑い顔に安心し

「賞品は歯磨き粉一年分って。聡ちゃんにも分けちゃるね」と八重歯を覗かせた。

「裕ちゃん、もう一等取った気分になっとう」

二人は顔を見合わせた。裕子は聡一に「あのきれいな曲を聴かせて」とせがんだ。

しばらくすると、リコーダーの軽快な音色が小鳥のさえずりのように部屋に響きだし、美しいソプラノ歌手の糸を紡ぐような声が立ちあがって来た。聡一は「これは、よく働く羊飼い、つまり賢い領主がいて、羊は何も心配せずに牧草を食べ、幸せに過ごしているという牧歌的な歌だ」と教えてくれたが、裕子には女神《ヴィーナス》の誕生を祝福する安らかでいて荘厳な曲に思えた。あるときは囁くように、あるときは諭すように、アリアは歌いあげられてゆく。

音が途絶えると二人は、はじめて唇をあわせた。ひび割れてささくれた聡一の唇が、触れればすぐに傷んでしまうような裕子の唇に重なった。聡一は、これ以上のことをしてはいけないと、自分を戒めることに精一杯で、甘美には程遠いものだった。裕子にもそれは心の奥底にしまい、こっそりと引き出して思い出すにはあまりにも稚拙なものだった。

帰りしな、聡一は「一等になったら、あのレコードば贈るたい」とぶっきらぼうに告げた。

聡一が裕子と二人きりで会ったのはこの日が最後だった。

――ウィンナーコーヒーはとうに飲み終えていて、勝手に入れられていた砂糖がカップの底で固まっていた。裕子は忌々し気に煙草を灰皿に押し付けて席を立った。

七

――喫茶店を出ると青空だったというのに北風が吹きだして裕子は首を縮めた。マフラーを巻いて出なかったことを後悔した。マフラーと言えばあの赤いマフラーだ……。

裕子らコンテスト出場者は桃色と白の懐紙で作られた花で粧《めか》し込んだトラックに乗せられて町内を回った。

博多の興行主に雇われた昭夫は、拡声器片手に助手席に座っていた。なんとも軽々しく落ち着きのない男だったが、土の匂いをさせた岬の娘たちの目にはイカす男に映った。赤いトックリセーターに先の尖った革靴。岬の言葉に比べて同じ福岡弁でも博多弁は洗練されていたし、「お前」や、「きさん」しか言われたことのない娘たちは「君」などと言われたらポッと赤くなった。トラックから娘たちが下りるときは、手をさしだすこともあれば、大袈裟に抱きとめておろすこともあった。岬の娘たちは黄色い声をあげた。

一人だけ声をあげることも、顔を赤らめることもない娘がいた。無論、裕子だった。昭夫はなんとか裕子を振り向かせようとするが、裕子は目を合わせようともしなかった。

覆いのないトラックの巡回は体力を使ううえに、冬の吹き曝しをまともに受けるコンテストの間、誰かしらが熱を出して休んだ。

トラックから繰り返し流される〈美しき天然《うるわ》〉に聞き飽きた頃、〈軍艦マーチ〉が流れてきた。候補者の一人、早苗がトラックの荷台にしゃがみ込んだ。絶えず荷台の女たちを気にしていた昭夫はすぐに異変に気がついた。

みんなの目を十分に気にして走っているトラックの窓から荷台に乗り移り、その娘を抱き額に手をやる。

「えらい熱やね」

そう言うと、裕子を手招きしその娘を預けるが早いか、運転席の窓に半身を入れ、巡回を取りやめ病院に向かうようにと指示を出した。

普段はバスの運転手をしている年嵩のドライバーは真っ直ぐ前を向いたまま「なんば偉そうに言おうとや。そえんか指図ば、お前から受ける筋合いはなか」と、相手にしなかった。しかし昭夫はことさら声をあげて盾突いた。

「このまま連れまわして早苗さんが肺炎にでもなったら、あんたのせいって俺は会長さんに言うよ。それでもよかとなら、このまま行きやい」

運転手は舌打ちをし、ハンドルを大きく切った。

昭夫は大袈裟にどすんと尻餅をついた。荷台に立つ候補者らの身体も大きく傾ぎ悲鳴がおこった。しゃがんで早苗を抱いていた裕子の前に昭夫の顔がぬっと現われた。昭夫は裕子にむかって片目を瞑った。なにからなにまで軽々しい男だった。

そんな昭夫を無視して「寒いやろ」と、裕子はスカーフを外して肌の露わな早苗の首に巻いた。すると昭夫はすかさず「裕子さんが風邪でもひいたら俺が困る」といいながら、自分の赤いマフラーを外して裕子に巻いた。それはあっという間の出来事で、昭夫の手を制する間もなかった。細い首の喉仏がやたらと大きく見えた。目立って上下する首の突起に裕子の目はとまった。

トラックは候補者を乗せたまま、順路を変えて国道を東へのぼった。北風は弱まる気配もなく、電線が鳴り、土埃が巻き上がる。大通りを歩く人々は、懐紙で作られた花に金モールのついたトラックに目を奪われたが、ミスコンテストの車だとすぐに察知し手を振った。火の見櫓の手前の警察の前を通過したトラックは右折して県道を十メートルほど進み、背の高い唐棕櫚がにょきりと三本立つ白い屋敷、里中病院の前で止まった。

トラックが止まり、裕子は早苗を傍らの娘に託すと、荷台から軽快に飛び下りた。スカートがふわりと舞ったというのに、まるで宝塚の男役を思わせるような身のこなしだった。昭夫でさえ、舞台をみるような気になった。

「ちょっと待っといてね」

裕子は、観音開きの病院のドアの向こうに消えた。昭夫は裕子に見惚れていたものの「こえんか寒かところにいつまでも待たせるとやろうか」と嘆いた。早苗や他の娘たちを心配するのではなく、首元を叩く冷たい風に耐えられず、自分可愛さに震えながらのことだ。唐棕櫚が大きく揺れていた。

裕子がドアから顔を出した。「院長先生が診てくれるって。早く連れておいで」と言うと、顔を引っ込めた。が、閉ったドアはすぐに開き裕子は付け加えた。

「みんなも寒いやろ。なかは暖かいけん、はよ入り。お茶をいれてくれるように言うたから」

ほう、裕子はこえんか大きな病院に顔が利くったいと、昭夫はいっそう裕子に強い関心を持った。

その夜、裕子は布団に入る前に、昭夫の赤いマフラーをきれいに広げた。マフラーはえらく使いこまれて擦り切れていた。裕子は丁寧に手で皺を伸ばし布団の下に寝敷きした。

八

――あのとき、早苗が倒れなければ、あのとき赤いマフラーを巻かれなければ……。

裕子は赤いマフラーを寝敷きした布団に入り、拒絶する間もなく巻かれたマフラーに品物を添えて返した方がいいのだろうかなどと、考えあぐねていた。

昭夫の匂いがする。マフラーに染み付いた髪油の匂いだとすぐに思い当たった。早く眠りにつこうと思うのだが、気がつくと昭夫の大きく上下する喉仏や、片目を瞑った仕種が瞼に浮かんでくる。下司という言葉が浮かぶ。寝返りを打ってもその先に又も、陳腐な仕種の昭夫が入り込んでくる。

――トラックの巡回は四コースあったんだっけ。一つのコースが終わるたびに商店街にもどって休憩した……んだ。

一回めの休憩の時間、裕子は見るからに持ち重りのする紙袋を食堂の隅で昭夫に渡した。渡された袋はえらく重く、中を覗いた昭夫は、アルコールが入っていることに驚いた。洋酒は干支吉が板付基地から手に入れた舶来品だった。裕子は擦り切れたマフラーを思い、なんとか新しいマフラーを購入できないかと算段したが、ミスコンテストが終わるまで博多の百貨店に行く時間などなかった。洋酒は赤い奇麗な箱に入っており、何度も寝返りしながら逡巡した結果だった。

雑賀隆弘は隣組長のなかで一番年若いこともあり、この催しの細部に目を光らせ、何事もなく大団円を迎えるべく動きまわるのが仕事だった。その隆弘が湿り気を帯びた食堂の端で、裕子が頭を下げながら紙袋を昭夫に手渡しているところを見逃すわけはなかった。

「まずかことが起こらんどけばよかばってん」という気持ちと、「思った通りのことが起こるっちゃないか」という不謹慎な気持ちがないまぜになった。しかし「いくらなんでもあえんか穀潰しと……ないない、なかくさ」と自分の思いつきをあっさり否定した。

早苗がいなくともトラックは以前と同じように巡回し、昭夫の薄い口からは軽薄な言葉が間断なく流れる。裕子を除いた娘たちは、紅を差したような唇からなんとか自分に声がかからないかと、聞こえよがしに黄色い声を出して笑った。

映画館の裏手は、右端に看板を描くための粗末な小屋があり、あとは路地に面して空き地だった。左端には便槽の汲み取り口があった。蓋は閉まっているものの冬といえど糞尿の匂いが漏れ漂っていた。そこには封切を終えた映画の絵看板が乱雑に散らばっていた。

『雨月物語』の看板はまるで墨一色で描かれたようだった。暗い帳の中、霧がかかった湖に小舟が一艘うかんでいる。水面にはさざなみひとつ立っていない。それは黄泉の国へと誘われているようだった。看板の右上には子供を掻き抱き悲しげな顔で遠くを見る女、左上には淫らな光を宿した妖艶な姫君が描かれていた。

　闇に紛れてふたりの足元は見えなかった。昭夫と裕子はこの絵看板の上に立っていた。昼からは想像もつかないほどにここは暗く、電柱の灯りもなく向かいの民家から洩れる淡い光だけが頼りだった。

「えらい高か酒やったみたいやね。俺はただマフラーば貸しただけやん」

「気にせんでよかよ。家にあったものだから」

「ばってんやっぱあ、その、あのくさ、嬉しかったったい」

　雑賀隆弘はペンキと糞尿の臭いが漂う小屋の陰からふたりをじっと窺っていた。

「裕子さんの家はえらい金持ちらしかけん、こえんか安物はみっともなかとやろうけど、今日、買《こ》うてきたったい。よかったら使《つこ》うちゃり」

　昭夫はそう言いながら、セーターをめくりベルトに挟んでいた包みを裕子に渡した。裕子は驚き、そして笑いだした。

「そえん、笑わんどいちゃり。恥ずかしかたい」

「だって、まさかそえんかところから出てくるとは思わんやったもん。ありがとう」

「ありがとうやら言われるごたあもんやなか。だあれもおらんところでこっそり開けちゃんしゃい」

　裕子の冷え切った手に昭夫の体温が移ったその包みは温かかった。

　明日も快晴なのだろう。南の空にはオリオン座がはっきりと見てとれた。

「あのくさ……」

　薄暗くふたりはお互いの表情が読み取れない。遠くで口笛を吹く音がする。

「なあん?」

「あの、裕子さん。あのくさ……」

「なんねえ」

いきなり昭夫の唇が裕子の口を塞いだ。裕子の大きな目がさらに見開かれた。昭夫は、それだけで終わることはなかった。裕子の唇は昭夫の舌で割られ、裕子の物を搦め捕って、優しく吸っては弄《まさぐ》った。裕子の目は閉じられた。

——なにもかも私のせいよ、バカなこと……。

九

裕子叔母は東京に戻ると、里心がついたように電話をかけてくるようになった。といっても内容は「チンチラの毛皮を買ってもらった」だの「ブラックオパールを貰った」というような他愛もないものだった。チセは単純に歓び「今度の指輪は百万はするとれすげな」と受話器を置いた途端に板場に向かって声を上げげた。百万長者という言葉が辛うじて生きていた時代だった。

裕子は失踪していた空白の時を知らず知らずに埋めようとしていたのだろうか。この私にさえも、わざわざ寮に小包を送っている。

私は裕子に憧れていたというのに、叔母の素性が寮生に知られることを恐れてばかりいた。差出人の住所に六本木と書かれているだけで、誰かに見られてないだろうかとドギマギとした。裕子の字は美しかったが男のように筆圧が強かった。苗字が書かれておらず光とポツンと書かれているのを見ると、ただ者ではないようで、警戒心を消すことが出来なかった。

包みをあけると、一目で舶来物とわかる人形が現われた。思わぬ物が出て来て私は息を飲んだ。それは今まで見たこともない容姿の人形だった。黒々とした長い髪に、大きな黒い瞳のその縁にはアイラインが引かれ、瞼には目が醒めるような青いシャドーが塗られている。長い脚は黒いストッキングで包まれて、人形の脇には紐がぶら下がっていた。不用心に引くと、部屋中に響く「アイム　ブラックストッキング」というこましゃくれた声がした。

私は慌てて、人形の顔を手で覆ったが、口を塞ごうにも音はそこから出てきているのではなかった。すぐに同室の上級生が二段ベッドから下りて来た。

「なんそれ、見せて」

私はおずおずと人形を差し出した。上級生は物珍し気に何度も紐を引っ張る。そのたびに大人びた声が部屋に響く。遊びに飽きると、今度はこの人形をどうやって手に入れたのかと執拗に尋ねてきた。

私はどんなことがあっても自分の叔母がホステスだということを知られてはならないと、しどろもどろになった。すると上級生は益々しつこく問い質してくる。この執拗さに、私は、もしかすると「アイム　ブラックストッキング」とは特別な意味がある嫌らしい言葉なのではないかと思い始めた。この上級生はそれを知っている――そんな穿った想像まで湧いてきて、窮地に陥ったような気にさえなった。

「東京にいる叔母の外国土産です」

「外国ってどこ」

「さあ?」

「英語やけんアメリカやろうか」

「どうやろう?」

「手紙は入っとらんの?」

「はい」

上級生は包みを取ると「六本木に住んどんしゃあったい」と叔母の住所をながめた。私は〈光〉とぽつねんと書かれた名前の事を詮索されるのではと身体を硬くした。まるで尋問を受けているようだった。

上級生は包み紙を机の上に無造作に置くと、人形の紐をまたも引く。無表情の人形から、私は黒いストッキングよ、と子供らしからぬ台詞が部屋に響く。

「この人形の顔は白人やなかね」と上級生の疑問は尽きることがなかった。止めどがない質問攻めに、やはり下品な意味がある人形に違いないと、私の疑いは確信に変わった。

たとえその人形の佇まいが下品なことを意味するとしても、私はこれを気にいっていた。しかし私は、上級生から解放されると、人形をロッカーの天袋の隅に投げ込んだ。忙しい暮らしの中でわざわざ叔母・裕子が荷を作り、郵便局に赴いて送った人形だというのに、感謝よりもその素性が寮中に広まることのほうが恐ろしかったのだ。

裕子は、何を訊いても表情が乏しく曖昧な笑いを浮かべ一言二言しかしゃべらない姪の正体を端から見破っていたに違いなかった。それなのに、私が喜ぶ顔を脳裏に描きながら送りだした人形が、一日と抱かれずに暗闇に押し込まれるとは思いもしなかっただろう。

天袋の扉を閉めたその時から、くの字に折れ曲がって押し込められている人形と、裕子に対する呵責や引け目が私に纏わりついていたのに、その責め苦も次の帰省の時にはすっかり影を潜めてしまった。

第八章　恋

一

憑物が落ちたといえばいいのだろうか。光《ひかる》の口にはいつも錆びた血の味が漂っていた。身体の奥底のどこかに塞がりようのない傷口があって、そこから少しずつ浸潤してくるようだった。なのに気がつくと、それが消えていた。

この頃、有名な写真家が光の写真を撮っている。襟ぐりの広い黒いドレスを着て八重歯を見せて微笑む光だった。穏やかなとてもいい顔をしている。

〈姫〉には、東映スターと浮名を流す大和や、のちに性転換をしてタレントとなる美輝、独立して現在も老舗のママとして残る麗子など、華やかな面々が揃っていた。

第三の新人たちはいうまでもなく、トップ屋からベストセラー作家となった梶山季之や芸能人らが楽しげに騒ぎ、「ゴホンと言えば紀伊國屋」と言いながら田辺茂一が現れる。その姿が目にとまると、美輝も麗子も客をほったらかして茂一に飛びつく。〈姫〉は頂点を迎えていたと言っていい。それはとりもなおさず光にとっても幸せな時期だった。適当に男たちと遊び、それでいて売り上げは常に三本の指に入っている。当然スカウトの手は引く手あまただったが、光はぶれることなく、洋子の元で女給として、片腕として〈姫〉の顔であり続けた。

晶は女が出来てマンションを出て行ったが、レズビアンとして繋がっているわけではないこともあり、光は「しょうがない奴」と呟いた。無論淋しさは否めなかった。しかし縁が切れたわけではなく、相変わらず気の合う相棒だった。女に逃げられたと言っては晶が愚痴をこぼし、俳優の誰某と遊んだと光が自慢した。

そんな光が恋に堕ちた。相手は二十五歳の色男だった。オーナー企業の跡継ぎである達哉は、その会社の顔としてコマーシャルに出演した俳優に連れられて〈姫〉にやってきた。育ちの良さからくる常識のなさは、魅力的であったし年上の光をハラハラさせたが、それよりなによりフランス映画から出てきたような整った顔立ちに光は一目ぼれしたといっていい。光はなにくれと達哉の面倒をみた。酒の飲み方や種類。そして女のあしらい。達哉もそんな光に応ずるように惚れたし、男として成長した。

洋子は光の一途さを危ぶんだ。惚れっぽいが計算高い洋子は別れ方も手慣れたものだったが、光にその算段はない。相手が苦労知らずのボンボンだと知ると、滅多なことで人の好いた惚れたに口を出さない洋子も「あの男はおやめ」と直言した。しかし遅かった。光の深くて黒い瞳は、すでに恋した女特有のぬめりを帯びた光を宿していた。

「無理よ、ママ。だって惚れちゃったんだもの」

伝法で気風がいいといわれた女は、一皮剝けばそこいらのホステスと一緒なのかと、洋子は情けない思いだった。が、そのうち飽きるだろうと高を括っていた。

苦労知らずの男は、関係が深まるにつれて次第に光の姉さん女房気取りが鼻に付いてきたようだ。

周りを見渡せば、光より若いホステスはいくらでもいた。洋子が思う通り、二十五歳の達哉は最も残酷な年代だった。遊びたい盛りで、年上のホステスに義理を通すような年齢ではなかった。

若い女が出来るのは当然の流れだった。光はなんとか引き留めようとするが、男は無情にも光をはぐらかしてばかりいた。捨てるならばさっさと捨てればいいものを、達哉は蛇がチラチラと舌を出すように光の前に現れた。まるで光が悲しむのを面白がるように。

洋子はそれみたことかと、誰もいない〈姫〉のバーのカウンターに肩を並べて「男の二十五歳はじっとしてられないのさ。あれにもこれにも手を出して、いじくり回して飽きたら次のオモチャさ。あんたみたいないい女がオモチャ扱いされてどうすんのさ。やめちまいな」と諭す。ブランデーを揺らしながら光は肩を落としている。

「光、ちゃんとしろよ。アタシはあんたの萎れたところなんて見たくはないんだよ。あんたもアタシも男を手玉にとってこれからものし上がろうよ」

「のし上がる？　ママ、やめてよ。私はのし上がろうなんて今の今まで一度も思ったことはないわよ。〈姫〉に流れ着くまでいろんなことがあって、幸せになっちゃいけない、そう思って生きてきただけよ」光は大きく息を吐くと「でもやっぱり幸せになりたい。この頃すごくそう思うんだ」と言い放ち、ブランデーを一気に飲み干した。

「所帯を持ちたいんだ」

洋子は「あんた」と呟くと風邪を引いているわけでもないのに咳込んだ。

「よしなよ、そんなこと考えるの」

「年のせいかな」

「いやだよ。アタシよかほんの少しばかり下だろ。それならアタシはばあさんってことかい」

光は顔をぐいと横に向けて洋子の顔を見つめ「そうだ。洋子ママはもうばあさんだ」と小さく笑った。

「よく言うよ。とにかく元気だしな。あんな嘴の黄色い男なんてこっちからアバだよ」

「アバ？」光は空になったグラスをじっと見詰めながら仕方なさそうに「だって惚れちゃったんだもの」とため息を吐くように呟いた。

「ああ、何回も聞いたよ。その言葉は聞き飽きたね。惚れるのはいいよ。でも本気になるのはおよしよ。別れるときにごっそり貰っちゃいな」

グラスの口を光は指で弾いた。チンと硬質な音がした。

「ママ、ずっと私をここに置いてね」

「勿論だよ。弱気になっちゃって。ああ、イライラしちゃうよ。あんたは銀座一のホステスなんだよ」

「ママ、じょ・きゅ・う」

「ああ、悪かった。光姉さんは銀座一の女給だよ。そんな姉さんをこんなに痩せさせて、アタシは達哉が憎いね」

「惚れた私がバカなんだ」光はドスの効いた声に節をつけた。

そんな月並みなこと、光の口から聞きたくもない――洋子は腕組みをしてスツールに載った身体をずらし、光を眺めた。

「あれ、光。今夜はえらく白い着物じゃないか」

「純な気持ちをあらわしてみたんだ」光はケラケラと高笑いをした。

「なにが純だよ。まいったねえ」

その言葉に被せるように「なんだか眠くなっちゃったな。ママ、明日の朝八時に起こしに来てよ。晶がいなくなっても平気だけど、朝だけは困るわ。明日はゴルフの約束があるからさ。ね、お願い」

と、光は掌を合わせた。洋子は苦笑した。

「八時？　えらく早いじゃないか。ま、しゃあないわ。家の婆さんに言ってアタシも起こしてもらうから大丈夫だよ」

「絶対よ」

「そんなこと忘れやしないさ」

「絶対ね」

光は執拗に「絶対」という言葉を口から繰り出した。絶対絶対って、これっぽちの酒で酔っちまって、憎たらしい男だよ。洋子は光を翻弄する二十五歳の男の残酷さに唾でも吐きかけたかった。

二

消し去ったはずの生まれ育った岬を取り戻すことができた光には、幸せをもっと呼びたいという心の隙が出来たのかもしれなかった。生まれ故郷を封印したままならば、光はそこいらのホステスと同じ穴のムジナになることはなかったに違いない。

幸せには絶対にならないと一言観音に誓ったというのに、光は心の奥底から幸せになりたいと思った。達哉はそんな思いの光の前に現れた。

洋子は光と別れて、自宅に戻らず、男のところに向かった。ベッドの男の寝返りで洋子は目を覚ました。カーテンを通して日が高く上っているのに気がついたが洋子は慌てもせずゆっくりと起き上がると、男のためにコーヒーを淹れていた。

そういえば、昨晩、光と約束したんだっけ。でも十一時じゃあもう無理だわね。謝りの電話でもするか。

洋子は男の足の裏をくすぐりながら、ダイヤルをまわした。受話器を首の根元と肩に挟むとパンを袋から取り出した。呼び出し音が延々と続くがその音が終わることはなかった。トースターから食パンが跳ねあがった。洋子は生唾を飲み込んで、ソファの上に投げかけられた洋服を着始めた。

「どうしたんだよ。慌てて」

ベッドに横たわったままの男が不機嫌な声を出した。洋子は取り繕う言葉もかけずに「アタシの勘が外れればいいんだけど」と叫びながら部屋を飛び出した。

三

洋子に言われるまでもなく、自分が情けなかった。年若い男を本気で好きになるなど考えられないこと。適当に遊んで騒いでおしまい。その繰り返しで今までやってきたではないか。女給は女給らしくその日が楽しければいい。そう思っていたのに、なにをやっているのだろう。

一回り細くなった人差し指をダイヤルに掛ける。薬指のダイヤの指環はクルリとまわって掌側で輝いている。

どんなことを言われても、見苦しい泣き言など言うまいと心に誓う。呼び出し音さえ、光の耳には馬鹿にされているように響く。が、気持ちを抑えて、白い着物の衿元を揃えながら達哉が出るのを待つ。単調な音は永遠に続くかのようだった。

諦めるつもりはなかった。光は何度も衿元を掻き合わせた。

達哉の濃い眉に合った低音でいて投げやりな声が聞こえた。

「今ごろ、誰だよ」

私は、この声に惚れたんだ。

あれは着物を単衣《ひとえ》に衣替えした日だった。〈姫〉の喧噪の中で、太くて甘い声が耳に届きその主を探すと、若手俳優の隣に畏まって座る青二才と目が合った。喉仏がやけに大きい。顔に惚れたんじゃなかった。この声だ。

「達哉、私に決まってるじゃない」

「私って誰だよ」

しらじらしい、と喉まで出かかった言葉を飲み込んだ。

「私は私よ」

「なんの用だよ」

「そんな。ね、約束覚えてる？　ゴルフに行こうって約束したじゃない」

「そんな約束した覚えねえぜ」

「うそ。あんなに約束したじゃないか」

「うるせいなあ。今何時だと思ってんだ。寝てたのによお」

「誰かいるでしょ。〈リヨン〉の映子でしょ」

衣擦れの音がする。

「いねえよ。うるっせいババアだぜ。もう切るぜ」

「いや、絶対、絶対に来てよ。来てくれないと私死ぬから……」

電話はとうに切れていた。光は二度三度と喘ぎにも似た大きな呼吸をした。受話器を持つ手が震えて止まらない。光は、右手で受話器を持つ手の手首を握りしめて抑えるが、それでも震えはとまらなかった。ダイヤの指環が受話器と指に圧されて、光の細い白い骨に刺さるようだった。

光は右手で受話器を摑んで離さない指を一本一本解いていった。まるで自分の指が節くれだった蔦のようだった。

二人の恋は終わったのね
許してさえくれないあなた
さよならと顔も見ないで
去っていった男の心
楽しい夢のような
あの頃を思い出せば
サン・トワ・マミー
悲しくて目の前が暗くなる
サン・トワ・マミー

光は誰にも聞こえない、囁くような声で歌いだした。

部屋を見回した。三面鏡の上には化粧瓶が整然と並び、マホガニーのテーブルにはスカウトマンから贈られた真紅の薔薇の花が飾られている。大理石の灰皿には煙草の灰もない。

光はバスタブに湯を溜める。冷蔵庫の中はどうだろう。きれいさっぱりなにもない。なぜだかおかしくて鼻で笑う。流しのシンクが少し曇っていた。光は着物の袖の振りを帯に挟み流しを磨く。

クローゼットにはチンチラやシルバーフォックスが行儀よくぶら下がっている。簞笥も抽斗も整理整頓されて、まるでこの日のためのように感じ忌々しさがこみ上げてくる。

落ち着かず、猫足のビューローの抽斗から白い革張りの宝石箱を取り出した。その中にも整然と指環が並んでいる。キャッツアイ、ブラックオパール、エメラルド、翡翠、ルビー。全部つけてみようか。指十本じゃたりないかと笑う。

私は、どうしたいというの。何をしようとしているのだろう。

気持ちも身体もバラバラだった。光は自分自身に戸惑っていた。宝石箱を閉じる。コン。箱は高らかな音を立てて閉まった。まるで徒競走のスタートの空砲のようだった。もう引き返せない。

光は着物をソファに無造作に掛けて風呂に入った。入念に身体を洗う。爪先、指の間。耳の後ろ、うなじ。クリームのような細かな泡《あわ》が身体中を包む。光は愛おし気にその泡を流す。天井から水滴が落ちてくる。ヒヤリとして光は思わず悲鳴をあげた。

短くカットした髪にドライヤーをあてた。地肌に温かい風が気持ちいい。いつまでもこうしていたいと思ったが、手櫛で髪を整える。

まるでそうしようと思っていたとばかりに光は擦り切れたジャケットからレコードを取り出すと、針をおろした。あの清潔な応接間で、この曲を聴いて満ち足りていたことだけは忘れられない。

肌襦袢と長襦袢を新しい物に替えると、光は先ほどまで着ていた白生地紋綸子に手描き友禅の着物を羽織った。マニキュアが少し剝げているのに気がついた。除光液をたっぷりとカット綿に含ませて丁寧に拭き取る。安物を買ったつもりはなかったが、拭き取った爪の表面にこまかな毳《けば》がつく。光は舌打ちしながら、むきになって親指の腹で一本一本を撫でる。そうやってマニキュアを落とした爪は、縦に線が入って随分荒れていた。

レコードが終わり針の空しい音だけが聞こえる。

光は、まいったなあ、と呟きながら目の前の薔薇と同じ真紅のマニキュアを塗りだす。いつもならさっさと仕上がるというのに思った通りに塗れず何度も塗り直す。やっと塗り終えて、ひと爪、ひと爪、息を吹きかける。生暖かい風が細くなった指にかかる度に躊躇《ためら》いが起こる。それを吹き飛ばすようにまた息を吹きかける。

鏡台の上の小瓶に手を伸ばした。飛行機のプロペラをレリーフにしたガラスのボトルだった。女給として生きていく決意をした時から身につけている香水――夜間飛行。

名前が気にいった。暗闇の中を飛んで行く？　それとも夜を征服するとでも。

キャップを外すとシダの香りが立ち上った。光は人差し指を濡らすと、首の後ろにもっていった。緑色の芳香に獣の香りが加わった。

さあ、茶番劇を始めるよ。蓮っ葉な声をだして勢いをつける。

宝石箱が入った抽斗の隣を開ける。茶色の小瓶が光を待っていた。掌に載った薬は白々としていた。こんなもので弥生は死んじゃったのか。可愛がっていたヘルプの垂れ目で、べそをかいたような顔がチラリと瞼に浮かんだ。

こんなもので死んでたまるか。

光はガス栓を開いた。ほんの少しの間佇んでツマミを半分ほど元に戻した。武者震いがおこった。ふざけるんじゃない。私は死にやしないと、はっきりと声に出した。

静かな部屋にガスが漏れる音が微かに流れる。光はもう一度レコードに針を置いた。優しい音色はあの頃のままだった。曲はそう長くはない。深く腰を下ろしたソファからヨイショと立ち上がりステレオにむかい再び針を落とす。

疲れた。なにもかもが面倒くさい。このまま本当に死んでもいいかもしれない。

光は静かにベッドに横たわり、手を組み合わせ胸のうえに置いた。カーテンが揺れた。空耳だろうか。この季節に風鈴の音？　いや、あれは蜂の羽音。闇の中から曖昧模糊としたものが浮かびあがってきた。それは段々と形になって光の面前に覆い被さるように現れた。細く吊り上がった眼に、薄い唇が小刻みに小さく震え続けている。

お父さん。声にはならなかったが呟いた。裕子は必死に目を開けようとした。しかし、深い眠りがすぐにやって来た。

――裕子、お前は富貴の女ぞ。目ば瞑ったらつぁらんぞ。目ば開けとらなあ負けてしまおうが。なんばしよっとや。起きんか。起きらんか。

光のマンションは目と鼻のさきだった。「絶対よ」という光の鼻にかかった声が頭の中を駆け巡る。洋子は部屋の前に駆けつけた。その場に立つと、微かにガスの臭いがした。足が震えだした。慌ててノブを回した。鍵は掛かっていなかった。部屋は異臭に満ちていた。洋子はドアを開け放したまま、寝室へと走った。想像していた通り、ベッドには白い着物姿の裕子が横たわっていた。

「光、ごめんよ。ごめんよお。アタシをゆるしてよお」

洋子は眠るようなむくろの前に崩れ落ちた。ステレオのレコードがずっと回転していた。

第九章　ムーンライト飛行

「なんてことやろうか。あいつに関わる電話なあ、いつもいつも俺ばてんてこ舞いさせる」

死を告げる電話の受話器を置くと、武之は思わず苛立った声をあげた。

「喪服のポケットに靴下とネクタイに数珠。一切合切入ってますからね」

「お前はなんかしらんばってん冷たかねえ。悲しゅうなかとや」

武之は自分を棚に上げて佳子に訊く。白いハンカチを探しながら「たぶん……」と曖昧にこたえた。

白いハンカチが見当たらない。

「たぶん、なんや?」

「たぶん、いつかこういう日がくるような気が」

「お前はほんに嫌なヤツやね。冷たか目で俺たちば見ようとやろう。あいつは賢かったとい、今更なんば言うたって始まらんばってん、昭夫にさえ逢わんやったら春川さんとこで幸せやったろうに」

佳子はなにもこたえず、白いハンカチを探していた。

いいえ武之さん、裕子ちゃんは春川の坊ちゃんじゃあ満足はしなかったと思いますよ。私がヤンチャなあなたに心惹かれたように、裕子ちゃんはヤンチャな人が好きなのよ。

白いハンカチは見つからず、佳子は襦袢の白い半衿を一片の躊躇《ためら》いもなく裁ち鋏でジョキジョキと切ると、畳んで喪服の上着に仕舞い込んだ。

佳子の脳裏に、長い脚を持て余すようにプラプラさせながら、ピアノの丸椅子に座り〈それいゆ〉を読む裕子が浮かんだ。初めて裕子ちゃんに会った時は驚いたわ。〈それいゆ〉の表紙から抜け出たんじゃないかと思ったもの。

武之はタクシーを呼んで板付飛行場へと向かった。夜行に揺られて裕子を探しに行ったことを思うと隔世の感があった。心臓発作ということになっているという説明を受けているので、警察にやっかいになることはないだろうが、煩雑な手続きを思うと、悲しみよりも緊張のほうが大きかった。

蒼ざめた顔をしていたのか、途切れることがない溜息がよほど大きかったのか、スチュワーデスが「どこかお加減でもお悪いのでしょうか」と訊きに来るほどだった。到着間際のアナウンスが流れると、後方から「南無阿弥陀仏南無阿弥陀仏」と縁起でもない唱えが聞こえてきた。忌々し気に大袈裟に後ろを振り返る者もいた。

マンションにつくと、洋子が出迎えた。

「お兄さん」といきなり声をかけられて武之は戸惑った。洋子の陰に隠れるように晶がいた。晶は裕子に連れられて日帰りで富貴楼を訪れたことがあった。富貴楼の門構えに度肝を抜かれ、なかなか玄関から上がってこようとしなかったのが思い出された。

見知った晶にほっとして「あんたがおってどうしてこげんかことになったとね」と詰め寄った。しどろもどろの晶を押しのけるようにして洋子が前に立って、深々と頭を下げて許しを請うた。

武之は妹の死に顔が綺麗なことにほっとした。桜貝のような顔色に長い睫毛が影を落としていた。

死んだという実感がわかなかった。

狂言自殺のなれの果てにしては、裕子、きれいかぞ。よかったな。

気を利かした洋子が寝室のドアを閉めた。二人きりになるのは大阪の北新地の小料理屋以来だった。

「お兄ちゃん」

裕子の声がしたようだった。空耳か。武之の目から大粒の涙が零れ落ちてきた。拭っても拭っても落ちてきた。

お前は、つかぁしか忙しか奴やねえ。もう兄ちゃんなあ、お前ば探しにやら行かれんぞ。

佳子が用意したハンカチで大きな音をたてて洟をかむと、これからどうしたものかと武之は戸惑った。しかし、洋子にとってホステスの自殺は初めてではなく、なにもかも滞りなく手配されていた。武之は不慣れな東京を東奔西走することもなく、内心ほっとし、見苦しいほどに、「お世話になりました」と洋子に何度も頭を下げた。


ムーンライトのタラップに足をかけようとしてひょいと夜空を仰いだ。鼠色の粘土で蓋をしたような空だった。武之は風呂敷に包《くる》んだ裕子にむかって、雨でも降るとやろうかと話しかけて身震いをした。飛行機はだんまりを決めこんだように動かなかった。そのうち雨が降り出して窓ガラスに雨粒がしどろに転がりだした。悪天候のため離陸が三十分ほど遅れる。そのようなアナウンスがあったようだった。

窓の雨垂れが流星のように白い尾を引きガラスから散りだした。武之の後頭部が椅子の背面に押し付けられた。武之は抗うことなく一刻の間身を任せた。

ああ、きつかった。えらい疲れてしもうたぜ。

武之は裕子を膝に載せて眼下を眺めた。あらあ、銀座やろうか。赤青緑と銀紙のような光を放つ灯りが雨に滲んで妖しげに輝いている。〈姫〉はどこやろか。武之は鼻がつくほどに窓の外を覗くが、飛行機はぐんぐん上昇し、街の灯りは夜空の中に消えていった。

　耳の奥がなにものかに塞がれたかのように音がくぐもる。武之は何度も指をいれる。そのうち耳の付け根と顎の境目あたりが締め付けられるように痛みだした。背広のポケットからウィスキーを取り出して喉に流し込み、ハイライトを吸い出すが痛みは去らなかった。仕方なく窓の外を眺める。

　雲の上は雨が降りよらんっちゃねえ。

　灰緑の雲海が翼のすぐ下で輝いていた。それは月に輝く沙漠のようだった。

「はるばると　旅の駱駝が行きました」か。俺は駱駝やろうか。いやあ裕子のことやろうか。はるばる、ねえ……。お前は、幾つやったや？　まだ三十そこそこやったかねえ。兄ちゃんなぁ、ようわからん。

　気がつくと耳の痛みがなくなっていた。音の世界が戻ってきた。機内はカチャカチャと夜食を配る音とエンジン音で騒がしかった。

「当機はただいま気流の悪いところを通過中でございます。シートベルトの着用をお願いいたします」

　スチュワーデスは機内を回りながら客の顔をのぞく。どこからともなく南無阿弥陀仏と声がする。行きも帰りもかと武之は煙草を備え付けの灰皿に押し付けた。ふと通路の向こうの席に目がいった。羽織をはおった老婆がシートの上に正座していた。武之は鼻の孔を膨らませて苦笑し、また窓の外を眺めだした。

　青味を帯びた墨色に変わってゆく雲に窓が塞がれた。飛行機が小刻みに揺れ出し、落とし穴に落ちたと思えるほどに飛行機は急降下した。小さな悲鳴が起きる。機内を歩いていたスチュワーデスの口から出たものだった。武之は両手で裕子を抱きしめた。機内がざわつく。何度か機体はボールのように跳ね、乱気流から出て機内が静まるまで随分と時間がかかった。武之は裕子を掌で何度も撫でた。ようと揺れたやねえ。なんと忙《せわ》しかったことか。雨が降り出したと思うたら、月の出てから、今度はこれぜ。お前がしようっちゃなかや。

翼のフラップが下りては上がり、飛行機は周回飛行に入った。黒々とした脊《せ》振《ふり》山地の尾根と月明かりに凪いで鏡のような玄界灘が交互に見えてくる。尾根は丸みをもって穏やかに迫り、海はイカ釣り漁船の漁火で華やいでいた。こえん凪いどったら釣れんめ。武之はやっと裕子を連れて帰ることが出来たと胸が締め付けられた。ドスン、大きな音と共に身体が揺れた。膝の上に置いた裕子が小さく笑うように上下した。

裕子、なんが面白かとや。……兄ちゃんなあ思うやねえ。お前の一生はまんざらじゃあなかったとかもしれんねえ。なんか俺はそえんか気がするやねえ。

あとがき

わたくしの叔母の本当の源氏名は「まこと」といった。

経済的には潤沢な家に育ったというのに叔母は結婚に失敗し、突如姿を消してしまった。父は叔母の情報がもたらされると血相をかえて旅の支度をしだす。それはとても緊迫した時間だった。アルバムから叔母の写真が剝ぎ取られていく。幼いわたくしはその様子を何度となく目にした。

叔母は銀座〈姫〉のナンバーワンとしてわたくしたちの前に姿を現したが、数年後には呆気なくこの世の人ではなくなった。

叔母の遺品から見つかった一枚の写真が不思議でならなかった。写真の叔母は赤い鼓笛隊の衣装を纏いおどけて敬礼をしていた。これは一体何を意味するのだろうとわたくしや母は訝しがった。後にその写真が欲しくて「ちょうだい」と祖母に言うと「変な写真やったねえ、もうなかよ」と言われてがっかりしたものだった。

叔母の死から十六年後の一九八五年、〈姫〉のオーナーママである山口洋子氏が直木賞を受賞。時の流れはその慶事を他人事にし、わたくしには何の感慨もわかなかった。それから話は十一年も飛ぶ。叔母が去って二十七年の歳月が流れたということになるが、洋子氏は『ザ・ラスト・ワルツ』というノンフィクションを出版する。それを祝って某出版社の週刊誌に〈姫〉の歴史をひもとく趣旨から数々の写真が掲載された。その中の一枚にわたくしの目は釘付けになった。鼓笛隊の姿の叔母がそこにいた。その横には吉行淳之介氏と近藤啓太郎氏の姿もあった。あの「変な写真」は、〈姫〉の仮装パーティだったという。祖母が捨ててしまった写真が愛おしくなったが、ないものはない。

それから月日が経ち、ある古本屋の棚に山口洋子氏の著書を見つけた。双葉社刊『ザ・ラスト・ワルツ「姫」という酒場』。手はまっすぐにその本に伸びた。パラパラとめくると鼓笛隊姿の叔母と意味ありげな顔をして叔母の手首をつかむ吉行淳之介氏の、週刊誌と同一の写真があった。「まるで龍宮城みたいな店だなぁ」とはじめて〈姫〉を訪れた吉行氏の第一声も記載されている。叔母のことが書いてあるに違いない。わたくしは急ぎページをめくった。

「なかでいちばん印象に残るのはまことの死である。／まことは幾多の『姫』出身のホステスのなかで、誰の思い出にも登場する女だ。／『姫』という酒場《はこ》ばかりではなく、間違いなく銀座でも一、二を争う女だった。最後の女給といわれるのがプライドで、望みどおり伝説の最後の女給になった」

という文からはじまる叔母の記述には、相当数の紙幅が割かれていた。叔母は、洋子氏にとって『姫』を看板に戦う私の同志でもあった」とも記されていた。

「女給って呼んでよ、ホステスなんていわないでさ」という叔母の台詞、叔母をスカウトした時の様子、いかに洋子氏が叔母を信頼していたか、そしてその死までが綴られているのだが、わたくしの心は読みすすむうちに乱れていく。

叔母が女としての武器を利用して、醜い男の下に組み敷かれ〈姫〉の危機を救ったというくだりは、叔母の名誉、そしてわたくしたち遺族を傷つけるものであり、叔母の死にいたる事実に及んでは、わたくしが聞かされていた話と大きく違っていたからだ。憤懣やるかたない気持ちと同時に、忘れていた光景が蘇った。それが、小説中の葬式が終わった後に送られてきたチョコレートのシーンだ。当時中学生のわたくしは許せないと思った。その思いがこの本によって再びわき起こった。

わたくしはこつこつと叔母のことを書き出した。手垢にまみれた表現だが数奇な運命を辿った叔母のことを書き残したいという気持ちと洋子氏への憤りが動機といってよかった。

銀座の夜など想像もつかないわたくしは石井妙子氏の『おそめ　伝説の銀座マダム』を読み、D

VD〈夜の蝶〉、〈黒い十人の女〉を観ては、イメージを膨らませた。書き進んでは壁にぶち当たり、やみくもに銀座や大阪の北新地を歩きまわったこともある。洋子氏の書いたものを探し、テレビで〈姫〉特集があったと耳にすれば、録画を手に入れた。

洋子氏のエッセイには必ず「まこと」の名があり同志という言葉があった。田村順子さんの半生を綴った『銀座女帝伝説　順子』では叔母らしき女給への親愛が綴られ、テレビの特集ではカルーセル麻紀さんが「いい女だったもの。すらりと背が高くてきっぷがよくて着物をすーっと、帯を、こういうふうに下にきゅっとしめて」と叔母の思い出を身振り手振りで感情こめて語っていた。わたくしは嬉しかった。ただしこのテレビの中での映像を「まこと」の名誉のために訂正しておかなければならない。「まこと」の死にさいしての再現シーン、そのアパートの貧相な造作、汚れたガスコンロは間違いである。まことは六本木のマンションに豪華な家具・調度品に囲まれて暮らしていた。

資料というには数が少ないが、調べるほどに、いかに「女給まこと」が銀座の人々の心に残っているか知ることになった。

わたくしの山口洋子氏への気持ちはだんだんとほぐれていった。

わたくしは単行本を読んだにもかかわらず文春文庫となった『ザ・ラスト・ワルツ』にも目を通した。単行本には二枚しかなかった叔母の写真が文庫では一枚追加され、「右端　まこと」と明記されていることに気がついた。叔母の写真はあまりないのだろう、洋子氏がわざわざ探してくれたのだと、わたくしは思い至った。文庫になるまでに相当の月日が経っているというのに、山口洋子氏は叔母のことを随分と気にかけてくれていたのだ。そのような思いから洋子氏は洋子さんとなり、お会いしたこともないのに懐かしさすら感じだした。山口洋子さんに会いたい。わたくしがそう思ったころに洋子さんは旅立たれてしまった。

山口洋子さん、そして〈姫〉に関わった人々のおかげで叔母「まこと」は「まんざらでもない人生」を歩んだと今は思っている。その言葉を、拙作の最後に、武之に言わせた。

わたくしの母がこの世を去り、遺品を整理していると、なくなったと思っていた鼓笛隊の衣装をまとった写真が出てきた。写真は他にもあり小袋に入れられて簞笥の中、叔母が着ていた白い着物の間に差し込まれていたのだ。袋には母の字で「31歳　S44・12・16逝く」と書かれたメモが挟まれていたのだ。母がこのメモを残していなければ、叔母が死んだ歳も命日も埋もれてしまっていただろう。忙しい祖母に代わって母親代わりをしていた母の情を感じる。

わたくしの祖父は文中にもある通り、裸一貫から身を起こし財を成した人である。無類の博奕好きだったというのは事実だが、料亭の話で「納戸で首を縊《くく》った」というあたりは完全な脚色であることを記しておこう。現在は四代目となるわたくしの姪が、細腕だが頑張って暖簾を守っている。

叔母が愛用したゲランの〈夜間飛行〉は、アントワーヌ・ド・サン＝テグジュペリに敬意を表して創作されたと言われている。サン＝テグジュペリは、ドイツの戦闘機に撃墜されて海の藻屑と消えたといわれているが、今も彼の本は読み継がれ、パルファムは高貴な香りを漂わせ「女性らしさを失うことなく、男性中心の社会でも自分の立場を貫き、冒険的で志のある女性に捧げられた香り」（ゲラン　オフィシャルサイトより）と言われている。叔母がこのことを知っていたかどうかは定かではないが、わたくしは叔母らしい香水だと思う。わたくしにとってパルファム〈夜間飛行〉は高価なものだが、一番小さなボトルを購入し、時折、蓋をとっては叔母を、そして「まこと」を思い、この話を紡いでいった。

さいごにわたくしがこの話を書ききることが出来たのは編集者の佐藤誠一郎氏及び飯島薫氏の伴走あってのことと、おふたりに感謝の意を表してここに明記いたします。

北迫　薫

参考文献

『ザ・ラスト・ワルツ 「姫」という酒場』山口洋子 双葉社及び文春文庫
『夜の底に生きる』山口洋子 中央公論社
『銀座女帝伝説 順子』倉科遼 芸文社
『銀座が好き』求龍堂
『おそめ 伝説の銀座マダム』石井妙子 新潮文庫
『年表でみる日本経済 広告』三家英治編 晃洋書房
『ヤクザ大全 その知られざる実態』山平重樹 幻冬舎アウトロー文庫
『海軍めしたき物語』高橋孟 新潮文庫
『キャンティ物語』野地秩嘉 幻冬舎文庫
『私の銀座』「銀座百点」編集部編 新潮文庫
『いまなぜ青山二郎なのか』白洲正子 新潮文庫
『女神』久世光彦 新潮社
『花影』大岡昇平 講談社文芸文庫
『第二次大戦航空史話』〈上〉秦郁彦 中公文庫
『夜間飛行』サン＝テグジュペリ（二木麻里訳） 光文社古典新訳文庫
「アサヒ芸能」一九六八年七月二八日号
「週刊文春」一九九七年一月三〇日号
「毎日新聞」二〇〇八年二月一四日夕刊
DVD〈夜の蝶〉原作川口松太郎 監督吉村公三郎
DVD〈黒い十人の女〉監督市川崑
DVD〈神が降り立った森で 春日大社 祈りの記録〉NHK編
ゲラン オフィシャルサイト
日本聖公会奈良基督教会 オフィシャルサイト
テレビ番組〈驚きももの木20世紀 銀座化粧山口洋子「姫」物語〉

本文中、「朝鮮《チョン》」「片端」等の明らかな差別的表現がありますが、著者に差別を助長する意図はなく、また過去の時代性を色濃く包含する文芸作品であることに鑑み、そのままとしました。

編集部

本書は書下ろし作品です。

尚、カバーに用いた写真は著者所蔵のものですが、撮影者は不明です。御存知の方がおられれば、新潮社出版部までご一報下さい。

夜《や》間《かん》飛《ひ》行《こう》

二〇一九年二月二〇日 発行

著者 北《きた》迫《さこ》薫《かおる》

発行者 佐藤隆信

発行所 株式会社新潮社

〒162—8711 東京都新宿区矢来町七一

電話 編集部 〇三—三二六六—五四一一

読者係 〇三—三二六六—五一一一

https://www.shinchosha.co.jp

印刷所 株式会社光邦

製本所 株式会社大進堂

乱丁・落丁本は、ご面倒ですが小社読者係宛お送り下さい。送料小社負担にてお取替えいたします。

価格はカバーに表示してあります。

ISBN978-4-10-352291-1 C0093

土の記（上・下） 高村薫

緑なす田園に舞い降りた東京育ち。妻の不貞と死の謎を抱えつつ耕作にいそしみ、近隣との違和感を飼い馴らす日々。その果てに訪れる神話的破壊。高村文学の到達点。

ホワイトラビット 伊坂幸太郎

高台の住宅街で、人質立てこもり事件が発生！ SITが交渉を始めるが――。物語の転がり方、心地よく予測不能の書き下ろしミステリー。あの泥棒も登場します！

この世の春 上 宮部みゆき

憑きものが、亡者が、そこかしこで声をあげる。青年は恐怖の果てにひとりの少年をつくった――史上最も不幸で孤独なヒーローの誕生。作家生活30周年記念作品。

14歳のバベル 暖あやこ

金曜日、バベルの塔は崩壊する――古代王国の再臨かテロ幻想か。14歳の中学生が夢うつつに言葉を交した少年王の囁き。カウントダウンの中で展開するファンタジー。

三成最後の賭け 矢的竜

乱心の主君・秀吉を御し切った冷徹さで、迫りくる家康の包囲網を切り崩せるか？ 物流の天才・石田三成が打って出た乾坤一擲の策とは。戦国時代小説の白眉！

見返り検校 乾緑郎

将軍・綱吉の時代に、わが国の鍼灸道を確立して御典医にまで登りつめた検校・杉山和一。しかし彼には、安眠を妨げる三つの悪夢があった。長編時代サスペンス小説。